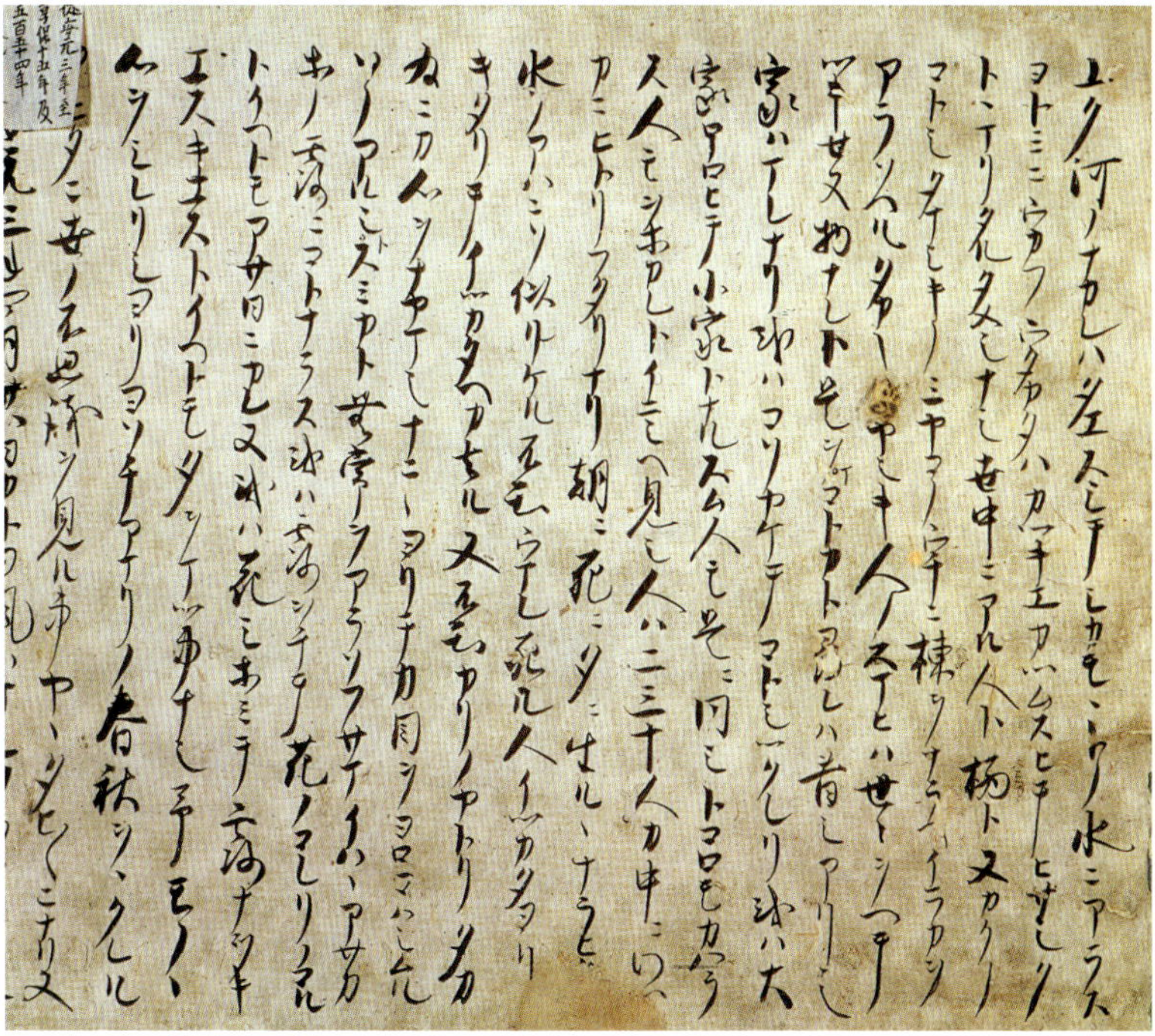

『方丈記《ほうじようき》』大福光寺本《だいふくこうじぼん》

鴨長明《かものちようめい》(1155？—1216)の著作．「ゆく河の流れは絶えずして，しかももとの水にあらず」の書き出しから始まり，見聞してきた世の中の不思議や，自身の経歴，日野《ひの》に結んだ方丈の庵と閑居生活などを記す．写真は現存最古の写本で，漢字交じりの片仮名文で表記されている．

（京都府船井郡丹波町　大福光寺所蔵，京都国立博物館写真提供）

糺《ただす》　の　森

賀茂川《かもがわ》と高野川《たかのがわ》が合流する三角州地帯の森林．古代の植生を伝える．森の中につづく700メートルほどの参道を通り抜けると下鴨神社《しもがもじんじゃ》がある．鴨長明は下鴨神社の神職の子として生まれたが，父のあとを継いで身を立てることができなかった．

（中田昭撮影）

方丈記に人と栖《すみか》の無常を読む

大隅和雄

吉川弘文館

目　次

挿　図

一 鴨長明と『方丈記』

1 隠者の文学

『方丈記』のテキスト

『方丈記《ほうじょうき》』という古典は、たいへん短い作品です。簡単に全編を読むことができますし、平安時代の文章と比べると理路整然としており、現代語訳をするのにもそんなに苦労はいらない古典だと思います。『方丈記』の書き出しや、終わりの部分などを暗誦している人もたくさんいるわけです。

古典の中で、『源氏物語《げんじものがたり》』『万葉集《まんようしゅう》』『平家物語《へいけものがたり》』など、国民文学といわれているものはたくさんありますが、『源氏物語』は大部なもので、全部読んだ人はそう多くはなく、『万葉集』も四〇〇〇首の歌を全部読んだ人は、めったにいないと思います。『平家物語』は、それに比べると分量が少なくて読みやすい本ですから、読んだ人も多いと思いますが、それでも全巻を通読した人は、多くないように思うのです。そうした中で『方丈記』は短く、内容もわかりやすい。日本人の人生観とか処世観とかというものと、深いところで響き合っている。そういう古典ですから、全体を通読した方もたいへん多いと思います。

いまは何でも文庫本に入る時代で、『方丈記』が何種類も出版されています。その中でも角川文庫の『方丈記』が参考資料も載っていて便利です（一九六七年刊）。校注者の簗瀬一雄《やなせかずお》先生は、鴨長明《かものちょうめい》の研究を一筋に続けられた方で、それは注釈にもよく現れていると思います。ここでは角川文庫をテキストにして、読んで行きたいと思います。

講談社文庫には安良岡康作《やすらおかこうさく》先生の詳しい注のついた本が出ております（一九八〇年刊）。文庫本ではいちばん詳しい本だと思います。『徒然草《つれづれぐさ》』や『方丈記』など中世の隠者《いんじゃ》文学・随筆の専門家で、『徒然草』に関しても詳しい注釈を書いておられます。旺文社文庫には仏教文学に詳しい今成元昭《いまなりげんしょう》先生の注がついている本が入っています（一九八一年刊）。講談社にはもう一種類ありまして、川瀬一馬《かわせかずま》先生の注釈で入っています（一九七一年刊）。岩波文庫に入っているのは、市古貞次《いちこていじ》先生の校注です（一九八九年刊）。

この注がついている五種類の文庫本はすぐ手に入る本ですから、それぞれ注を比べていただければ、さまざま読み方があるものだとか、解釈の仕方にいろいろなズレがあって、どっちが正しいのだろうかといったようなことで興味を持っていただけるかと思います。そのほか、岩波書店の「日本古典文学大系」に『徒然草』と一緒に入っているなど、こういう種類の国文学の注釈の叢書、全書のようなものには必ず『方丈記』は入っていて、現代語訳もさまざまに出ております。ぜひそういうものを見ていただきたいと思います。

これから『方丈記』の本文を読んでいきますが、各段ごとに半分ぐらいは本文を読んで、半分ぐらいは私の感想や解釈を申し上げるといったかたちで進めていきたいと思います。

隠者と草庵の文学

平安時代の末に保元《ほうげん》の乱《らん》という大きな事件が起こりました。貴族社会にとっては大事件ですけれども、戦争としては数時間で終わってしまうような武力衝突でした。そのころに『方丈記』の著者鴨長明は生まれました。実は生まれた年もはっきりしていなくて、いくつか説があります。長明は保元の乱が起こったころに生まれて、鎌倉時代の初めまで生きていて、鎌倉へ下って、源《みなもとの》実朝《さねとも》に面会しました。いろいろ期待をして鎌倉に下ったようですけれども、鎌倉での処遇などに満足できなかったらしく、まもなく京都に帰ります。京都に帰って、この『方丈記』という作品を書きました。

『方丈記』という本の名前を聞いて、いろいろ連想なさるでしょうが、昔の中学校や今の大学の一般教育などで古典を読んだ経験からすぐに無常観という言葉を連想する、そういう人が多いのではないかと思います。それから、『方丈記』は後半で、世の中に見切りをつけて、京都の南の郊外に閉じ籠もってしまった長明の生活の感想を書いたものですから、書名から隠遁《いんとん》とか隠者《いんじゃ》とか遁世《とんせい》とかといった言葉を連想される方も多いと思います。鴨長明の『方丈記』に始まる文学の系列が、中世では一つの流れをなしており、そういうのを「隠者文学」とか「草庵の文学」とか言ったりします。『方丈記』というと、「何となく世の中に対して、生き方が積極的でない」「たいへん退嬰《たいえい》的な感じがする」「いまさら『方丈記』を読んでどういう意味があるのか」と考える人もあるだろうと思います。最近は世の中が慌ただしくなり、『方丈記』を読んで、日本人の心の原点の一つを探りたいという関心も出てきたかと思いますけれども、『方丈記』の中で書かれている人間の生き方というのは、社会に対して積極的に立ち向かうとか、社会を改革・改善するとかということとは程遠い心境が吐露《とろ》されており、『方丈記』を読んで何になるかという疑問が出るのも当然だと思うわけです。

そこで、草庵とか隠者とかが、中世ではどういうあり方をしていて、どんな意味を持っていたか、何章かにわたって説明したいと思います。隠遁とか隠者とかというのは、基本的にはこの世の中にあまり意味を認めない、世俗的なものに価値を認めないという生き方、それが根本になっております。現世拒《げんせきょ》否《ひ》という考え方は平安時代の中ごろ、浄土教《じょうどきょう》という仏教の中の大きな流れから出てきました。現世よりも浄土、その中でも極楽《ごくらく》が特に日本では人気を集めたわけですが、極楽に生まれ変わることを切に願う。それは、現世にあまり意味を認めないことになります。現世に生きていながらできるだけ現世の煩《わずら》わしさを捨てて一人山林で孤独に暮らしたいというような夢を描く人が出てきました。そういう人たちが中世の文学の担い手になります。そんな人ばかりだったわけではないのですが、中世文学というものの担い手の中でかなり大きな流れを占めるようになりました。読者も、そういう心情に憧れる人たちがたいへん多かったわけであります。

文学史の中の位置

日本の古典文学の研究で、独創的な考えを発表した折口信夫《おりくちしのぶ》という国文学者がいます。折口が日本の文学の歴史を大きく眺めて、平安時代の文学は女房《にょうぼう》文学であり、それに比べて中世の文学は隠者文学であるとして、日本文学史の古代から中世への推移を女房文学から隠者文学への移り変わりで説明しようとしました。女房文学から隠者文学へ、隠者文学から町人の文学へというかたちで、日本の文学史の筋をたてたわけです。この見方によれば、日本の中世の文学というのは隠者が重要な役割を果たした隠者文学である、隠者文学と女房文学との違いは情《じょう》の文学よりも意志の文学だ、あるいは仏教思想というものが文学の中で重要な役割を果たすようになる、これが中世の文学の特徴だと言われております。日本文学史の概説・教科書などを見ますと、このようなことを書いてある本は多いわけで、古代と中世の境目にいる文学者は西行《さいぎょう》という人であり、その西行に始まる隠者文学の流れが、西行、鴨長明、兼好法師《けんこうほうし》、それから室町時代の心敬《しんきょう》と続き江戸時代の初めの松《まつ》尾芭蕉《おばしょう》で終わる。それが日本の文学史の中の一つの流れであると言われております。『方丈記』はこういう流れのいちばん最初のところに現れてくる重要な作品だということになっております。

文学史を以上のように見ることもできますが、実際は世の中の人間がみんなそういうふうに考えていたわけではありません。日本文化史とか文学史では、平安時代の中ごろ以後、浄土教が盛んになって、阿弥陀堂《あみだどう》にお参りをして、現世《げんせ》に極楽《ごくらく》の美しさを現出させようとしてお金を使い、貴族たちは贅沢《ぜいたく》な法《ほう》会三昧《えざんまい》にひたった、といったようなことがよく書いてあります。

隠者文学も文学史の中でみますと、確かに大きな流れにはなりますが、そんな人ばかりになってしまったら世の中は成り立ちません。いくら平安時代の貴族社会が停滞して、貴族たちが世の中の将来に対して夢を失ったといっても、実際は地方の荘園を経営して百姓・農民を監督し、厳しく租税を取り立てて京都に運んでくるような部分がなければ、貴族社会というのは成り立たないわけです。平安時代でも実際に世の中の実務に携わっていた貴族たちの中には日記などに、人間は仏教に関心を持ってお寺通いをするようになってはもうお終いだ、六十も過ぎてお寺に行くようになるなら良いことだけれども、若いうちから仏教なんぞに心を傾けるようでは貴族社会でものにならない、というようなことを子孫への教訓として遺した貴族もいます。

文学に関わっていた人たち、あるいは文学をつくったり、一生懸命《いっしょうけんめい》そういうものを読んだりする人たちが、社会全体の中でどういう位置に属していて、どういう流れが現れて、どんな受け取り方をされていたかということを考えてみることも必要だと思います。

2　『方丈記』の読み方

『方丈記』の大筋

『方丈記』の構成に関して、最初に少し申し上げておきます。『方丈記』は短い作品ですが、よく計算しつくされてできており、最初に序の部分があります。「ゆく河の流れは絶《た》えずして……」というので始まる有名な序文がそれです。細かく分けると、いくつもの段に分けられますけれども、その序が終わったあとで、世の不思議について書いた部分が『方丈記』の前半をなしています。安元元年（一一七五）に起こった京都の大火事とか、突如として竜巻《たつまき》が起こって寺がつぶれたとか、あるいは飢饉《ききん》のため京都の町に死者が満《み》ち溢《あふ》れ、あるお坊さんがその死骸《しがい》を数えたら、ひと月の間に何万体の遺体を数えることができたとか、飢饉や地震の災害をリアルに書いた部分があります。これが前半です。それを五つの不思議《ふしぎ》と長明は言い、普通の人間の日常の常識では考えられないようなことが突如《とつじょ》起こって人々の生活を破壊する、その出来事の例を五つあげております。

それが終わったあとで中間の幕間《まくあい》のような部分があり、五つの不思議を見て自分自身の心境がどういうふうに動いたかというようなことをちょっとだけ暗示して、後半に移ります。

後半は、鴨長明の自叙伝《じじょでん》のようなかたちになっており、自分が小さい時から現在までどういう経歴をたどってきたかということを書いています。それを書く時に何を手掛かりにして自分の生涯を短くまとめたかと申しますと、自分の住んでいる家の大きさを物差しにしております。自分はかつては豊かな、豪族といってもいいような家に生まれたが、没落の一途をたどって今は三メートル四方ぐらいの小屋で暮らしている。そういう心境を書いたのが後半です。

最後に、その草庵《そうあん》で暮らしている自分の心の揺れ動きを記し、草庵で暮らせば何も遠慮することもない、気がねもない、これほど自由の境涯はないのだということを、草庵の生活を述べながら何度もくどくどと主張します。そして、もう一度考えてみて、この草庵で暮らしている自分の生活というのは、いったい何だろうか、これは生き方として本当に正しいのだろうかということをちょっとだけ反省する、そういう結びの部分があります。結びのところが反省になっているとか、いないとか、そこはさまざまな解釈が古来加えられてきたわけです。

だいたい『方丈記』は前半には五つの不思議を述べた部分と、それから後半の方丈の草庵の生活を賛美した部分があるといってもいいと思います。

『方丈記』という作品は、『方丈記』という題名を持っているわけですから、私は本論は後半にあると思っております。けれども後半は、世の中に背を向けてひっそりと山里《やまざと》に閉じ籠もってしまった晩年の鴨長明の心境が吐露《とろ》されている部分ですから、ここの部分は非常に隠遁的《いんとんてき》であるとか、あるいは退嬰的《たいえいてき》であるとか、趣味的であるとかというような批評が江戸時代からありました。江戸時代には、隠者文学などの読者もたくさんいたわけですけれども、全体から申しますと儒教《じゅきょう》の時代で、世俗的なものの考え方が強かった。日本の文化史の上ではそういう時代で、鴨長明のような生き方が肯定されていたわけではありませんでした。

明治以後になると、産業の発展が社会の基本的な流れでしたから、隠者文学を読んで心を落ち着け気分を休ませる人がいるのは妨《さまた》げないけれども、日本人全体が隠遁的になることはあまり好ましくないという考え方もありました。それで明治から大正の時代にかけて「方丈記趣味論」というような議論が盛んにでてきました。半ば批判して少しだけ肯定するといったような『方丈記』の読み方です。ところが太平洋戦争が終わる少し前から、『方丈記』の本論や文学的な価値は後半ではなくて前半にあるので、そこを重視して読むべきであるという議論がでてまいりました。私が大学に在学した昭和二十年代の後半はそういう解釈が非常に盛んだった時代でした。そのころ中世文学の研究者の中で指導的な地位にあった永積安明《ながずみやすあき》氏が、『方丈記』の価値は前半の部分にあるということを早くから主張されていました（永積安明『中世文学論』日本評論社、一九四四年）。

『方丈記』の見方

前半の部分は、確かに世の中というものをたいへんリアルに描きだしている。飢饉の描写であるとか、戦乱で混乱する様子、京都の町が崩壊していく過程が迫力のある文章で綴られております。『方丈記』のそういう部分は、『平家物語』などにも同じようなことを書いた部分があるけれども、文章の迫力は、『平家物語』以上だ。『方丈記』は後半になって弱気になって、気の迷いからああいうことを書いてしまったけれども、実はたいへん醒《さ》めた眼で世の中をじっと見つめた前半の方が中心であるということが言われました。

戦後、昭和四十年ごろまでは『方丈記』を読んだり解説したりする場合は、そういう読み方が一般だったように思います。文学者の間にもそういう読み方がだんだん浸透しまして、堀田善衛《ほったよしえ》が『方丈記』について書いた文章は、戦後の知識人に広く読まれたわけですけれども、それも『方丈記』の主に前半のことが議論されています（堀田善衛『方丈記私記』ちくま文庫、筑摩書房、一九八八年）。このように、後半にはほとんど価値を認めないという『方丈記』の読み方が一般的でした。

しかし最近は、そういう議論が曖昧《あいまい》になってきました。やはり『方丈記』の後段を無視しては全体の構成は考えられない。むしろ後段で長明が述べようとしたことが『方丈記』を読む場合に大切なのではないかという意見がまたよみがえってきたのです。この意見の違いは、文学というものを考える場合に、文学の価値をどこで評価するかということと関わっています。社会をじっと観察してありのままの社会を再現するリアルな描写に文学の価値があり、叙事的な文学と申しますか、事実を的確に記述していくことが文学の重要な任務だというふうに考える人は前半の部分にこそ価値があると考えました。しかし、文学の目的や性格というような問題についての考え方はさまざまですから、叙事的なものではなくて叙情的なもの、あるいは人生観や社会観、そういうものを述べるということも重要な文学のあり方であるというような考え方に立てば、後半の部分を中心に『方丈記』を読むことにもなると思います。

短い作品ですけれども、いろいろな読み方が『方丈記』には加えられてきました。江戸時代には『方丈記』の注釈は何種類も出ています。儒教的な立場の注釈をした書もあれば、仏教的な色彩の強い注釈書もあります。儒教や仏教の影響をできるだけ排除するという立場で記述した注釈書もあります。ですから『方丈記』は、こう読まなければならないということはないのでして、短い作品ですから、それぞれが自分自身の関心、立場で何かをくみとればいいのではないかと思います。

広本と略本

『方丈記』は短い作品ですが、テキストはそんなに単純ではありません。広く読まれた何よりの証拠だと思いますが、たくさんの異本があります。印刷がありませんから、昔の人は本を読むときは借りてまず写します。お金を払って他人に写させるような貴族もいましたが、だいたい自分で写して読むわけです。その時に、今のように原典を尊重するとか、原作を尊重するという考え方がありませんでしたから、気楽に一部分削除したり、自分の好みに応じて言葉を換えたりすることはごく普通でした。

『方丈記』のテキストは大きく分けますと、広本系《こうほんけい》と略本系《りゃくほんけい》とになります。短い『方丈記』でも文章の分量が多い本があります。それを研究者の間では「広本方丈記」といっております。ほかに分量の少ない『方丈記』があり、これを「略本方丈記」といっております。あとで「略本方丈記」の例を一つだけあげ、「略本」というのがどんなものか、文学的に価値があると思えるか思えないかというようなことを考えてみたいと思います。

図1　方丈記の2つの系統

広本系統─┬─古本系統（大福光寺本など）
　　　　　└─流布本系統（一条兼良本など）

略本系統─┬─長享本
　　　　　└─延徳本

この「広本方丈記」というのは、さらに大きく分けると二つの系統があります。一つは「古本《こほん》方丈記」と呼ばれる、鎌倉時代の写本に起源を持つ古いかたちを残しているものです。もう一つは、いろいろ手を入れて形を整えたものがありまして、それを「流布本系《るふぼんけい》方丈記」といっております。「略本」のほうは分量が「広本方丈記」の半分ぐらいしかありません。簡単に申しますと、五つの不思議、大火事とか飢饉とかの記述を全部省略しています。序文からすぐに草庵の心境を述べる段に移っている。そういう『方丈記』が何種類かあります。江戸時代から明治、あるいは大正時代ぐらいまで読まれていた『方丈記』は、全部「広本方丈記」の「流布本系方丈記」でした。

ところで、京都の大福光寺《だいふくこうじ》に『方丈記』の古い写本《しゃほん》が巻子本《かんすぼん》のかたちで伝わっております。これは現存するたくさんの『方丈記』の写本の中で、いちばん古いものと考えて間違いのない写本です。多くの研究者は紙の質とか字体・書体などから考えて、鎌倉初期のものであると考えております。まったく疑問がないわけではありませんが、現在の通説では鎌倉前半のものだとしております。そのほかにも広本系にはいろんな写本がありまして、よく引き合いに出される本としては加賀《かが》の前田家に伝わった前田家本があります。それから室町時代の貴族で和歌の家、有識故実《ゆうそくこじつ》の家として有力な家であった三条西家《さんじょうにしけ》に伝わった三条西家本があります。そういうものが、「古本系方丈記」の代表的なテキストです。

流布本とは、広く一般に読まれだんだん形が整えられていった本で、江戸時代に木版印刷で出版された本は、すべてこの流布本系の本です。流布本系の本としては、室町時代の学者で、貴族社会でもたいへん身分の高かった一条兼良《いちじょうかねよし》が写した本の系統である一条兼良本がいちばん重要なものです。それから流布本系のもう一つ重要なものに陽明文庫《ようめいぶんこ》本があります。この陽明文庫本は、日本の貴族社会の中でもいちばん名門の家として近代まで伝わっていた藤原氏本流の家である近衛《このえ》家が、自分の家に伝わってきた書物を収めている文庫を陽明文庫といいまして、そこに伝わったものです。

現在ではこういうものをいろいろ合わせてみて、研究者が『方丈記』のテキストを作っているわけです。

3　『方丈記』の序章と下敷き

それでは、『方丈記』の本文を文庫本などに入っている一般的な本文で読んでみることにします。

「ゆく河の流れは絶えずして」

〔一〕ゆく河の流れは絶《た》えずして、しかも、もとの水にあらず。よどみに浮ぶうたかたは、かつ消え、かつ結びて、久しくとどまりたる例《ためし》なし。世の中にある、人と栖《すみか》と、またかくのごとし。

〔二〕玉敷《たましき》の都《みやこ》のうちに、棟《むね》を並べ、甍《いらか》を争《あらそ》へる、高き、賤《いや》しき、人の住《すま》ひは、世々を経《へ》て、尽《つ》きせぬものなれど、これをまことかと尋《たず》ぬれば、昔ありし家は稀《まれ》なり。或《あるい》は去年《こぞ》焼けて、今年造《つく》れり。或は大家亡《おおいえほろ》びて、小家《こいえ》となる。住む人もこれに同じ。所も変《かわ》らず、人も多かれど、いにしへ見し人は、二三十人が中に、わづかに一人二人なり。朝《あした》に死に、夕《ゆうべ》に生《うま》るるならひ、ただ水の泡《あわ》にぞ似たりける。

〔三〕知らず、生《うま》れ死ぬる人、何方《いずかた》より来たりて、何方へか去る。また、知らず、仮《かり》の宿《やど》り、誰《た》が為《ため》にか心を悩《なや》まし、何によりてか目を喜《よろこ》ばしむる。その主《あるじ》と栖《すみか》と、無常《むじょう》を争ふさま、いはば朝顔の露《つゆ》に異《こと》らず。或は露落ちて、花残れり。残るといへども、朝日に枯れぬ。或は花しぼみて、露なほ消えず。消えずといへども、夕を待つ事なし。

これが『方丈記』の有名な序文にあたる部分です。ここの部分は特に説明することはないように思います。

VOCABVLARIO
DA LINGOA DE IAPAM
com adeclaração em Portugues, feito por
ALGVNS PADRES, E IR-
MAÕS DA COMPANHIA
DE IESV.

COM LICENÇA DO ORDINARIO,
& Superiores em Nangasaqui no Collegio de Ia-
PAM DA COMPANHIA DE IESVS.
ANNO M.D.CIII.

DOS VOCABVLOS
QVE COMEÇAM POLLA
LETRA.

A

A NOME de hũa das 47. Syllabas do alfabeto Iaponico q̃ começa, I, RO, FA, ¶ Item, A, primeira das cinco vogeis de Iapão, q̃ são A, I, V, YE, VO.

Aa. Interieção de dor, ou tristeza. ¶ Vt, Aa canaxij cana. O cousa triste ¶ Itẽ, Aliquando interieição de admiração. Vt, Aa vobitataxiya. O cousa grande, ou enorme. ¶ Item, De alegria. Vt, Aa vrexiya. O como folgo. ¶ Itẽ, De duuida. vt, Aa vobotçucanai coto cana. O cousa duuidosa. ¶ Item, He particula de responder si, como quẽ consente, ou aproua o q̃ se diz.

Aara, l. ara. Interieição. Idem, Mas mais frequente, & vsada que, Aa. Vt, Aara vrexiya, Aara canaxiya, &c.

A ANTES DO B.

Aba. Lugar como cerado onde se deita, ou arma rede aos passaros. ¶ Item, Lugar onde tirão a rede do peixe.

Abaqemono. Pessoa indiscreta, & dezatentada no fallar, &c.

Abaqi, u, aita. Communmente se vsa no negatiuo por não caber. ¶ Vt, Cono ninju cono zaxiqini abacanu. Esta gente não cabe neste Zaxiqi. No presente afirmatiuo se vsa as vezes por sobejar, ou redundar.

Abarabone. Costellas das ilhargas.

Abaragaqe. Arremetida aos inimigos sem ordẽ correndo de ca pera là.

Abarana. Cousa desfeita, & estroncada, ou aberta como casa, parede, &c. ¶ Vt, Caqi, cabe abarani xite ame, caje tamaranu. Estando a sebe, & paredes desfeitas entra o vento, & a chuua por todas as partes.

Abarani. Adu.

Abaraya. Casa velha, rota, & estroncada.

Abare, uru, eta. Verbo defect. Destruirse, & desfazerse a casa por si, pouco vsado neste sentido. ¶ Vt, Iyeua cajeni abare, ameni cutçuru. A casa se desfaz cõ vẽto, & apodrece cõ a chuua. ¶ Item, Abare, uru. Ser desordenado, ou desmanchado como os meninos no brincar, &c. ¶ Cono varanbega abarete tamaranu. Não ha poderse valer cõ este menino que assi brinca, & se desordena ¶ Abarete fito, l, abaremono. Homen mal criado, & desconçertado, & impetuoso, &c. ¶ Nezumiga abaruru. Andarẽ os ratos saltando, & correndo. ¶ Xixiga abaruru. Virem os porcos de mato liuremente aos campos, & sementeiras, & danificalas.

Abaremono. Homen desordenado, mal criado, de raims custumes, &c.

Abi, uru, abiru, ita. Lauar o corpo ¶ Vt, Yu, mizzuuo aburu. Lauar o corpo com agoa quente, ou fria.

Abigigocu. Hum Inferno de continos tormẽtos em que nem respirar podem os danados.

Abu. Abespa, ou abespão.

Abumi. Estribo. ¶ Abumiuo caqeru. Por os estribos. ¶ Abumiuo fazzusu. Tirar os estribos ¶ Abumiuo ficayuru. Ter mão no estribo pera caualgar, ¶ Abu-

A

図2 『日葡辞書』(1603年刊，オックスフォード大学所蔵)

ただ「いにしへ見し人は、二三十人が中に、わづかに一人二人なり」という文章で、「中」という字を「なか」と読むか「うち」と読むか、人によって違います。漢字で書いたものをどう読んだかというのは、よくわからないわけです。

『日葡辞書』と中世語の読み方

江戸時代の初めに日本ではキリスト教が布教を禁止され、キリシタンの宣教師は活動ができなくなりました。そんな中で、宣教師たちがいつかまた再び日本で布教活動ができるかもしれない日を夢見て日本語の辞典をつくりました。これが『日葡辞書《にっぽじしょ》』です。その当時の世界の辞書としては、考えられないくらいたくさんの語彙《ごい》を採集した日本語辞書を作ったのです。

この辞書は日本語を全部ローマ字で表記していますから、江戸時代直前ぐらいの日本人がいろんな漢字をどういうふうに発音していたか確かめることができます。たとえば、鴨長明が書いた本に、

『発心集《ほっしんしゅう》』という本があり、今ではふつう「ホッシンシュウ」と読んでいますけれども、『日葡辞書』を見ますと「ホッシンジュウ」と書いてありますので、この辞書のできたころには「ホッシンジュウ」と読んでいたとわかります。また、今は「読経」を「ドキョウ」と読みますが、『日葡辞書』を見ると「ドッキョウ」とつまって読んでいるのです。そういうふうに今と読み方の違う言葉はたくさんありまして、「日本古典文学大系」の『方丈記』や『徒然草』は『日葡辞書』の読みを大幅に採用して、振りがなをふっています。これについては批判する人も少なくありません。つまり『日葡辞書』が作られた十七世紀初めの発音で、十三世紀初頭の『方丈記』を読むことが正しいという保証はどこにもないではないかという批判です。しかしほかにそういう資料がないものですから、国語学者や国文学者はキリシタンの宣教師たちが一生懸命採集した日本語の記録を頼りにして、中世の読み方を考えることが少なくないわけです。あとで時々『日葡辞書』が話の中に出てくることがあると思いますので、初めに少しだけ申しました。

『論語』と『文選』

『方丈記』序文の「ゆく河の流れは絶えずして、しかも、もとの水にあらず」という書き出しは、たいへん有名なもので、古典に興味のある日本人なら誰でも知っている文章なのですが、この文章の下敷きになったものがいくつも指摘されています。角川文庫の簗瀬氏の補注にその二、三の例があがっております。まず『論語《ろんご》』の子罕《しかん》篇に「子、川上に在つて曰《い》はく、逝《い》く者は斯《か》くのごとし。昼夜を舎《お》かず」という文章があります。これは「孔子様の川のほとりの嘆き」という、『論語』の中の一節で、戦前の日本人ならたいがいの人は知っていたほどの有名な一句です。これが『方丈記』を書いた時の長明の連想の底にあったであろうと、江戸時代以来、多くの注釈者がそう書いております。『論語』のこの文章をどういうふうに解釈するかということについても、いろいろの説がありますが、『論語』は日本でも平安時代の貴族の間で広く読まれていた古典ですから、長明もこの一節は知っていたに違いない。「ゆく河の流れは絶えずして」という有名な文句は、ここから出てきたであろうということは充分考えられます。しかし、こういう種類のことは、決め手や証拠はないわけですから、注釈する場合にはつかまえどころのないたいへん厄介《やっかい》な話になります。

似たようなかたちで「ゆく河の流れは絶えずして」の下敷きだといわれている文章が、いくつか他にもあります。補注に出ているもう一つは、『文選《もんぜん》』という中国でいちばん古い詩文集です。『文選』とは、平安時代の日本の貴族たちの基礎教養みたいになっていて、『文選』の中の有名な文章は平安時代の貴族ならみんな知っておりました。日本の貴族というのは、ヨーロッパの貴族のように馬に乗れるとか、武術に優れているとかではなくて、他のことは何もできなくても文字が書けて読めるということがいちばん価値のあることでしたから、漢文が読めて書けて、和歌も作れるということが貴族のよりどころでした。それで大事にされたテキストというのは何種類かあるのですが、『史記《しき》』とか『文選』とかはその中の筆頭にあげられた古典です。その『文選』の中の陸機《りくき》（字は士衡《しこう》）は梁《りよう》の時代の代表的な文学者で、「歎逝賦《たんせいふ》」（人が亡くなったことを嘆く文章）に「悲しいかな。川は水を閲《す》べて、もつて川をなす。水は滔々《とうとう》として日に度《わた》る。世は人を閲べて、世をなす。人は冉々《ぜんぜん》として行き暮《く》る。人いづれの世として、新《あら》たならざる。世いづれの人か、能《よ》く故《こ》ならん」とあります。水が流れていく。その水を流していくことをもって川というものが成り立っている。人が生まれて死んで、どんどん流れていく。人の容れものといいますか、人をどんどん流していくことによって世というものが成り立っている。そういう主旨を述べた文章があります。『文選』は、平安時代の貴族の教科書の一つですから、鴨長明がこれを下敷きにして、この文章を書いたと考えてもおかしくはないわけです。

あるいは『万葉集』の巻七に、柿本朝臣人麻呂歌集《かきのもとのあそんひとまろかしゅう》の中の歌として「巻向《まきむく》の山辺とよみて行く水の水沫《みなわ》のごとし世の人我は」という歌があります。これも下敷きの一つだろうという主張があります。この歌は『万葉集』にもありますけれども、『拾遺和歌集《しゅういわかしゅう》』にもとられており、長明が『拾遺集』を読んだことは確定できるので、この書き出しの部分は、柿本人麻呂の歌を下敷きにしたのだと主張する注釈家がいるわけです。

「よどみに浮ぶうたかたは……」の部分は、「ゆく河の流れ」を受けて、「世の無常を水の泡にたとえていうのは……きわめて多い。そしてこれらは仏典を根拠としているのである」と簗瀬氏の補注にあって、仏典の例が二つあげられております。一つは『維摩経《ゆいまきょう》』です。

『維摩経』と『金剛経』

この『維摩経』というお経は、日本では古い時代から『法華経《ほけきょう》』などとならんで広く読まれた経典です。奈良の興福寺《こうふくじ》では、維摩会《ゆいまえ》という『維摩経』を講義する大きな法要がありました。これは南都《なんと》の大きな仏教行事として、中世までつづきました。あるいは禅宗《ぜんしゅう》の僧侶たちの間でも尊重された経典で、禅宗を通じても広く読まれました。

維摩という人は維摩居士《ゆいまこじ》といい、出家《しゅつけ》ではなくて俗人《ぞくじん》です。俗人ですけれども、たいへんな智恵のある人で、維摩のところへいろんな人が訪ねてくるという仕掛けで書かれているのが『維摩経』です。最後に、維摩が問答《もんどう》をして、究極の問題は何かということを聞かれ、維摩がそれに対して、何も答えないで黙っていた。そしたら回りにいた聴衆の中のある菩薩《ぼさつ》が、いま維摩は何も答えないということで答えたのだと言って、維摩を褒《ほ》めたたえた、というところでお経は終わっています。

『方丈記』のいちばん最後は「さらに心に答ふる事なし。不請《ふしょう》の阿弥陀仏《あみだぶつ》、両三遍《りょうさんべん》申して、やみぬ」。何かわからなくなって、何にも考えは進まない。自分はこれに対して何の解答もあたえることはできないというような文章で終わっています。これは『維摩経』の最後と似ています。『方丈記』という作品は、『維摩経』をなぞったものだという説が、古くからあります。私はたぶんそうではないと思うのですが、そう考えている人もかなり多い。そうしますと『維摩経』は、『方丈記』と何らかの関係があるお経だということになり、『維摩経』の一節が、書き出しのところで関係があるという注を付けた人のねらいも、そういうところにあるわけです。『維摩経』の方便品《ほうべんぼん》（仏教のお経では、いまの書物でいう章にあたるのを、品《ほん》と言います）に「この身は聚沫《しゅうまつ》のごとし。撮摩《さつま》すべからず。この身は泡のごとし。久しく立つをえず」とあります。「この身は」というのは自分自身、「沫」というのは飛沫《ひまつ》、「撮摩」というのは撮《つま》んだり揉《も》んだり擦《さす》ったりすることを言います。ですから、自分自身の肉体、存在は水滴の集まりのようなもので、手で実在を確かめることができないようなものだ、という意味です。『維摩経』の「この身は泡のごとし。久しく立つをえず」という文章は、『方丈記』の「よどみに浮ぶうたかたは、かつ消え、かつ結びて、久しくとどまりたる例なし」というのと同じ趣旨であろうというわけです。

それから、「よどみに浮かぶうたかたは……」の部分ではもう一つ経典が引用されています。これは『金剛般若波羅蜜経《こんごうはんにゃはらみつきょう》』というお経です。略して『金剛経』とか『金剛般若経』とか言われます。これも禅宗で非常に重視されたお経です。存在するものはすべて空《くう》であるということを一貫して説いている経典です。その中に「一切の有為法《ういほう》は夢幻泡影のごとく、露のごとく、また電のごとし。まさにかくのごときの観をなすべし」とあります。有為法というのは存在するものという意味なので、「因縁によって存在するもの、すべて存在するものは夢、幻、泡のようなものだ、露のようなものだ、あるいは稲妻《いなづま》のように瞬間に消えるものだ。すべてはまさにそういうものであるということをよくよく心にとめおきなさい」ということです。

以上のように、『方丈記』の「よどみに浮ぶうたかたは……」というのは、仏教のお経の中に出ている思想を背景にした文章であろうというわけです。

それから、序の文の締めくくりの〔三〕のところは、「知らず、生れ死ぬる人、何方《いずかた》より来たりて、何方へか去る。また、知らず」とあり、「私は知らない。生まれたり死んだりする人が何処《どこ》から来て、何処へ去るかを」云々というわけです。「その主と栖と、人間の一生のはかなさは、朝顔の露にも異ならない」と、人間存在のはかなさを朝日にあたってしぼんでしまう朝顔の花にたとえています。

◇二◇ 五つの不思議

1「予、ものの心を知れりしより」

『方丈記』の序が終わって前段の部分に入ります。本文を先に読んで、少し問題を取り上げてみようと思います。

〔四〕予《われ》、ものの心を知れりしより、四十《よそじ》あまりの春秋《しゅんじゅう》をおくれる間に、世の不思議を見る事、ややたびたびになりぬ。

漢文の影響

これが序の次の書き出しになります。この予という字を「われ」と読んでいるのですが、これは他のところで一人称が「われ」という仮名書きになっている部分があるから、予という字を「われ」と読んでいいのだという注が付いている本があります。『方丈記』は漢文の影響を強く受けている本で、漢文の文章を下敷きにして、その雰囲気の中で書かれていますから、わざわざ「われ」と読まずに、「よ」と読んでも、いいような気がします。しかし、普通のテキストは、この予という字を「われ」と読んでいるようです。

「予、ものの心を知れりしより」という書き出しで前段が始まっていて、あとでふれますが、「わが身、父方の祖母《おおば》《そぼ》の家を伝《つた》へて、久《ひさ》しくかの所に住《す》む。その後、縁《えん》かけて、身衰《おとろ》へ、しのぶかたがたしげかりしかど、つひに、あととむる事を得ず」という書き方で後段が始まっています。『方丈記』全体の締めくくりは、「時に、建暦《けんりやく》の二年《ふたとせ》、弥生《やよい》のつごもりごろ、桑門《そうもん》の蓮胤《れんいん》、外山《とやま》の庵《いおり》にして、これを記《しる》す」という文章で書き止められています。「予」、それから「わが身」、それから最後は直接自分の名前を署名して終わっているわけで、このように作者が一人称で自分を名乗るという文章は、もともとの和文の文脈の中にはあまりないように思われます。漢文では、「われ、……」、「予《よ》、……を見し時」というのは決まった形でして、『方丈記』の文章はそれまでの和文の日記文学などの文章と違い、作者が一人称で自分の立場とか自分の視点とか、この情景を自分がどこからどういうふうに眺めているかとか、わりにはっきり書かれている。これが全体の特徴のように思います。『方丈記』は漢文風のものの言い方であるということを、記憶しておいてください。

ものの心

次に「ものの心を知れりしより」というのがあります。

近代以前の日本では十四、五歳というのが成年式の年齢で、だいたい貴族社会でも武家社会でも、十五歳前後で元服《げんぷく》をいたします。女性の場合には、それより一、二歳下のことがありますけども、そのころに元服に見合うような裳着《もぎ》の儀を行って、成人に達したことを社会的に認められることになります。僧侶の場合でも十四、五歳の時に正式の僧侶になるわけでして、その前は寺に入って小僧さんになって、そういうのを寺子《てらこ》というように言います。それは正式の僧侶としては認められないわけで、十四、五歳よりも前は人間としての人格を認められていないというか、名前も幼名や童名をもって呼ばれ、十四、五歳になった時に、男になる、女になる、僧になる、尼になるといったような、そういう選択が行われるわけです。

『論語』を引き合いにだせば、学に志す、志学《しがく》という言葉がありまして、「十有五にして学に志す」とあります。「志学」と書けば、それは十五歳という意味です。『方丈記』を書いたときに長明は五十八歳でしたから、十四、五歳から考えて四十路余りというのは、計算があうわけです。私がもし補注に何かあげるとすれば、長明とほぼ同じ年に生まれた慈円《じえん》（一一五五―一二二五）が書いた『愚管抄《ぐかんしょう》』という本の中に「人は十三、四まではさすがに幼きほどなり。十五、六ばかりは心ある人はみな何事もわきまえ知らるることなり」と書いている文章をあげると思います。「十三、四までは幼い。幼々としていて、世の中のことがわからない。しかし十五、六になったら、普通の人、心ある人ならばみな何事も世の中のことをわきまえ知っている。そう判断してよい」と書いているのです。ですから、十四、五歳で大人になるというのは、これは当時の一般的な常識だったと思います。

四十年の春秋

それで「四十あまりの春秋をおくれる間に、世の不思議を見る事、ややたびたびになりぬ」というわけです。長明と同世代の人をもう一人あげると、北条政子《ほうじょうまさこ》（一一五七―一二二五）がいます。政子のほうは東国にいたわけですけれども、慈円と政子は長明と同じ時代を生きて、同じ歴史を違った立場で見ていたということになります。それが、物心ついて、大人になってから四〇年ばかりの間に、世の不思議を見ることたびたびという体験をした。こういう書き出しで、火事とか地震とか竜巻《たつまき》とか飢饉とか、突然の遷都《せんと》とか、そういうのを五つあげていくわけです。

こういう書き方をごく自然に受け取ると、十四、五歳から四〇年の間に、つまり、これを書いた五十八歳までの間に、不思議で何とも理解のできない、あるいは予測のつかないような、大きな出来事をたびたび体験した、それを以下に書くというわけですから、四〇年間にぽつぽつと起こった出来事の中から、自分にとって大事件だと思われることを以下に並べるというふうにとれるわけです。ところが、実際にあげている五つの不思議というのは、いずれも長明二十代の前半に集中して起こったことばかりです。それは、この序の書き出しの文章からすると、何となく違和感を覚えるわけですね。三十代の大きな出来事があってもいいし、あるいは四十代の出来事も書き込まれてもいいような気がします。鎌倉幕府が成立する激動の時代ですから、それは書こうと思えばいろいろな大事件がたくさんあったはずです。しかし、ここで実際に取り上げていることは、二十代の前半に起こったことだけを書いているということになります。

それから、ここで言っている「世の不思議」ということについてですが、予想もつかないような大事件――福原《ふくはら》遷都も、予想もつかないような大事件という書き方をしているわけですけれども――、それを不思議という言葉で表しているわけで、不思議というのがいったい何なのかということも、五つの不思議を全部読んだうえで考えてみたいと思います。

2　安元の大火

火事の範囲　〔五〕去安元《いんじ》三年四月廿八日かとよ。風烈《はげ》しく吹きて、静かならざりし夜《よ》、戌《いぬ》の時ばかり、都の東南《とうなん》より、火出できて、西北《せいほく》にいたる。はてには、朱雀門《すざくもん》・大極殿《だいこくでん》・大学寮《だいがくりょう》・民部省《みんぶしょう》などまで移りて、一夜のうちに、塵灰《じんかい》となりにき。

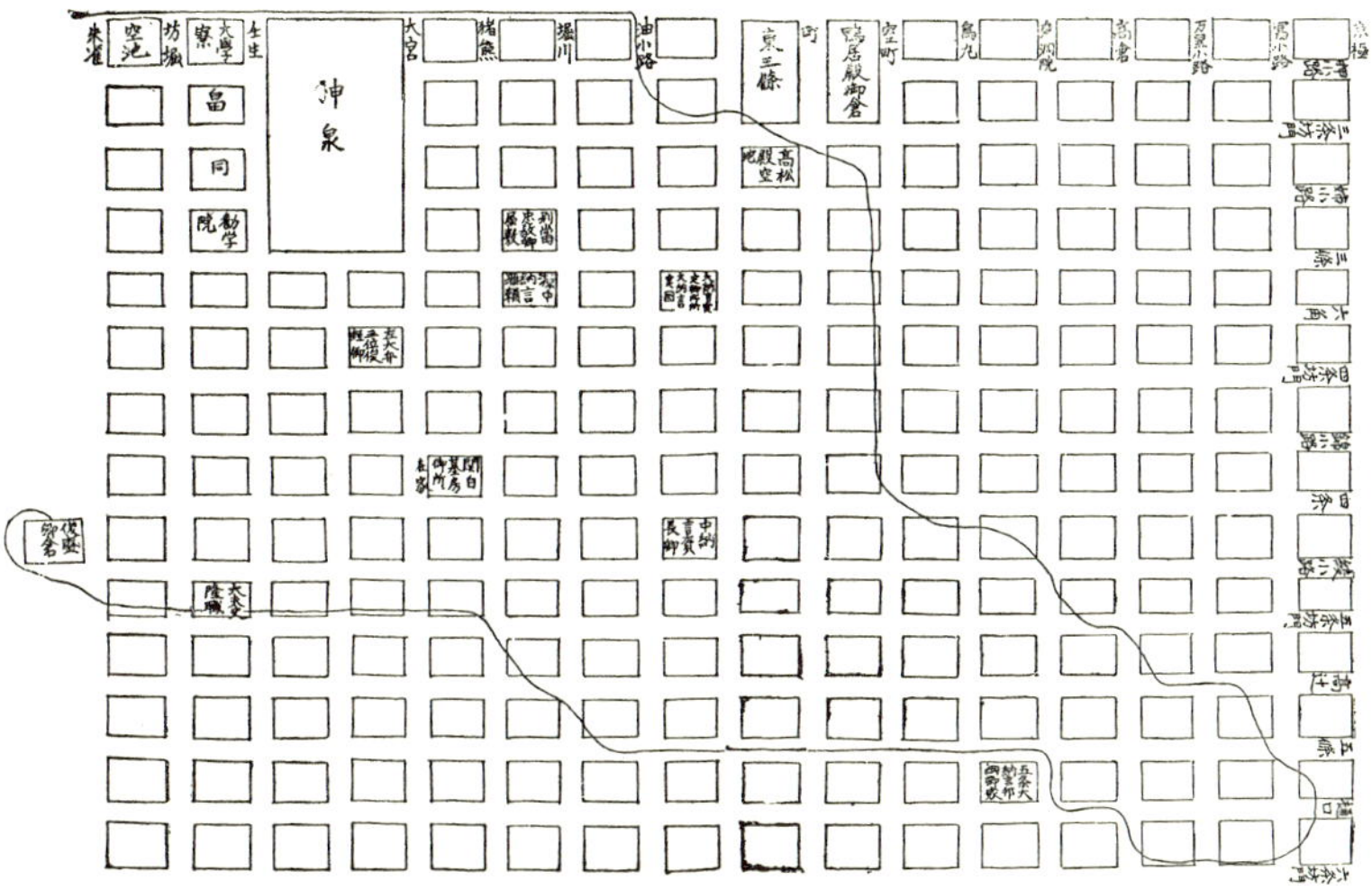

図3　火事の範囲（『清獬眼抄』）

これは安元三年（一一七七）四月二十八日の京都の大火災の書き出しです。「去」という字を「いにし」と読んで、その音便で「いんじ」と読む。これは『平《へい》家《け》物語《ものがたり》』などにもよくでてくる読み癖です。しかし、『平家物語』は語り本ですから、「さる」というのを伸ばしたかたちで「さんぬる」という言葉がありまして、そう読んでもいいような気がいたします。

〔六〕火元《ほもと》は、樋口富《ひぐちとみ》の小路《こうじ》とかや。舞人を宿《やど》せる仮屋《かりや》より出《い》で来たりけるとなん。吹き迷《まよ》ふ風に、とかく移《うつ》り行くほどに、扇《おうぎ》をひろげたるがごとく末広《すえひろ》になりぬ。遠き家は煙《けむり》にむせび、近きあたりはひたすら焔《ほのお》を地に吹きつけたり。空には、灰《はい》を吹き立てたれば、火の光に映《えい》じて、あまねく紅《くれない》なる中に、風に堪《た》へず、吹き切《き》られたる焔、飛ぶが如くして一二町を越えつつ移りゆく。その中の人、うつし心あらんや。或は煙にむせびて、倒《たお》れ伏し、或は焔にまぐれて、たちまちに死ぬ。或は身ひとつからうじて逃《のが》るるも、資財《しざい》を取り出づるに及ばず。七珍万宝《しっちんまんぼう》さながら灰燼《かいじん》となりにき。そのつひえ、いくそばくぞ。そのたび、公卿《くぎょう》の家十六焼けたり。まして、その外《ほか》、数へ知るに及ばず。すべて都のうち、三分が一に及べりとぞ。男女《なんにょ》死ぬるもの数十人、馬牛《うまうし》のたぐひ、辺際《へんざい》を知らず。

〔七〕人のいとなみ、皆愚《おろか》なる中に、さしもあやふき京中の家をつくるとて、宝を費し、心を悩ます事は、すぐれてあぢきなくぞ侍《はべ》る。

これが不思議の第一です。『方丈記』の五つの災厄の書き出しの部分になります。

この火事の範囲は、『清獬眼抄《せいかいがんしょう》』所載の図があります。獬というのは、世の中の問題を正しく見抜くとか裁く力を持っている架空の動物で、裁判官とか検察官とか、そういう人の立場や見方というものを示すときに使う言葉です。清というのは清原《きよはら》という法律家の家が平安時代から中世にありまして――中原、清原というのは法律や儒学《じゅがく》の家柄ですが――、その清原家の人が書いた平安末から鎌倉のごく初めの京都の、治安警察その他のことを記述した本のことを『清獬眼抄』と申します。『群書類従《ぐんしょるいじゅう》』という叢書の公事《くじ》部の中に入っております。それに、この安元三年の火事の図が載っているわけです。成立はおそらく鎌倉時代の初めだと思われますから、同時代の正確な記事だと思います。曲がった線の中が焼けた部分という意味のようです。上のほうに鴨居殿《かもいどの》・東三条《ひがしさんじょう》と出ていますが、これは焼けた範囲に入っていません。右端のところで見ますと、樋口の通りと富小路の通りの交差点のあたりが樋口富小路というところで、この辺が火元になった。それで、北西のほうへ向かって火の手が延びていって京の町がたくさん焼けたというわけです。焼けた貴族の家の主なものが書かれています。

京都の町

ついでに、京都の町のことを説明したいと思います。図4は平安京の左京の図です。平安京というのは内裏《だいり》があって、天皇が南のほうを向いて東と西、左と右を分けます。中世では一般に左京のほうを洛陽《らくよう》、右京のほうを長安《ちょうあん》というふうに呼んだということになっています。その長安とか洛陽とかの通称でもって、左京と右京を呼び分けるのは、どうもそんなに古いことではなさそうだという意見が最近は出されていますけれども、洛陽というのは都の代名詞としても使います。左京側は東のほうですから東京《とうけい》《とうきょう》と言って、右京側のほうは西ですから西京《にしのきょう》《さいきょう》と言います。

東京図《とうけいず》は『拾芥抄《しゅうがいしょう》』という有職故実《ゆうそくこじつ》の本に所載され、書かれたのは鎌倉時代の中ごろであろうと考えられています。その有職故実の本に載っている京都の町の図から、平安末、鎌倉初めごろの京都の町のいろんなことがわかります（安元三年の火災よりも少し後のこともたくさん書き込まれていますが）。南のいちばん下が九条です。そこから四本上のところに八条通りがあります。縦のほうの通りに、東洞院《ひがしのとういん》があります。それからその次に烏丸《からすま》があります。これは京都駅の真ん前に烏丸通りというのがあって、いまの京都市の官庁街で、中心になっている道路です。それから、烏丸、室町とあるわけですけれども、そのところに西洞院という大きな通りがあります。この東洞院と西洞院の間、そして八条のちょっと北に、東八条、八条院左大臣良相《よしすけ》御所、御台所池殿《みだいどころいけどの》というような貴族の邸が書いてあります。ここのあたりがいまの京都駅です。京都駅を降りて新幹線口のほうを八条口と言います。八条通りよりちょっと北のところを東海道線が東西に走っていって、西の京に渡るところで少し南のほうへ折れていきます。

もう少し、そういう景観を説明しておきますと、八条の北に七条通りがあって、七条通りの少し北のあたりに市町《いちのまち》というのが四つ並んでいるところがあります。このあたりがいまの西本願寺《にしほんがんじ》の場所です。

東京圖

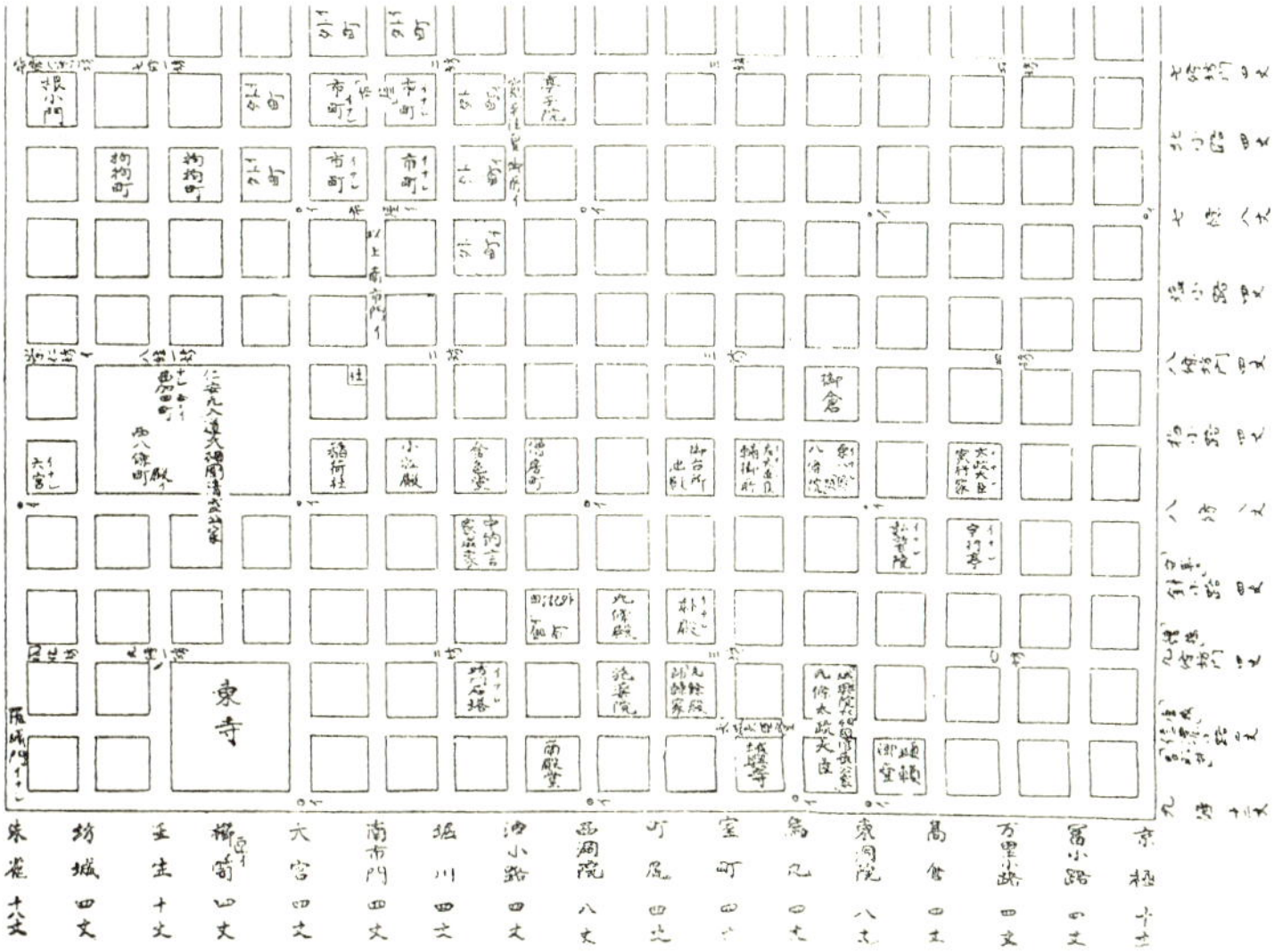

図4　東京図(『拾芥抄』)

その市町と書いてあるところあたりから少し東のほう、烏丸通りの少し西側のあたりに東本願寺《ひがしほんがんじ》があります。

もっと北のほうに、三条《さんじょう》通りというのがあります。三条京極《きょうごく》というのはいま京阪三条の駅があって、祇園《ぎおん》などに近くたいへん賑やかなところです。西のほうには、神泉苑《しんせんえん》という平安時代の初めにつくられた中国風の大きな庭園がありました。これはいまも小さなかたちで残っておりまして、神泉苑の北半分のところから、もう少し御所の方に進んで、もともとの内裏の中にかけて現在あるのが二条城《にじょうじょう》です。二条城の近くの、山陰本線の二条駅は、朱雀《すざく》大路、朱雀門と書いてある字のあたりにあるということになります。二条通りと大宮通りで囲まれている北西に大膳《だいぜん》とか大炊《おおい》とか宮内《くない》とか、役所の名前が書き込んであります。これは大内裏《だいだいり》の中です。もともとの大内裏はここにあって、西の京のほうにまたがっていた。現在、京都に行くと御所《ごしょ》というのがありますが、過去には何度も火事で内裏が焼けて、再建できず、有力な貴族の邸へ天皇が移っていきました。そういう内裏のことを里内裏《さとだいり》と言います。二条洞院の里内裏というのが、中世の後半に大内裏になりまして、現在の京都御所はそこにあって、建物は江戸時代の末につくられたものが現在残っているということになります。

さっきの富小路ですが、六条通りの少し北のほうに行くと樋口というのがあります。五条のちょっと下です。この五条富小路というあたりに、人が集まる場所があって、ここで火事が起こって、それが西北のほうへ燃え広がっていったということになります。

『拾芥抄』の図を見ますと、六条院があります。この現実の六条院じゃなくて、『源氏物語』の六条の邸というのは、光源氏《ひかるげんじ》の後半の生活の拠点になった場所としてよく知られている名前です。ほかに主な邸をいくつか見ておきますと、三条通りの北のところ、二条と三条の間に、東三条《ひがしさんじょう》という大きな邸があります。東三条殿といわれて、摂関家藤原氏のいちばん大事な邸です。藤原氏は、天皇家でいうと三種の神器《しんき》にあたるような、朱器台盤《しゅきだいばん》という、漆塗りの小さな机とお椀のようなものを、氏《うじ》の長者《ちょうじゃ》のシンボルとして代々伝えていたわけですが、そういうものとか、藤原氏の氏の家産《かさん》の中心になる帳簿や宝物とかは、普段は東三条殿にありました。

それから東三条殿の隣に閑院《かんいん》というのがあります。これは、小さい字で書いてありますけれども、平安時代の初めにいた藤原冬嗣《ふゆつぐ》という人の邸がもとになっています。後にここを拠点にした一族に閑院《かんいん》流《りゅう》藤原氏があり、これが平安時代の末ごろからたいへん勢力を持つようになりました。この閑院流藤原氏から西園寺《さいおんじ》とか徳大寺《とくだいじ》とか三条とかの家が輩出したわけです。さらに北のほうに、広い区域をとって高陽院《かやのいん》があります。これは皇族の内親王《ないしんのう》も住んだ場所です。もう少し北には、近衛《このえ》通りというのがありまして、北のところを東西に並んだ近衛殿というのがあります。これは摂関家の主流で、たいへん有力だった近衛家の邸があったところです。鷹司《たかつかさ》通りの北のところには、鷹司殿という邸があります。

貴族の家号と名字

このように貴族の邸が京都の町の中にたくさんあり、こういう邸は平安時代の終わりまで、女性が相続するのが貴族社会の通例でした。母親から娘へと伝えられていくわけです。男はこういう不動産を相続しないのが例でした。だいたい貴族社会では、平安時代の半ば過ぎごろまでは、婿《むこ》入《い》り婚《こん》が普通で、男の貴族は女性のところへ行って、そこへ住み込んでしまうというかたちをとりました。ですから、成人した男が父親と同じ家に住むことはありませんでした。それで閑院の邸を相続している女性のところへ入り込んで結婚すれば、閑院殿と呼ばれる。そういうのを一般に家号《やごう》と言ったりします。たとえば藤原道長《みちなが》は土御門《つちみかど》の邸に主に住んでいましたから、土御門殿というように言った。高倉《たかくら》の邸に住んでいた貴族は高倉殿、京極《きょうごく》に住んでいる人は京極殿と言います。そういう家号をずうっと系図の上にあてていきますと、父親と同じ家号を持っている例は、まったくないわけです。ですから、家屋敷は女性が伝領《でんりょう》して、男はそこへ一代かぎりで入っていくことになります。

ところが、平安時代の末から鎌倉時代初めにかけて、貴族社会にとても大きな変化が起こり、家屋敷を父親から息子へと、男が相続するように変化していきました。そうすると、家号が名字《みょうじ》といいますか、家柄の名前になります。九条家とか、近衛家とか、鷹司家とかいうような家号を名字にしてしまう貴族が出てくると、代々その家は男系で相続して、そこに住んでいる。邸の名前が家の名前になるという変

図５　東三条殿復元模型
藤原兼家や道長などが使用した大邸宅．二条大路以南，町小路以西に，南北２町を占めた．（京都府京都文化博物館所蔵）

化が、鎌倉時代の初めに起こります。鷹司とか近衛とか京極とか、あるいは富小路とか、そういう式の名前はみんな中世以降になりますと、家の名前ではなくて、家柄というか、男系の系統の名前になります。

坊・保・町

この際もう一つだけ説明をしておきますと、京都のような碁盤《ごばん》の目になっている町のつくり方を、日本では普通——中国でもそうですが——、条坊制《じょうぼうせい》といいます。基本的にはどういうふうになっているかというと、いちばん北の東西に走る線が一条。二条、三条、四条、五条、六条、七条、八条、九条。九条まであります。それから、南北のほうの線はいちばん中心になっているのが朱雀大路で、それから大宮、西洞院、東洞院、京極となります。そういう縦横の線が走っている。それで、三条と四条通り、それからこれに見合うように縦の線の大宮大路から西洞院という、そこの間に囲まれる真四角の土地を坊《ぼう》と呼びます。三二の坊で、東の京が成り立っている。これに縦横の道路が入り、これをさらに分けて、坊の下の部分を保《ほ》といいます。ですから、京都の町は区画でいうと、まず坊に分かれて、一つの坊が四つの保に分かれています。この間にもう一つ細い道路が入っていまして、この一つを町《まち》《ちょう》といいます。だいたいこの区画が、都城の区画でいうと四〇丈《じょう》になります。四〇丈だと一二〇メートルなのですが、平安京は道路の幅が広かったので、一つの町は、大雑把にいうと、一〇〇メートル四方ぐらいになります。坪数にすると、四〇〇〇坪ぐらいでしょうか。それぐらいの広さが一つの町です。さっき見た何々殿とか、何々院といわれるような貴族の邸は、この町を一つずつ占領しているわけです。東三条殿は二つ占領しています。二つ占領している土地があれば大きな池を造って、寝殿造《しんでんづくり》とし、池の真ん中に中の島があって、そこで管絃《かんげん》をやったり、その池で釣りをしたりする、その程度の遊びはできるわけです。

京都の町というのは、南北でかなり落差があり、九条の通りと二条や一条のあたりとの高さは標高にして三〇メートルから四〇メートルぐらいの差があります。平安時代に書かれたものによると、東寺の五重塔のてっぺんが内裏の地平と同じ高さだと書いたものもあります。それは少し大袈裟《おおげさ》な表現ですが、かなり全体が傾斜しているのは事実です。ですから水を流すと、下京《しもぎょう》のほうへ流れていくので、泉水をひいて庭を造るのにたいへん適していましたし、西の京のほうは低湿地だったと言われますけれども、平安時代から鎌倉時代にはあちこちで湧《わ》き水があって、庭を造るのに適していたようです。

町の成立

貴族の邸がたいへん大きかったことは、占領している規模でおわかりいただけたと思います。町に住んでいるのが、中世の後期になると町衆《まちしゅう》《ちょうのしゅう》ということになるわけですが、全体のこの坊が、四×四、一六の町に分かれていました。町をさらに分け、三二の小さい矩形《くけい》の区画ができます。これが、もともと都城計画のときに割り当てられた、普通の京都の住人の家ということになります。これの持ち主のことを、戸主《へぬし》と呼びます。ですから、これだけで百何十坪かあるわけで、いまの東京の住宅事情からすれば広いじゃないかということになりますけれども、とにかく三二の区画分を占領して普通の公卿《くぎょう》の家が成り立っているということになるわけです。町を一〇〇メートル四方として、四分の一

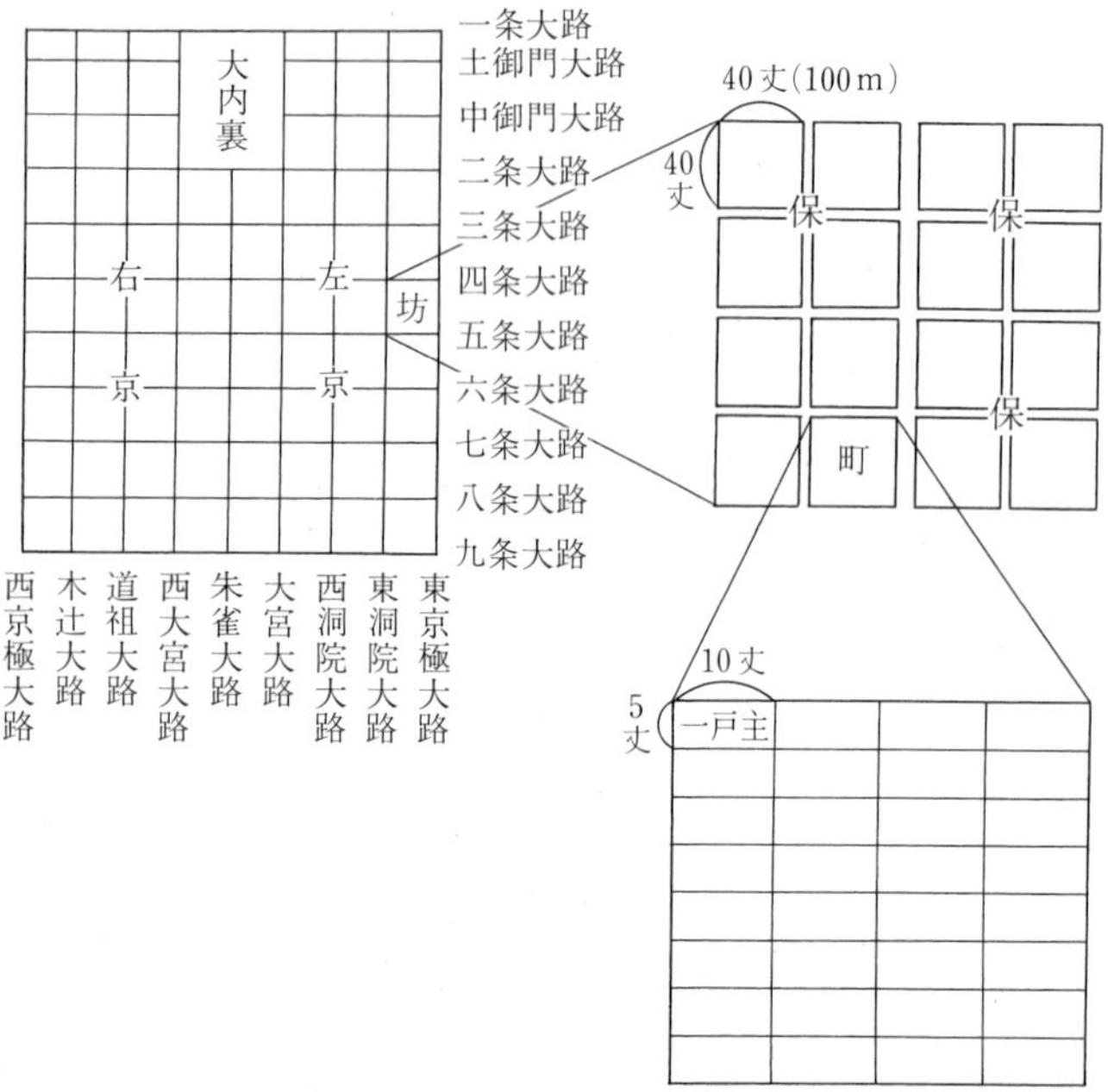

図6　平安京の条坊

に分けると、一辺が二五メートルになります。八分の一ならば十数メートル。それぐらいの区画に零細な人間が住んでいる。もっとさらに細かく分けて、小屋を建てて庶民が住んでいるということになります。

私は若い時北海道の札幌《さっぽろ》に住んでいたことがありますが、札幌の町も碁盤の目のような区画になっていて、東洋の伝統で都市を計画したものとみえますが、碁盤の目の町というのは整然としているようで、住んでみるとそう便利なものではありません。都心に出ていくときに、結局二本の交差している道路しかないため、交通渋滞が起こりやすい。中央の広場から放射線状に広がっている方が便利です。四角に整然と区切った町というのは、支配者が町を区画して支配するには便利でしょうが、住んでいる人間から言うと、そう便利ではありません。

実際に京都で、応仁《おうにん》の乱が起こって、京都が町人の町になりました。町人の町になってどう変わったかというと、生活の中心が道路に移ったわけです。みんなが道路に店を出す、あるいは道路から見えるところに仕事場をつくって、そこで手仕事をする職人がたくさんいる。ウナギの寝床《ねどこ》みたいに細長くて、奥行きは深いのですが、とにかく間口を道路に出して、そこで物を売ったり仕事場を見せたりすることで、京都の町の人たちが生活をするようになります。道路が中心になり、両側の人が道路を共有しているわけですから、室町時代になると町のつくりが自然に変わっていきまして、町の区画も変化していくことになります。

道路を共有して生活している人が町をつくる。いままでの町と違って道路をはさんで町の自治組織ができていきます。こういう道路に面してできる三角を、室町時代に、面という字を書いて「つら」というふうに呼んだのですが、これが一つの町になっていきます。いまの京都の祇園祭の鉾《ほこ》を巡行する町の組織などは、こういうかたちでできていったものの伝統が現在に残っているわけです。碁盤目の区画から外れて、実際の生活の場である道路を中心に、この中にもっと小さい対角線の、菱形《ひしがた》みたいに見える区画がたくさんできて、この中の路地を中心にして、もう一つ下部の組織ができていくわけです。それは中世後期の京都の町のたいへん大きな変化です。こういう中で町衆の団結ができて、そういう人たちがグループになって鉾をつくったり、京都の町

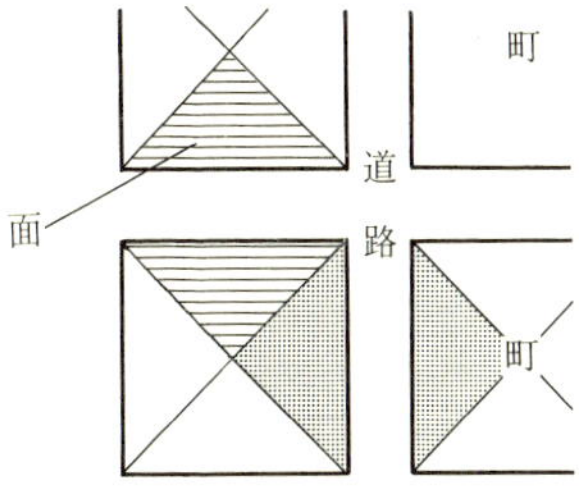

図7　面

の自治組織をつくりあげたりするようになりました。

京都と寺院

京都にはお寺がたくさんあり、高い割合で境内地《けいだいち》というのが京都市の土地を占めています。京都に行くとお寺ばかりだという印象を持つわけですけれども、先にあげました東京図の中には、お寺はありませんでした。ただ一つあるのは、東寺《とうじ》というお寺で、その他は全然なかったのです。

寺はどういうところにできたかというと、東山《ひがしやま》とか、それから紫野《むらさきの》とか嵯峨野《さがの》とかにできた。室町時代の半ばを過ぎても町の中にはお寺はないのです。戦国時代も近くなったころに、日蓮宗《にちれんしゅう》のお寺が碁盤の目の中にできるようになります。本能寺《ほんのうじ》の変《へん》の本能寺など、中京区の寺町《てらまち》通りに寺がたくさんできるようになります。そのお寺をつくったのは、新しい町を組織した町衆です。京都の商人や職人、市民ですけれども、そういう人たちが日蓮宗の信者になり、いままでの伝統や慣例を破って町の中にお寺をつくるようになりました。いま、寺町という区画が元の都城《とじょう》の部分にもありまして、日蓮宗だけではなくて、浄土宗などのお寺もたくさんありますが、それは十六世紀ぐらいになってからの話です。ですから、長明の時代に京都に寺ができるときには、みんな町の外のほうへ出ていった。そのことは、鴨長明が大原《おおはら》に行ったり、醍醐《だいご》の南の山の中に籠もったりすることとも関係がありますから、また後でふれる機会があると思います。

火　元

だいぶ脇道にそれましたが、『方丈記』の本文に戻ることにします。本文〔五〕のところですが、四月二十八日の夜に火事が起こって、たちまちのうちに延焼した。朱雀門《すざくもん》、それから大学寮《だいがくりょう》、民部省《みんぶしょう》は、『拾芥抄《しゅうがいしょう》』の地図を見ていただくとおわかりいただけると思います。あるいは、

『清獬眼抄《せいかいがんしょう》』のほうは内裏の部分が抜けていますが、朱雀門があって、大学寮というのが朱雀門の南、神泉苑《しんせんえん》の隣のところにあります。これは貴族の子弟が入り、勉強をする施設。いわば国立大学みたいなもので、その南のほうに弘文院《こうぶんいん》とか勧学院《かんがくいん》とか奨学院《しょうがくいん》とかといった、氏族が建てた私立大学のようなものが集まっているということになります。朱雀門の右肩のところに民部とあります。これも焼けてしまった。大極殿というのは、大内裏の中心の朝廷の正殿にあたる部分ですが、それも焼けてしまった。「一夜のうちに、塵灰《じんかい》となりにき」というわけです。ここはまず、火事で西北のほうへ火の手が延びていって、律令国家の中心の部分まで火災が及んだということを、最初に書いています。

その次に〔六〕段目に、火元は樋口富小路というところだったと書いてあります。そこには「舞人」と書いてあって、それに大福光寺本には「舞」という字と「人」という字を書いて、舞い人が住んでいた仮の宿、臨時宿泊所のようなところが火元になったのだというふうに読めます。ところが、その他の異本の『方丈記』では、多くが「やもうど」と書いてあるのです。漢字を当てると、「やまいうど」というのでしょうか、「やまうど」というのでしょうか、「やまいびと」が音便で「やもうど」というふうになる。他の異本ですと、普通はここは病人という字を当てて読んでいるものがとっても多いのです。命が終わりそうになってる人がたくさん集まるような施設が京都の端にあったとか、あるいはそうではなくて病院に近いものであったろうとか、いろんな説があります。樋口富小路というと、京都の町外れにあたります。五条のすぐ南のところの道路と、それから京極東から一つ都の内側へ入ってきた富小路との交差点のあたりです。

五条大橋

ここから東のほうへ行きますと、五条大橋があり、大橋を渡って真っ直ぐ行くと、清水《きよみず》がありますす。清水に行く前に、今ですと五条の橋を渡って、川の向こうに京阪電車の駅があります。さらにそれを真っ直ぐ行くと、西本願寺の大谷廟《おおたにびょう》という親鸞《しんらん》のお墓があります。その墓に行くまでの間が、最近はかなりさびれてしまいましたが、清水焼の店が軒を並べており、陶器の町みたいになっています。少しずつ上りになって、そのあたりを五条坂というのですが、その突き当たりの親鸞の墓地と、五条の橋の手前を右のほうへちょっと折れたところに、六波羅蜜寺《ろくはらみつじ》というお寺があります。有名な空也上人《くうやしょうにん》の像があるお寺です。西国巡礼の札所《ふだしょ》にもなってますから、参詣《さんけい》する人もとても多い寺です。さらに、親鸞の墓地を左のほうへ坂を上っていくと、清水寺があり、その先のほうの山の中が鳥辺野《とりべの》、鳥辺山《とりべやま》というところです。鳥辺野の煙というのはいろんな古典に出てきますけども、京都の町の人が死体を捨てる場所は、五条の橋を渡った向こう側の河原から始まります。だから、そういう死体を捨てる河原の真ん中で、空也上人が死者を供養《くよう》した遺跡が六波羅蜜寺になります。親鸞の墓地もその向こうにある。五条の橋というのは、いろいろ象徴的な意味を持っている橋で、京都の町から見ると他界というのでしょうか、死者の国へ渡っていく橋とか、いろんな意味づけが五条大橋に関してなされます。ですから、その近くに病の人を収容する施設があったなどというと、そういうものと関係があるのではないかといったようなことを想像する人もいます。

角川文庫の補注のとおり、「舞人」というふうに解釈できる史料は、この大福光寺本だけではなくて、『源平盛衰記《げんぺいせいすいき》』にも、それに近いような記述があります。比叡山《ひえいざん》関係の坊さんが降りてきて、日吉《ひえ》神社のお祭をする時に舞を舞う人がここへ集まっていた。それが火事の元になったといったような記述をしたものもあるわけです。ですから、病人というのを、「や」の字を落としてしまって、それが「まいうど」になったというだけのことではなさそうです。鎌倉時代の初めにそういう噂というのでしょうか、それが伝わっていて、あるいは舞人がちょっとわかりにくかったので、「や」の字が落ちたのだというように判断して、病気の人が宿る場所があったのだ、そこが火事の火元になったというふうに、流布本の作者がしたのかもしれません。それ以上、詮索《せんさく》のしようがありません。

漢文風の作法

次に、火が延びていくさまが書かれています。短い文章ですが、なかなか迫力があると昔からいわれているところです。しかしよくよく見ますと、和文脈というよりも、まさに漢文の文章作法に則《のっと》った書き方で、「遠き家は煙にむせび、近きあたりは」と、遠きと近きの対《つい》句《く》になっている。「或は煙にむせびて……、或は焔にまぐれて」というのも対句ですね。こういう対句をさかんに使うのは、漢文の文章作法で、和文の文章にはあまりない。それは『方丈記』の序もそうで、いちばん最初、「よどみに浮ぶうたかたは、かつ消え、かつ結びて、久しくとどまりたる例なし」の「かつ消え、かつ結ぶ」も対句ですね。結んで消えるというほうが、何か論理的なような気もしますから、かつ結び、かつ消えてというほうがいいのかもしれませんけれども、口調からいうと、「かつ消え、かつ結び」となり、それで「朝《あした》に死に、夕《ゆうべ》に生るるならひ」という書き方になっています。これも朝に死んで夕に生まれるというより、朝に生まれて夕に死ぬ、それが無常だというほうが論理的なような気もするのですが、どうも注釈をする人は、そういうことにどうしてもこだわるので、ここが「朝に死に、夕に生るる」となってるのは、前のほうの泡が「かつ消え、かつ結び」と、消えるほうが先に出て泡が生じてくるほうが後に書かれている、それとの文章関係からいうと、やっぱり「朝に死に、夕に生るる」という書き方をしないと納まりが悪いから、こうなったのだろうと簗瀬氏の『方丈記全注釈』（角川書店、一九七一年）に詳しく書いてあります。

それもやっぱり漢文風の全体の文章の均整、全体の骨組み、枠組みに配慮して作っていくと、いま言ったような文章の構成になるわけです。「かつ消え、かつ結び」だから「朝に死に、夕に生るる」というふうになったという見方が正しいかどうかわかりませんけども、もっともらしく聞こえる。そういう文章の作り方になっているわけです。「遠きは……、近きは……」、「或は……、或は……」とたたみかけるような文章などの技巧がふんだんに駆使されて、できあがっているのです。

町の焼亡と死者

「吹き切られたる焰、飛ぶが如くして一二町を越えつつ移りゆく」というのがあります。それから、後のほうも「三四町を吹きまくる間に」、それから「四五町がほかに置き」というのがあります。簗瀬氏の現代語訳を見ますと、「風の勢いにたえられずに吹きちぎられた炎が、一〇〇メートルも二〇〇メートルも飛びこえては、火が移っていく」というふうに書いてあります。それから、もう少し先まで見ておくと、「旋風が三、四〇〇メートルつきぬける圏内にはいっている家々は……」「四、五〇〇メートルも遠くへもっていき」というのがあります。ここでは町というのが、物差しの距離の長さというふうに解釈されています。それで間違いではないのですが、京都の町に住んでいた長明の実感からいうと、「町」というのはだいたい一〇〇メートルなんですが、坊が一六に区切られた一つの区画も一つの「町」というのです。だから距離の線で考えるよりも、面で家がたてこんでいる道路に囲まれた一つの区画というか、ブロックが焼けたというふうに解釈するほうが自然なような気がします。他の注釈書をみると、この三、四町とか、一、二町というのは、やっぱり区画のことだというように取っているもののほうが多いようです。私たちはこういう時にまず地図を見て、どれぐらいの距離だといったような判断を下しがちですけども、実際に住んでいた人間というか京都の町の中を歩きまわっていた人間の感覚でいうと、区画のほうがいいのではないかと思います。

この段の最後のところの「男女死ぬるもの数十人」を、数十人というのは少ない、これだけの火事だと言っているんだから、数百人の間違いであろうと言う人がいて、実際に『源平盛衰記』や『平家物語』を見ると、この時の火事で京都の町で焼け死んだ人を数百人というふうに書いてあるものがあるのです。ただ、軍記ものというのは数字を水増して大袈裟《おおげさ》にいうのが通例ですから、火事で数十人焼け死ねば、京都の町の出来事としてはたいへんなことだったのではないかという気もします。ただ、数百人でないと、何となくここのところの雰囲気が収まらないという人もいるわけです。

次に〔七〕ですが、これは、「人間のやることはみなばかげたものなんだが、その中でも、これほど危険な市街地の家を建てるために、財産をつかい、あれこれと神経をすりへらすなんてことは、もっとも愚劣だよ」というのが簗瀬氏の訳です。何億円の家を建てても焼けてしまえば簡単になくなってしまう。建て込んだ京都の町の中で、大きな家を競うのは人間の無駄な営みではなかろうか、という感想がちょっと入っているわけですね。要するに『方丈記』というのは家の問題を中心にして人生を論じている。家の大きさや家の問題をたとえにして人生論を述べている本ですから、ここでもそれが少し出ているということになります。

3　治承の旋風

〔八〕また、治承《じしょう》四年卯月《うづき》のころ、中御門京極《なかみかどきょうごく》のほどより、大きなる辻風《つじかぜ》おこりて、六条わたりまで吹ける事侍《はべ》りき。

旋風

治承四年というのは、一一八〇年です。四月に旋風が起こって、京都の町が大きな被害を受けた。五月の二十六日に以仁王《もちひとおう》が平家追討の旗揚げをし、それで都が混乱に陥る。なかなか動かなかった源頼朝《よりとも》が、八月の十七日に、ついに伊豆《いず》で軍事行動を起こす。その間の、六月の二日に、平清盛《きよもり》は強引に都を福原に移す。そういうことが慌ただしく、この年の春から夏にかけて起こりました。そういう年にあります。それで、治承四年四月に起こった旋風のことが詳しく書いてあるのが、次の段です。

〔九〕三四町を吹きまくる間に籠《こも》れる家ども、大きなるも小さきも、ひとつとして破れざるはなし。さながら平《ひら》に倒れたるもあり、桁《けた》・柱ばかり残れるもあり。門を吹きはなちて、四五町がほかに置き、また、垣《かき》を吹きはらひて、隣とひとつになせり。いはんや、家のうちの資財、数をつくして空にあり、檜皮《ひわだ》・葺板のたぐひ、冬の木《こ》の葉《は》の風に乱るるが如し。塵《ちり》を煙の如く吹き立てたれば、すべて目も見えず、おびたたしく鳴りとよむほどに、もの言ふ声も聞えず。かの地獄の業《ごう》の風なりとも、かばかりにこそはとぞおぼゆる。家の損亡《そんぼう》せるのみにあらず、これを取り繕《つくろ》ふ間に、身をそこなひ、かたはづける人、数も知らず。この風、未《ひつじ》の方に移りゆきて、多くの人の嘆《なげ》きをなせり。

これも、旋風の迫力を短い文章の中でたいへんよく捉えています。全体として『方丈記』の書き振り

図8　辻　　風

京の町を吹き抜けた治承4年の辻風を描く．江戸中期の制作．（『平家物語絵巻』巻3，林原美術館所蔵）

の特徴は、火元がどこでどの方向へ火が走ったとか、辻風がどっちのほうへ行ったとか、それからどれぐらいの被害があったといったようなことを、きちんと書いている点にあります。どうしてこういう書き方をしたのかわからないのですが、何か役所の報告書みたいな、数や基本的な出来事の推移をきちんと押さえて、その間に非常に悲惨な被害の状況を迫力のある言葉で書き込んでいくかたちになっています。

〔一〇〕辻風《つじかぜ》はつねに吹くものなれど、かゝる事やある。ただ事にあらず。さるべきもののさとしかなどぞ、疑《うたが》ひ侍《はべ》りし。

辻風、旋風というのは、そんなに珍しいことではない。だからそれが起ったからといって、特にどうということはないのかもしれないけれども、しかし、この年にこういうことが起ってただごとならぬ被害をもたらしたということは、さるべきものが何か人間を戒《いまし》めるためとか、人間を懲《こ》らしめるためとか、そういうことで起こしたのではないだろうかと疑ってみた、という書き方です。関東大震災が起こった直後に、新聞は一斉に日本人がいい気になったから天が戒めたのだとか書いたそうですけれども、現代でもこういう判断や解釈や言い方というのはあるわけで、鴨長明がここでそういうことを書いている。ただ、長明自身が「さるべきもののさとし」をどういうふうに考えていたかということについては、よくわかりません。

その次は、治承四年の六月二日に突如として都を移すという出来事が起こった。その記事です。

嵯峨天皇と平安京

〔一一〕また、治承四年水無月《みなづき》のころ、にはかに都遷《うつ》り侍りき。いと思ひの外《ほか》なりし事なり。おほかた、この京のはじめを聞ける事は、嵯峨《さが》の天皇の御時、都と定まりにけるより後、すでに四百余歳を経《へ》たり。ことなるゆゑなくて、たやすく改まるべくもあらねば、これを、世の人安からず憂《うれ》へあへる、実《まこと》にことわりにもすぎ《げ》たり。

これが福原遷都の段の序文にあたります。四月に旋風が起こって、五月に以仁王が旗揚げをしているのですが、それはここには書いてなくて、そういういろんなことが起こって、とうとう清盛が強引に都を神戸に移してしまう話です。

注めいたことですが、「嵯峨の天皇の御時、都と定まりにけるより後」とあり、どうしてここに桓武天皇と書かないのだろうかということを述べておきます。平安京に都を移したのは桓武天皇なのですが、桓武天皇の皇子が三人即位しまして、桓武天皇の次は平城《へいぜい》天皇といいます。それから嵯峨天皇、それから三人目の皇子で即位した淳和《じゅんな》天皇とつづきます。平城天皇は、桓武天皇の後を継いで天皇になったのですが、貴族社会の中の派閥争いで、嵯峨天皇に譲位して奈良に移ったのです。ですから平城という諡《おくりな》を受けることになります。藤原氏の一派がそれに結びついて、貴族社会が分裂したわけです。嵯峨天皇が後の摂関家藤原氏とたいへん密接な関係をつくりあげたときから政治が安定して、平安京が都になった。平城天皇が一時奈良に移ったというふうに考えて、嵯峨天皇からだと書いているわけです。嵯峨天皇のときに、都と定まってから四〇〇年がたって、その間、特別なことがないかぎり都が変わるということはあり得ないことであったので、世間の人々はみんな清盛の処置に対して、納得がいかなかったと書いていているわけです。

「世の人安からず」と書いている、この「世」は、このまま現代語訳してしまうと、世間の人、世の中の人というふうになって、これを現代の言葉で受け取ると、現代の日本社会の人全部、あるいは東京都民みんなといったような感じになりますけれども、ここで言っている世というのは、非常に範囲が狭いと考えたほうがいいと思います。公家社会が「世」で、それを作っている人が「世の人」です。軒《のき》をはうようなあばら家に住んでいるような人は「世の人」の中に入っていない。世とか世の中という言葉が平安時代や鎌倉時代に使われる場合は、だいたいそうです。

4　福原遷都

その次に、福原《ふくはら》遷都のことが具体的に書かれている段に移ります。

遷都と混乱

〔一二〕されど、とかく言ふかひなくて、帝《みかど》より始め奉りて、大《だい》臣《じん》・公卿《くぎょう》みな悉《ことごと》く移《うつ》ろひ給ひぬ。世に仕《つか》ふるほどの人、たれか一人ふるさとに残りをらん。官《つかさ》・位《くらい》に思ひをかけ、主君のかげを頼《たの》むほどの人は、一日なりともとく移ろはんとはげみ、時を失《うしな》ひ、世に余《あま》されて、期《ご》する所なきものは、愁《うれ》へながら止まりをり。軒《のき》を争《あらそ》ひし人のすまひ、日を経《へ》つつ荒《あ》れゆく。家はこぼたれて淀河《よどがわ》に浮び、地は目の前に畠《はたけ》となる。人の心みな改《あらた》まりて、ただ馬・鞍《くら》をのみ重《おも》くす。牛《うし》・車を用とする人なし。西南海《せいなんかい》の領所《りょうしょ》を願ひて、東北の庄園《しょうえん》をこのまず。

これは福原遷都の際の政治的な混乱というのでしょうか、あるいは貴族社会の動きを横から見ていて、短い文章で捉えている部分です。

次の〔一三〕が、福原遷都の本文で、『方丈記』の中で有名な

図9　平家の都落ち
寿永2年，木曾義仲に追われて平家一門は六波羅を発った．（『春日権現験記絵』模本，東京国立博物館所蔵）

部分です。

〔一三〕その時、おのづから事の便《たよ》りありて、津の国の今の京にいたれり。所の有様《ありさま》を見るに、その地、ほど狭《せま》くて、条里《じょうり》を割るに足《た》らず。北は山に沿《そ》ひて高く、南は海近《ちか》くて下れり。波の音つねにかまびすしく、潮風《しおかぜ》ことにはげし。内裏《だいり》は山の中なれば、かの木《き》の丸殿《まるどの》もかくやと、なかなか様《よう》かはりて、優《ゆう》なるかたも侍《はべ》り。日日《ひび》にこぼち、川も狭《せ》に運《はこ》び下《くだ》す家、いづくに造《つく》れるにかあるらん。なほ空《むな》しき地は多《おお》く、造れる屋《や》は少《すく》なし。古京はすでに荒《あ》れて、新都はいまだ成《な》らず。ありとしある人は、みな浮雲《ふうん》の思ひをなせり。もとよりこの所にをるものは、地を失ひて愁《うれ》ふ。今移《うつ》れる人は、土木《とぼく》のわづらひある事を嘆《なげ》く。道のほとりを見れば、車に乗るべきは馬に乗り、衣冠《いかん》・布衣《ほい》なるべきは多く直垂《ひたたれ》を着たり。都の手ぶりたちまちに改《あらた》まりて、ただ鄙《ひな》びたる武士《もののふ》にことならず。世の乱《みだ》るる瑞相《ずいそう》と書きけるもしるく、日を経《へ》つつ世の中浮き立ちて、人の心もをさまらず、民の愁《うれ》へつひに空《むな》しからざりければ、同じき年の冬、なほこの京に帰り給ひにき。されど、こぼちわたせりし家どもは、いかになりにけるにか、ことごとくもとの様《よう》にしも造らず。

最初に、『方丈記』は後半の方丈の草庵《そうあん》の生活を述べている部分が本論だろうと申しました。最近はそういう読み方が盛んになってきたのですが、戦後三、四十年の間、前半のほうが『方丈記』の面目《めんもく》であるといわれました。火事の段、遷都の記述、飢饉で死んでいく人の場面を描写した部分がたいへんすぐれている。こういう社会的な問題をリアルに描く伝統というのが日本の文学にはあまりなく、男と女の関係を叙情的《じょじょうてき》にめんめんと書くのが日本文学の面目だったわけですけれども、世の中の動きや社会的な問題をきちんと捉えるような、そういう文学の可能性を示していると持ち上げる人が少なくありません。それからこの段では、何か没落貴族の歴史意識のようなものがよく現れている。戦争で日本の主要都市が焼野原になってしまって、そういう状況で読むと、こういう描写が昭和二十年代、三十年代の日本の知識人の心を打ったようです。いま読むと、特別そうも思わないのですが、特にこの段を持ち上げた人は、堀田善衛《ほったよしえ》、唐木順三《からきじゅんぞう》というような人で、いずれも独特な雰囲気を持った名文で書かれています。唐木順三氏の文章が好きだった方は、もう一度ご覧になるといいと思います。特に、「古京はすでに荒れて、新都はいまだ成らず」、唐木氏は、ここを高く評価しているのです（唐木順三『中世の文学』筑摩書房、一九五五年）。

摂津《せっつ》の福原というのは、いまの神戸市の西の外れで、私も以前、ここが福原の都の跡だというところへ行ってみましたけれども、町外れで、家もたてこんでいないし、こんな場所に都ができるはずはないと思いました。小さな史跡の石碑が建っていましたけれども、たいへん狭いところです。条坊制みたいなものを敷こうと思っても無理だし、大きな内裏を造ろうと思っても平地は到底見つからないような、そういう場所です。細いどぶ川が流れていて、まったくいいところとは思えない場所でした。

それで、「その時、おのづから事の便《たよ》りありて」というふうに書いてありまして、この書き方からいうと、福原遷都の時に、鴨長明が、二十代の前半ですけれども、福原に行ったのだということになります。「事の便りありて」というのは、何かのついでがあって津の国に行ったというのです。ですから、鴨長明は実際に行って見てきた感想をここに書いているのだ。福原に都が移った時に、移らないで強引《ごういん》に都に残った貴族の一派もいたわけで、実際には平清盛のいうことを聞いた公家たちだけが福原へ移っていったわけですが、長明がどういう人脈で福原に移っていった人と付き合いがあって、何の用があって行ったのかというのは、まったくわかりません。ただ、その次に出てくる「津の国の今の京」という言葉がポイントです。この津の国というのは、平安時代の和歌の重要な歌枕《うたまくら》です。和歌をつくるときに詠み込む地名のことを歌枕といいます。津の国というと、難波《なにわ》とか生田《いくた》とか、それからこの近くの昆陽寺《こやでら》――これも歌枕なんですが――、そういう住吉《すみよし》とか生田とか、生田の森、あるいは難波、長柄《ながら》とか、いろんな言葉に掛けて出てくる和歌用語なのです。「津の国の難波の」というふうにくると、お決まりとしては、葦《あし》とくる。ヨシアシというかたちで、善し悪しを思い悩むとか、そういう歌になっていったりするわけです。ここで、「津の国の今の京にいたれり」云々というところは、非常に和歌文学と通じ合うような、そういう作文であろうと考えても考えられないことはありません。歌枕として非常に重要なところだから、何らかの意味があって、長明は行ったのだろうと解釈する人もいます。

唐木さんが「津の国の今の京にいたれり」について言っていることを紹介します。この段のお終いのところをみると、この年の暮れには、「同じき年の冬、なほこの京に帰り給ひにき」とあります。福原なんかにいたってどうしようもない。とうとう行き詰まってしまって、冬にはまた京都に戻ってきた。しかし、京都は荒れ果ててしまって、もう元に復すべくもない都になってしまっていた、という文章です。

しかも、『方丈記』を書いている現在はそれからまた三〇年ぐらい後なのです。もちろん京都というのが都になっています。それなのになぜ、ここで「津の国の今の京」というふうに言ったのか。「今の京」というのは、書いている現在からいうと京都を指すはずだから、おかしいじゃないかと、唐木氏は言います。これは、この文章の中で現在というのを言っているので、ここの文章の時間はちょっと括弧《かっこ》にくくられていて、行った時、行く時の現在を「今」という言葉で言っている。歴史の中の現在の時間がここへ出てきているとか、何かいろいろ哲学的な解釈をして、だからこの文章はたいへんおもしろいのだと言っているところがあります。しかし、この当時の古典で、「今」というふうに使われる「今」は、だいたい現在という意味で使われることはあまりないんですね。たとえば熊野神社《くまのじんじゃ》があって、京都の町に熊野神社を呼んできて造った新しい熊野神社を「今熊野《いまくまの》」というふうに言うとか、「今」というのは新しいという意味で使うのが普通です。

さて長明は、新京に行ってみたわけです。「所の有様を見るに」、その地は狭くて、条里を割るに足らない。北は山が迫っていて、南は落ち込んで、行ったらすぐそこが海になっている。神戸の地形は、港ですから、当然そうなんです。波の音がいつも絶えない。潮風《しおかぜ》はことに烈《はげ》しい。それでいちばん北の端に内裏《だいり》を造るわけですから、内裏はどうしても山の中になってしまう。昔、天智《てんじ》天皇が九州の朝倉宮《あさくらのみや》というのを造って、臨時の宮殿だったから、丸太を削らないで宮殿を建てた。それを木の丸殿といういうんですね。いま、福岡市と久留米《くるめ》市の間に朝倉宮の跡が残っています。それも歌人の間では有名で、天智天皇がどうこうというのはおかまいなしで、丸太で造った御殿《ごてん》という言葉がおもしろくて、歌人たちがよくそれを引き合いに出します。ここもそれです。「木の丸殿もかくやと、なかなか様かはりて」ですから、ここの段はなんなとく、和歌に対する知識をいろいろつなぎあわせて、ひけらかす段のようでもあります。津の国というのを持ち出して、木の丸というふうに言ってみたりしているわけですね。これもなんとなく風雅だとか、風流だとか、それはそれで何かおもしろさがあるというような言い方をして、ちょっと突き放して、人ごとみたいに書いている。それが長明の立場かもしれませんけれども、文章としてはそういう感じになっています。

「日日にこぼち、川も狭に運び下す家、いづくに造れるにかあるらん」。どんどん家を建て替える、元の家を崩してきて建てるというような有り様が描写されています。けれども、福原の広い坂なのですが、囲いをして、縄張りをしたその土地は、あっちこっちに空き地が目立っていて、「空しき地は多く、造れる屋は少し」という話になります。「古京はすでに荒れて、新都はいまだ成らず」は、源平内乱期《げんぺいないらんき》に長明が世の中を見て、それを一行の言葉で表した、そういう文章なのです。すでに荒れて、新しい都はいまだ成らない。

「ありとしある人は」、みな浮雲《うきぐも》のような思いをなして、日々を送っていた。「道のほとりを見れば、車に乗るべきは馬に乗り」。車に乗るというのは、牛が牽《ひ》く牛車《ぎっしゃ》に乗って身分の高い貴族は町を行くわけです。歩いていくということはない。しかし、町全体が坂になっていますから、牛車は使えない。それで車に乗って行ったような人たちが、いまは馬に乗って交通をしている。

「衣冠《いかん》・布衣《ほい》なるべきは多く直垂《ひたたれ》を着たり」。衣冠とか布衣とかというのは、身分に応じて着る貴族の着物です。衣冠束帯《いかんそくたい》。貴族の身分に応じてさまざまな着物の形式がありました。冠の形が違うとか、あるいは年齢によって着物の色などもずいぶん気を使ったわけですけれども、そういう着物を着るような人たちが、直垂を着る。直垂というのは貴族にとって略装なのですが、武家社会ではそれが正装になっているのです。武士が着るような着物を着て、仮の宮中に集まって、世の中のことをいろいろ議論している。「世の乱るる瑞相《ずいそう》と書きけるもしるく」、この瑞相というのは一種の皮肉というか反語みたいなものので、強調というのでしょうか、凶悪なことの前兆というべきところを、わざと瑞相というふうに言ってるのです。

「日を経つつ世の中浮き立ちて、人の心もをさまらず、民の愁へつひに空しからざりければ、同じき年の冬」、とうとう都に帰ってしまう。だけど、平安京に帰ってみたら、壊してしまった家は、どうなったのであろうか。すべて元のようにもう一度造り改めるにはいたらない。なかなかかつての都が目の前に浮かぶようなかたちにはならない。

中国・日本の文学の相違

〔一四〕伝《つた》へ聞く、いにしへの賢《かしこ》き御世《みよ》には、あはれみをもちて、国を治《おさ》め給ふ。すなはち、殿《との》に茅《かや》をふきても、軒《のき》をだにととのへず。煙《けむり》のともしきを見給ふ時は、限りある貢物《みつぎもの》をさへゆるされき。これ、民を恵《めぐ》み、世を助け給ふによりてなり。今の世の有様《ありさま》、昔になぞらへて知りぬべし。

昔、中国の聖天子である堯《ぎょう》という王様は宮殿を造ったときに、立派な建物を建てれば、それは人民の負担が増えるだけだというので、できるだけ簡素なものにした。屋根を葺いても軒を整えることをしなかった。茅みたいなもので屋根を葺いたのだけれども、それをきれいに切りそろえて美しい屋根に形を整えることをしなかった。これは『史記《しき》』の中の有名な話で、政治の道徳を説く本の中にしばしば引用されたわけです。

それから後のほうの「煙のともしきを見給ふ時は、限りある貢物をさへゆるされき」。これは仁徳《にんとく》天皇が高楼《こうろう》の上から見たら、夕方、飯《いい》を炊《かし》ぐ時間になっても、人民の家々から煙が立っていない。それで思いあたるところがあって、人民の租税を七年間免除して、また高楼に上ったところ、どの家からも煙が上っているのが見えた。それで、民のかまどは賑わいにけりという歌をつくった。『日本書紀』や

『古事記』の理想的な天皇の話です。

「これ、民を恵み、世を助け給ふによりてなり。今の世の有様、昔になぞらへて知りぬべし」。この〔一四〕段は、やっぱり非常に漢文風の趣旨を持ち出して政治を論ずる。どんなことを書いても終わりは政治批判や政治の議論にもっていくのは、中国の詩文の特徴です。吉川幸次郎という有名な中国文学者は、「三〇〇〇年、四〇〇〇年の間、中国では文学は人が志《こころざし》を述べるということを、目標にしている。中国では文学というものは、志を述べ政治を論ずるために書かれた。それに比べて、日本では千何百年の間、文学の主題は、男と女の間、つまり恋を歌うことにあった。中国と日本で文学というものがどんなに違うか」ということを、いろんな文章の中で繰り返し述べています。男と女の仲、あるいはたいへん微妙な詩的な心情の揺れ動きを歌ったり、風景に託したりすることが日本では文学と考えられてるわけですけれども、中国では、たとえば『水滸伝《すいこでん》』や『紅楼夢《こうろうむ》』を読んでも、驚くほどみんな政治というものに執念があり、どんなことを書いてもお終いはみんな政治批判につながっていくようになっている。そのつもりになって読んでみると、中国の人というのはたいへん政治的な民族なのだと思います。

確かに都を移すということは政治的な事件ですから、最後をこういう文章で括るのは、ごく自然なのですが、『史記』や日本神話の中の話を持ち出して、いまの世の中が乱れているということを、遁世者になっている長明が書き込んでいる。長明はもう世の中を捨てているわけですから、政治なんかもうどうでもいいような心境に一方ではなっているはずなんですが、文章の作りとしては、ここへこういう政治的なことを書いて、『方丈記』の持っている漢文文脈から外れないようなかたちにしているのだと思います。

5　養和の飢饉

五つの大きな災難の中で、次に飢饉のことに入ります。

〔二五〕また、養和《ようわ》のころとか、久しくなりて、たしかにも覚えず。二年《ふたとせ》があひだ、世の中飢渇《けかつ》して、あさましき事侍りき。或《あるい》は春・夏ひでり、或は秋・冬、大風《おおかぜ》・洪水《こうずい》など、よからぬ事どもうち続きて、五穀《ごこく》ことごとくならず。むなしく春かへし、夏植《う》うるいとなみのみありて、秋刈り、冬収《おさ》むるぞめきはなし。

〔二六〕これによりて、国国《くにぐに》の民、或は地を捨てて境《さかい》を出で、或は家を忘れて山に住む。さまざまの御祈《おいの》りはじまりて、なべてならぬ法ども行《おこな》はるれど、さらにそのしるしなし。京のならひ、何《なに》わざにつけても、源《みなもと》は、田舎《いなか》をこそ頼《たの》めるに、たえて上《のぼ》るものなければ、さのみやは操《みさお》もつくりあへん。念《ねん》じわびつつ、さまざまの財物《たからもの》、かたはしより捨つるがごとくすれども、さらに目見立つる人なし。たまたま換《か》ふるものは、金《こがね》を軽《かる》くし、粟《あわ》を重くす。乞食路《こつじきみち》のほとりに多く、愁《うれ》へ悲しむ声耳に満てり。

悲惨な飢饉

〔二七〕前の年、かくのごとく、からうじて暮れぬ。明《あ》くる年は、立ち直るべきかと思ふほどに、あまりさへ疫癘《えきれい》うちそひて、まさざまに、跡《あと》かたなし。世の人みなけいしぬれば、日を経《へ》つつ、きはまりゆくさま、少水《しょうすい》の魚《うお》のたとへにかなへり。はてには、笠《かさ》うち着《ぎ》、足ひき包《つつ》み、よろしき姿したるもの、ひたすらに、家ごとに乞《こ》ひ歩く。かくわびしれたるものどもの、歩くかと見れば、す

図10　飢　　饉
飢饉に際して，水を求める人々を描く．平安末期の制作．(『餓鬼草子』京都国立博物館所蔵)

なはち倒れ伏しぬ。築地《ついじ》のつら、道のほとりに、飢《う》ゑ死ぬるもののたぐひ、数も知らず。取り捨つるわざも知らねば、くさき香《か》世界に満ち満ちて、変りゆくかたち有様、目もあてられぬ事多かり。いはんや、河原《かわら》などには、馬・車の行き交ふ道だになし。あやしき賤《しず》・山がつも力尽《つ》きて、薪《たきぎ》さへ乏《とぼ》しくなりゆけば、頼む方なき人は、みづからが家をこぼちて、市《いち》に出でて売る。一人が持ちて出でたる価《あたい》、一日が命にだに及ばずとぞ。あやしき事は、薪の中に、赤き丹《に》着《つ》き、箔《はく》など所所《ところどころ》に見ゆる木、あひまじはりけるを、尋《たず》ぬれば、すべき方なきもの、古寺にいたりて、仏を盗み、堂の物の具を破り取りて、割りくだけるなりけり。濁悪世《じょくあくせ》にしも生れあひて、かかる心うきわざをなん見侍りし。

まだ続きますけれど、ここでいったん切ることにして、ざっと意味を取りながら、眺めておきます。

養和というのは、一一八一年から八二年までの元号です。それから四〇年にはなりませんが、だいぶ昔のことなので、細かいことは覚えていないが、二年の間、世の中が飢饉になって、たいへん悲惨な状態になった、というのが、この飢饉の段の書き出しになります。

「むなしく春かへし、夏植うるいとなみのみありて、秋刈り、冬収むるぞめきはなし」。「ぞめき」という言葉は、角川文庫『方丈記』の注に「収穫のにぎやかな楽しみがない」とあります。濁点のない「そめき」というのを「ぞめき」というふうにとって、「さざめき」というのでしょうか、それに類する言葉に解釈しているようです。十二、十三世紀のこういう文章を読むのに、どこまで役に立つか少々疑問なのですが、『日葡《にっぽ》辞書』を見ますと、「そめき」という言葉がありまして、その説明は、種を蒔いたり収穫をしたりするなどの仕事というふうに書いてあります。この「そめき」という言葉は、文章語である。つまり和歌を詠《よ》むときに使ったり、あるいは特殊な知識人が文章を綴《つづ》るときに使う言葉だという符号が付いています。「そめき」にはどういう漢字が当てられるのか、あるいは漢字がなくて、もともとの和語なのか、和語なら雅語《がご》として和歌だけの言葉なのかというのがよくわからないのですが、大きな国語辞典を引いても、あんまり詳しい説明がありません。ただ「そめき」というのは、種を蒔いたり収穫したりする仕事や作業のことを言うと『日葡辞書』に出ていまして、にぎやかな楽しみがないという解釈はちょっと拡張解釈だと思います。夏に植える営み——春に土をかえして、つまり鋤《すき》を入れて、鍬《くわ》で耕して、夏に植える——、そういう営みだけがあって、秋に刈り取って冬にそれを収穫して貯蔵する、そういう作業をやる余地もない。やるよしもなくて、何にも仕事がなくなってしまっている。どうもそういう意味のようです。『日葡辞書』を引いてみると、そういう言葉が出てくるので、ここはそう理解したほうがいいように思います。ともかく、天候不順で、春夏は日照《ひで》りで、秋になると大風や洪水などが相次いで起こって、それが二年も続くということになります。

「国国の民、或は地を捨てて境を出て、或は家を忘れて山に住む」。これは、角川文庫の注によると、流布本系では「家を忘れて山にすむ。地を捨てて境を出でぬ」と逆さまになっている。家から始まって、だんだんと遠いところへ目が移っていくようなかたちで叙述の順序ができています。けれどもこれは、前から申し上げているとおり、漢詩や漢文の文章の作り方では、必ずしもそういう順序ではなく、大きいほうを倒置して出すことによって文章の効果をあげるというようなこともたくさんあります。ごく簡単な例ですと、謡曲《ようきょく》の「紅葉狩《もみじがり》」の中に「林間に酒を温めて紅葉をたく」とあります。紅葉をたいて酒を温めるという言い方をしないで、紅葉、落ち葉を集めて、火をつけて、というのを後に持ってきて、酒を温めて紅葉をたくといったような——日本風の返点や送仮名を付けると、そういうように読むのですけれども——、『方丈記』の中にはそういう文章の作り方は、たくさんみえるように思います。

加持祈禱

「地を捨てて境を出て」と、全体の景観のほうを先に述べて、もう少し細かいほうへ目を移して、「或は家を忘れて山に住む。」と記します。さまざまの御祈りはじまりて、なべてならぬ法ども行はるれど、さらにそのしるしなし」と記します。雨乞いの祈禱《きとう》とか、大風が吹かないようにという祈禱とか、日照りの害をできるだけ少なくする祈禱とか、全体でいえば真言密《しんごんみっきょう》教の加持祈禱《かじきとう》ということになるでしょうが、そういうことが盛んに行われたけれども何の効果もなかった。

加持祈禱は災害のときに朝廷によって必ず行われました。効果がないと、規模をだんだん大きくしていきまして、仏教的な加持祈禱だけではなくて、神社にも奉幣使《ほうべいし》がたつことになります。京都の近くの重要な神社に天皇の使いが出掛けていく。効果がないと、二十一社奉幣使といって、畿内の二一の重要な神社に使いが出ることになります。それでも効果がないと、伊勢神宮《いせじんぐう》に行くとか、平安時代の後半から鎌倉時代の初めごろですと、いちばん最後に桓武《かんむ》天皇の陵に勅使《ちょくし》がたつことになります。桓武天皇というのは京都の都を造った天皇ですから、そういう意味でたいへん重視されていたようで、桓武天皇の陵に使いが出るようになるとかなり危機的で、打つ手は全部なくなったという段階のようです。お寺では、密教の修法《しゅほう》に、軽いものから重いもの、滅多にやらないような重要なものまでさまざまあり、それが重ねて行われる。何か事が起こると、修法をやって、それが寺院の国家に対して果たす役割でした。大きな飢饉や日照りになれば、こういうことが必ず行われるわけです。

「京のならひ、何わざにつけても、源は、田舎をこそ頼めるに」。京都というのは、そもそもの造りが政治都市で、人々が自然に集まってできた町ではないわけです。平安京に都ができた時には、奈良の都や、長岡京《ながおかきょう》という実際に完成しなかった都があるのですが、そういう都にいた貴族たちが、京都に移ってくる。まず最初に、官庁街が造られて、それに付随して貴族や朝廷の必要を満たすために、商人や職人が移ってくるというかたちになります。

貴族の故郷とよりどころ

もともと、貴族というのは、古代的な氏族が一族で団結して祖先の神を祀《まつ》ったり、宗教的な儀式をやったりして、精神的なつながりを確認しあうような生活を送っていました。大和国《やまと》、それから山城国《やましろ》、いまの奈良県から大阪あるいは京都あたりに根拠地を持っていた貴族が多いわけですが、それぞれ自分の一族の発祥の地というのがありまして、そこにある神社を中心にして、一族が団結していたわけです。神社だけでは不安で、お寺を造って仏教でもまた儀式をやるというように、それぞれみんな氏《うじ》の先祖の地、それぞれの一族が誕生した発祥の地に根っこを持っており、その上に都にも大きな邸を構えて出てくるというかたちになっていました。奈良の盆地は京都などに比べますと、ずっと狭いところです。飛鳥《あすか》に行ってみると、こんなに狭い猫の額のような盆地が、日本の飛鳥時代とか白鳳《はくほう》時代というふうに、日本の古代史の舞台として語られることが奇妙に感じられたりします。

一族がそれぞれ、たとえば飛鳥の盆地の東側の山の麓《ふもと》であるとか、南の端の谷の中に神を祀って団結しているかたちになっていました。都も転々と、盆地の中を天皇一代ごとに移っていましたから、貴族や豪族は、自分たちの信仰の生活と、都に出てきて営んでいる生活との間に、そんなに大きな裂け目はなかったと考えていいと思います。

ところが、平安京は、そういう日本の古代の豪族や貴族の発祥地からすると、かなり北のほうへ離れていて、日帰りで行けるような距離ではなくなります。それで、いままで栄えていた藤原氏も、大伴《おおとも》か紀《き》とかというような平安時代の初めに活動する豪族も、大和の盆地に根拠地を持っていて、そこから切り離されたかたちで京都に集まってくることになります。京都というのは、そういう意味でいいますと、非常に人工的な政治都市で、そこへ集まっていた貴族たちは自分たちの心や信仰の故郷というのでしょうか、そういうものとの結びつきが弱くなっている。ですから、たいへん不安定な面を、都ができた時から持っていたと考えていいと思います。

藤原氏という平安時代最大の豪族が、氏神《うじがみ》として祀っているのは春日神社《かすがじんじゃ》です。それから、藤原氏の氏寺《うじでら》が興福寺《こうふくじ》です。興福寺はもともとは、京都に近い山科《やましな》というところにありました。そのあたりに藤原鎌足《かまたり》のお墓と伝えるものがあります。どうも藤原氏というのはもともとの根拠地がどこなのか、はっきりしないところがありますが、藤原氏が古代の豪族として飛鳥地方へ進出していきまして、藤原京に山階寺《やましなでら》が移ります。それがさらに奈良の都ができた時に平城京に移ってきて、興福寺になります。興福寺と春日神社が藤原氏の氏の心のふるさとというか、よりどころということになります。藤原氏全体の中心になる人を氏《うじ》の長者《ちょうじゃ》と言いますが、氏の長者は藤原氏の一族を代表して、春日神社と興福寺の祭《さい》祀《し》を主宰する権限を持っています。これが、氏の長者の重要な仕事です。それが両方とも奈良にあるのですから、京都から遠いわけです。それで京都にも春日神社の神様を呼んできて、奈良まで出掛けていく必要がない場合にお祭を行うようになります。大原野《おおはらの》神社というような神社が京都にもできることになります。しかしそれは、あくまでも仮の出張所のようなものですから、やはり精神的な基盤は奈良にある。平安京に集まってきた貴族は、かなり後まで本拠地から切り離されているという感じを持っていたようです。そのことは後で、古代都市に住んでいる人間の孤独とか、あるいはそういう一族のつながりから切り離されていく貴族たちの心情とかといったような問題を考える時に、また話題にしたいと思います。

京都——政治都市から経済都市へ

京都というところは政治都市ですから、たいへんな消費都市です。集まってきた貴族のために高度なもの——たとえば仏像であるとか、漆塗りであるとか、織物であるとか——を生産する職人は、ある程度はいますけれども、肝心な大きな建物を建てる場合の材木、あるいは瓦葺《かわらぶ》きの屋根を造る場合の瓦、瓦を焼くための莫大な薪《まき》、たくさん山の木など、それから、着るものにしても食べ物にしても、そういうものを京都の周辺にいる人間から取り立てるだけでは生活できないようなかたちになっています。

鎌倉時代の後半から政治都市という性格がだんだん薄らぎ、経済都市になっていきました。職人や商人の町に変質して、京都の町が変わっていくわけです。この『方丈記』が書かれた段階ですと、全国の荘園から物資を集めてきて貴族の生活が成り立っているという性格は拭《ぬぐ》えません。その点が「田舎をこそ頼めるに、たえて上るものなければ」という書き方になっています。ですから、長明ももちろんこの短い文章の中で、的確にそういう京都のあり方を捉えているといっていいだろうと思います。

「さのみやは操もつくりあへん」。角川文庫の注でいうと、「体裁《ていさい》をつくろっていられない」。何とか生活が成り立ちますようにということを念じながら、貴族たちが自分たちの持っていた着物や、贅沢《ぜいたく》な装《そう》身具《しんぐ》や、そういうものを片っ端から捨て売りしていく。売り食いをしていく人たちが周りに増えてくるというわけです。こういう記述が、五〇年ばかり前に、戦後の混乱期に日本の多くの人が売り食いの生活や物資不足の中でいろいろ経験したことをもとにして、『方丈記』をもういっぺん読みなおす風潮へとつながり、前半がいままで以上に活き活きと見えてくるということになりました。

そして、終わりのところに書いてあるように、「たまたま換ふるものは、金を軽くし、粟を重くす。乞食路のほとりに多く、愁へ悲しむ声耳に満てり」というのが、京都の有り様であったということになります。京都というのはそういう意味で、非常に基盤の弱い、脆弱《ぜいじゃく》な都市でありました。ちょっとした飢饉が起こると、こういう状況はすぐ出てくるわけです。

中世の気候変動

昔、東京の杉並区に気象研究所というのがあり、私はそこでアルバイトをしたことがあります。研究所の予報研究部長は荒川秀俊《あらかわひでとし》という地球物理の先生で、長期予報の研究に関心を持っておられました。そのために歴史的な史料を集めようと、日本史上の長雨と旱魃《かんばつ》の詳しい史料集をつくる計画を立てられまして、私ともう一人大学院の学生がお手伝いをして、いろんな記録の中から大雨の記録とか洪水の記録とか、日照りでいろんな災害が起こった記録などを集めて、『日本旱魃霖《りんう》雨史料』（地人書館、一九六四年）をつくりました。荒川先生のお話ですと、地球の気温というのはたいへん大きく変化していて、それは氷河《ひょうが》時代とか何かというよりもっとミクロで見て、だいたい五〇〇年ないし六〇〇〇年ぐらいの周期で気候が変化しているということでした。『気候変動論』（地人書館、一九五五年）という本がありまして、歴史の史料がたくさん入っている本です。その荒川説によりますと、日本では鎌倉時代から南北朝、『平家物語』の時代から『太平記』の時代くらいはたいへん気温が低かったそうです。これは日本だけでなくて、ヨーロッパでもいわれておりまして、いわゆる中世には、人間の生活が萎縮《いしゅく》していてのびのびしていない。文化も人間解放といったような色彩が乏《とぼ》しいといったようなことが言われるわけですが、中世の暗黒時代と俗に言われる時代は、地球上の気温がいまよりも低くて、そのためにちょっとしたことで飢饉や、農作物が実らないということがすぐに起こる状態であったというのです。もちろんそれだけではなくて、この時期の農業のあり方とか、あるいは農産物の流通のあり方といったようなことが全部重なりまして、飢饉というのがまったく珍しくなく、しばしば起こるわけです。

今、日本列島というのはかなり東西南北に細長い地域ですから、西日本のほうが旱魃になって雨が不足してたいへんな飢饉になるといったような状態の時は、むしろ東北地方では豊作の年になるわけです。それで、東北地方など北のほうで豊作の年は、逆にいうと、南のほうが雨のために悪いといったような気象配置になるようでして、全体でいうと日本は比較的バランスがとれているようです。ですから、西日本が悪ければ、東で豊かに実って、それの一部分を移動すれば、そうたくさんの人が飢え死にするといったような状態にはならなくてすむ。全体からいうと、そういう地形をなしているようですけども、政治的に乱れて交通路が寸断されたり、途中にいろいろ盗賊がはびこったりすると、京都のようなまったく地方の物資にたよって成り立っている政治都市の生活は、たちまちに行き詰まってしまうことになるわけです。

特に鎌倉時代の前半は、悲惨な飢饉が多くて、そういうことが六道絵《ろくどうえ》の『病草子《やまいぞうし》』とか『餓鬼草子《がきぞうし》』とかに描かれていたり、あるいは親鸞《しんらん》や日蓮《にちれん》の布教活動で、この世の破滅とか危機を述べる場合に、飢饉の話がしょっちゅう持ち出されてくる。そういう状況から、日本の歴史の中でも鎌倉時代の前半はかなり酷《ひど》い時代であったと考えていいように思います。

餓死と死体の放置

「前の年、かくのごとく、からうじて暮れぬ。明くる年は、立ち直るべきかと思ふほどに、あまりさへ疫癘《えきれい》うちそひて、まさざまに、跡かたなし」。養和元年でしょうか、たいへん悲惨なうちに年が暮れた。明くる年になると、わずかでも良くなるか、それをかすかな頼みにして人々が生きていたのに、それ以上に疫病《えきびょう》が発生して、たくさんの人が病気で死ぬ。飢えのために抵抗力がなくなって潜在的《せんざいてき》な病気になっているわけですから、普通ならそんなにひどい流行をしないですむことでも、たくさんの人が病に倒れるということになります。

「世の人みなけいしぬれば、日を経つつ、きはまりゆくさま、少水の魚のたとへにかなへり」。「けいしぬれば」というのは、ちょっと意味がわからない言葉なんですが、角川文庫では注がついていまして、「飢《け》す」「けいす」という言葉だと考えて、飢えたという意味にとってあります。それで、だんだん人々の生活が窮迫していく、小さな水溜まりの魚のような有り様になったというわけです。「はてには、笠

図11　疾行餓鬼の場面（『餓鬼草子』東京国立博物館所蔵）

うち着、足ひき包み、よろしき姿したるもの、ひたすらに、家ごとに乞ひ歩く」。食べ物がなくなってしまって、乞食をしながら露命《ろめい》をつなぐ。しかし、よく見ると、そういうことをやっている人が、昔は立派だったと思われるような上等の着物を着ているなど、由緒正しい身なりをしている人も少なくない。「かくわびしれたるものどもの、歩くかと見れば、すなはち倒れ伏しぬ」。そういう人が、いま元気で歩いていると思っていると、バッタリ倒れてそのまま息絶えてしまう。こういうのも、実際にそういう状況を長明が見ていたか、あるいは見ていた人の間の話をきちんと書いたものか、いずれにしても写実的で、現実をよく見た文章だと思います。

「築地《ついじ》のつら、道のほとりに、飢ゑ死ぬるもののたぐひ、数も知らず」。道端や路上で息絶えてしまう人は数えきれないほどである。その死体をどこかへ片づけるすべもない。どうしたらいいかもわからない。それで、「くさき香世界に満ち満ちて、変りゆくかたち有様、目もあてられぬ事多かり」。死体を処理しないで、そのまま放置しておく。時々刻々というのでしょうか、午前中の状態と午後の状態と、死体が次第に変わっていく。そういう有り様を見ていると、目も当てられぬことが多いわけです。京都の町の中がこういう状態になったというのは確かに異常なことですけれども、古代・中世の日本の生活でいいますと、死体を火葬にすることは、非常に稀《まれ》で、大部分は村外れの死体を捨てる場所や、谷底へ捨ててしまうのが普通でした。いまでも、そういう地点はたくさん残っていますけれども、地方に行って、村や町の小字の名前と、地形とを併せて見ていきますと、三昧場《さんまいば》とか、地獄谷《じごくだに》とか、地獄というように呼ばれている場所は、だいたいどこの村にもあって、そこへ死体を捨てたわけです。火葬は仏教とともに日本に入ってきまして、貴族の中ではかなり早い時代から火葬をすることを求めて死んだ人もいますが、大部分は死体をどこかに遺棄《いき》しました。いま都市化しているところでは、衛生上、土葬が病気の流行の元になる恐れがあるので、土葬を禁止する地域が増えてきましたが、日本全体で火葬地域の方が広くなったのは最近のことです。京都の町でも、五条の河原のあたりはそういう場所でして、五条の河原を越えて、五条坂を上っていくあたりは死体を捨てる場所でした。それから北のほうの後に嵯峨野《さがの》と言われる地域も、言ってみれば死者の国で、死者がそこにいて、何かの時には帰ってきたりするような土地として考えられていました。京都の町にはそういう場所が周辺にいくつもありました。現在、化野《あだしの》の念仏寺《ねんぶつじ》などがそういう雰囲気を伝えていますし、五条坂のあたりはそういう遺跡がたくさん残っています。しかし、それは京都の条坊制の区画の外でして、区画の中で死体が放置されているというようなことは、これはやっぱり異常な状態であったことはいうまでもありません。そこらに、誰も引き取り手のない死体が転がっていて、そういう死体の臭気《しゅうき》が満ち満ちている。

これは実際に傍《そば》にある死体を見ていれば、こういう実感を持ったでしょうが、知識としては仏教の観法《かんぽう》と関係があります。人間の本質を考える、人間だけではなくて世界あるいは人間の世の中とか人間のあり方とか自然の根本とかいろんなものを瞑想《めいそう》によって見極めるための階《かい》梯《てい》がありまして、天台宗《てんだいしゅう》で特に発達しました。観法と言います。

地獄を見る

観法の中に、人間とは何か、人間のあり方や人間存在というのはいったい何かといったようなことをよくよく考えるために、人間が息絶えた後、肉体がどう変化していくかをきちんと順序を追い、変化を頭の中に思い浮かべていく修行があります。たとえば、白骨の観法というのがあります。人間は肉体の形をとって活動をしているわけですが、それが、命が絶えたら白骨に変わっていく。その白骨に変わっていく過程を、細かく観察して、記述するわけです。記述された教科書のようなものにしたがって、そのことばかり何日も何ヵ月も思い続ける。そうすると、一人の人間を観て、その一人の人間の中に紅の唇や、美しい顔をした人間の姿を見ると同時に、白骨も併せて観て、そのことによって人間の存在というのは仮のものであり、頼りないものだと知ることができるのです。このような究極の人間のあり方は何かということを考えていく修行の仕方が天台宗の僧侶の間で特に発達しました。ですから、「変りゆくかたち有様、目もあてられぬ事多かり」とさらっと書いてありますけれども、そういう知識も背景にしてのことだと思います。

「いはんや、河原などには、馬・車の行き交ふ道だになし。あやしき賤《しづ》・山がつも力尽きて、薪さへ乏しくなりゆけば、頼む方なき人は、みづからが家をこぼちて、市《いち》に出でて売る」。ここも、たいへん有名な文章です。みんな生活が窮迫《きゅうはく》して、どうにもならなくなる。それで、京都の町は荒れ果てて、わずかに得ることのできた穀物などを炊《かし》ぐために薪が必要になる。自分の家を壊してそれを薪として市に持っていって売るというようなことが出てきます。ところが、市まで担いでいった薪、材木の一抱えの荷物が、全部売れたとしても一日分の食糧を買うだけの値が得られない。しかも、よくよく見ていると、薪の中には朱や、金箔《きんぱく》などがところどころに残っているようなものがあって、それは紛れもなくお寺の飾りつけの一部分であったり、もっと極端な場合には木彫の仏像を割って、薪として売るといったような場合もある。世も末の有り様を、地獄を見たのだというわけです。

〔一八〕また、いとあはれなる事も侍《はべ》りき。さりがたき妻《め》、をとこ持ちたるものは、その思《おも》ひまさりて深きもの、必ず先立ちて死ぬ。その故《ゆえ》は、わが身は次にして、人をいたはしく思ふあひだに、まれまれ得たる食《く》ひ物《もの》をも、かれに譲《ゆず》るによりてなり。されば、親子あるものは、定《さだ》まれる事にて、親ぞ先立《さきだ》ちける。また、母の命尽《いのちつ》きたるを知らずして、いとけなき子の、なほ乳《ち》を吸《す》ひつつ、臥《ふ》せるなどもありけり。

これは、読んだ通りですけれども、一人一人でばらばらに暮らしている人よりも、特に自分が心にかける人を持っている人のほうが先に死ぬ。それは滅多に得られない食べ物をたまに得たときに、自分はそれを食べるのを我慢《がまん》して妻や夫や子供に食べさせる。そういうことをやっている間に、肝心な食べ物を集めるために活動できる人のほうが先に死んでしまう。そういう「いとあはれなる事」が都の中ではしばしば見られたというわけです。これが飢饉の有り様の描写でして、その後に、その飢饉の時のエピソードが出てきます。

仁和寺の隆暁法印

〔一九〕仁和寺《にんなじ》に隆暁法印《りゆうぎようほういん》といふ人、かくしつつ、数も知らず死ぬる事を悲しみて、その首の見ゆるごとに、額《ひたい》に阿字《あじ》を書きて、縁《えん》を結《むす》ばしむるわざをなんせられける。人数《ひとかず》を知らんとて、四五両月《りようげつ》を数へたりければ、京《きよう》のうち、一条よりは南、九条よりは北、京極《きようごく》よりは西、朱雀《すざく》よりは東の路のほとりなる頭《かしら》、すべて四万二千三百余《あま》りなんありける。いはんや、その前後に死《し》ぬるもの多く、また、河原《かわら》・白河《しらかわ》・西《にし》の京《きよう》、もろもろの辺地《へんじ》などを加へて言はば、際限《さいげん》もあるべからず。いかにいはんや、七道諸国《しちどうしよこく》をや。

たいへん悲惨な京都の状況を書いていて、これでもか、これでもか、といったようなかたちで描写を重ねているわけですが、この段でそれが極まっているという感じになります。

仁和寺というお寺は、京都の北の郊外にあります。平安時代の初めのころ、お寺を建ててその時の元号をとって仁和寺と呼ばれるようになりました。真言宗《しんごんしゆう》のたいへん大きなお寺で、現在でもたくさんの文化財を伝えています。仁和寺はもともと宇多《うだ》天皇が、藤原基経《もとつね》のために政治から遠ざけられてしまって、憂《う》さを紛《まぎ》らすために住んでいた場所ですから、その後も天皇の皇子が代々仁和寺に入るというのが例になりました。上皇や皇族が入る場所ですから、特にそういう施設を「御」という字と「室」という字を書いて、御室《おむろ》と言いました。京都の真言宗のお寺の中でも、格式が高くてたいへん貴族的な色彩を持っている寺です。仁和寺の一派を、現在では真言宗御室派と言います。真言宗でいちばん大きな派は、豊山派《ぶざんは》で、奈良県にある長谷寺《はせでら》が本山になっています。京都の智積院《ちしやくいん》が総本山になっている派を智山派《ちざんは》と言いまして、そのほか高野派《こうやは》、醍醐派《だいごは》などの派が真言宗にはあるのですが、『徒然草《つれづれぐさ》』の中に、仁和寺の御室の説話というのが出てきます。稚児《ちご》が出てきたり、仁和寺の坊さんたちの生活を語るようなおもしろい段があります。『宇治拾遺物語《うじしゅういものがたり》』などにも仁和寺の話はたくさん出てきますから、京都の中ではたいへん重要なお寺です。

仁和寺に隆暁法印という人がいた。隆暁法印は、角川文庫の注に書いてありますけれども、平安時代末の村上源氏《むらかみげんじ》（村上天皇の子孫の源氏）の一派で、貴族社会で藤原氏と張り合っている、そういう一族の一員です。源《みなもとの》俊蔭《としかげ》という人の子供で、女流歌人皇嘉門院別当《こうかもんいんべっとう》の兄にあたります。百人一首に「難波江の蘆のかりねのひとよゆゑみをつくしてや恋ひわたるべき」という歌がありますが、その歌の作者の皇嘉門院別当の兄にあたる僧侶です。その人が、町に――仁和寺は京都の条坊制の外にありますから、仁和寺の周辺も死体がたくさん捨てられていたということは充分予測できます――仏法の供養も受けないで転がっている死体があることを悲しんで、死骸を見るたびに死体に「阿《あ》」の字を書いた。仏教の経典の大部分はサンスクリットという言葉で書いてありまして、阿というのは、サンスクリットのいちばん最初に出てくる文字です。それで、特別の意味を持たせまして、阿という字は万物の根本である。いちばん最初の根源を表すという、そういう意味づけが真言密教で行われます。そういうのを阿字本不生《あじほんぷしょう》というふうにいいまして、絶対不変の真理を阿という字は表しているわけです。

死者の額に、この隆暁というお坊さんが阿の字を書いてやる。それで死者の魂が宇宙究極の大日如来《だいにちにょらい》と結びつく。宇宙の究極の存在である、仏の中の仏である大日如来と縁を結ぶというのでしょうか、つまり成仏《じょうぶつ》させるということになります。阿字を書いて、宇宙の根源の仏様と死者の魂とを結びつけてやった。

一条よりは南、九条よりは北、京極よりは西、朱雀よりは東と書いてありますから、京都の条坊の左京全体の区域ということになります。いまの京都の町の中心部分ですが、四月と五月と二ヵ月の間、毎日毎日死者供養をして、額に阿の字を書いていって、その数を記録していたところ、二ヵ月分で四万二千三百余りになったというわけです。その二ヵ月よりも前から飢え死にする人はたくさんいたし、四月、五月以後にもバタバタと人々は先を急いで死んでいく。あるいは一条よりは南、九条よりは北、京極よりは西といったような、そういう区画以外でもたくさん人は死んでいるわけですから、その数を考えたらそれはもう、自分の想像を超える、もう考えの外だ、というわけです。「際限もあるべからず。いかにいはんや、七道諸国をや」。日本全体で考えたら、どれだけたくさんの人が、飢饉によって悲惨な死に方をしたであろうか。実際は、こういう悲惨な状況が集中的に現れたのは京都でしょうから、そのまま全国に延ばしていって考えることもないと思いますけれども、そういうことが書いてあるのが〔一九〕段です。

『方丈記』の前半は、数を数えてみたら四万二千三百になったというように、方角や、距離、広さ、数などをきちんと書いているわけです。これも『方丈記』の前半の書き方の特徴のように思います。ですから、大和《やまと》言葉で書かれた女流日記のようなものと、やはり非常に雰囲気が違う。むしろ何か役所の記録のように事実の基本データは、きちんと押さえた書き方になっていると思います。

崇徳時代の飢饉

〔二〇〕崇徳院《すとくいん》の御位《おおんくらい》の時、長承《ちょうしょう》のころとか、かかる例《ためし》ありけりと聞けど、その世の有様《ありさま》は知らず。眼《ま》のあたり、めづらかなりし事なり。

奈良時代以前の天皇の名前は、奈良時代に、淡海三船《おうみのみふね》という学者が名前をつけました。神武《じんむ》天皇とか、崇神《すじん》天皇、垂仁《すいじん》天皇、推古《すいこ》天皇といったような名前は、全部奈良時代の学者が、中国の古典から比較的おめでたい言葉を選んで天皇の諡《おくりな》を付けました。もとの名でいうと、神日本磐余彦天皇《かむやまといわれびこのすめらみこと》とか、大和言葉のたいへん長い名前が天皇の名前です。平安時代の初めまでで、そういう天皇の名前の付け方がなくなりまして、それ以後は、その天皇に関係の深い地名、御殿のあった場所であるとか、あるいはお墓が造られた場所とか、そういう地名でもって名前を呼ぶようになりました。白河《しらかわ》の地に別荘を造って、そこで生活をしたから白河天皇という。後でもう一度そこに住んだ天皇は後白河《ごしらかわ》天皇という。京都の二《に》条高倉《じょうたかくら》の屋敷で生活をされた期間が長かったから、二条天皇という。あるいは高倉天皇という名前ができるという具合です。

崇徳天皇は、歴代の天皇の中でたいへん気の毒な天皇です。崇徳天皇、安徳《あんとく》天皇、順徳《じゅんとく》天皇、仲恭《ちゅうきょう》天皇という天皇が平安時代の終わりから鎌倉時代の初めに現れます。崇徳、安徳、それから順徳、こういう天皇は地名ではないわけですね。崇徳というのは、徳を崇《あが》めるという意味です。それで、そういう天皇は実に気の毒な、思いがけない最期を遂《と》げざるを得なくなった天皇で、その魂が怨霊《おんりょう》になって世の中を騒がせる。それを避けるために、徳を崇めたり、そういう特別の名前を付けて、怨霊になることを防ぐようにしました。ですから、順徳天皇というのは、承久《じょうきゅう》の乱《らん》で佐渡《さど》に流されてそこで亡くなった。安徳天皇というのは、平氏と一緒に壇《だん》ノ浦《うら》で海中に没した。仲恭天皇という天皇も、承久の乱で島流しにあった。後鳥羽天皇も承久の乱で隠岐島に流され、そこで亡くなり、顕徳院と諡されましたが、のちに後鳥羽と改められました。崇徳院という天皇も京都から追放されて、四国の白峰《しらみね》というところで亡くなりました。後に西行法師《さいぎょうほうし》が崇徳天皇のお墓を訪ねて、そこで天皇の亡霊の言葉を聞くという話は、徳川時代の『雨月物語《うげつものがたり》』に、鬼気せまるようすで書かれたりします。

また、崇徳天皇は保元《ほうげん》の乱の時に、負けたほうの中心にいた天皇です。崇徳天皇が位につかれていた時、それは長承のころ一一三二年から三五年、長明が生まれるより二二、三年前のことということになります。その時に大きな飢饉があった。そういうことを自分も伝え聞いているけれども、それは自分が直に見たわけではない。だから、自分が物心ついて以来でいえば、これがもっとも悲惨な飢饉体験であったというわけです。

6　大地震の様相

地震の描写

〔二一〕 また、同じころかとよ。おびたたしく大地震《おおない》ふる事侍りき。そのさま、よのつねならず。山はくづれて、河を埋《うず》み、海は傾《かたぶ》きて、陸地《くがじ》をひたせり。土裂《さ》けて、水湧《わ》き出で、巌割《いわおわ》れて、谷にまろび入る。なぎさ漕《こ》ぐ船は波にただよひ、道行く馬は足の立ちどをまどはす。都のほとりには、在在所所《ざいざいしょしょ》、堂舎塔廟《どうじゃとうみょう》、一つとして全《また》からず。或はくづれ、或はたふれぬ。塵灰《ちりはい》立ちのぼりて、盛《さか》りなる煙《けぶり》のごとし。地《ち》の動き、家のやぶるる音、雷《いかづち》にことならず。家の内にをれば、たちまちにひしげなんとす。走り出づれば、地割《わ》れ裂《さ》く。羽《はね》なければ、空をも飛ぶべからず。竜《りゅう》ならばや、雲にも乗《の》らん。恐《おそ》れの中に恐《おそ》るべかりけるは、ただ地震《じしん》《ない》なりけりとこそ覚え侍りしか。

この段は、五災厄つまり、五つの災難の最後の部分になります。同じころのことであったろうか、たいへんな大地震が起こった。これも、短い文章の中に地震を動的に捉えています。たぶん、『紫式部《むらさきしきぶ》日記』や『更級《さらしな》日記』のような文章だったら、これだけの文字の数でこれだけの描写は不可能でしょう。ですから、日本人が日本語でこういうことを簡潔に表現ができるようになったのは、この時代が最初だといって間違いないと思います。

ここは、地震が起こったときに、地上に亀裂《きれつ》が走ったり、川の水があふれて洪水になったり、海岸線や地形がいままでと変わったりといったような有り様を書いているところですから、特に改めて説明を加えません。

新たな書き込み

その次の段ですが、古本系の本には、この〔二一〕段の＊印が付いている部分の文章がありません。ところが、流布本系にはどれにもこの一節が入っている。長明が最初に書いたときにはなかったんだけれども、後で付け足したのか、それとも誰かがこういう一節を書き加えて、それがその後写されていったのか、そこのところがよくわかりません。古典にはこういうことがしょっちゅうあるわけです。簗瀬氏は、やはり文章が違うという意見で、これがない古本系のほうが全体の流れはいいと言われています。私もそういう気がいたします。

〔二一＊〕その中に、ある武者《むしゃ》のひとり子の、六《むっ》つ七《なな》つばかりに侍りしが、築地《ついじ》のおほひの下に、小家をつくりて、はかなげなる跡《あと》なし事をして、遊び侍りしが、俄《にわ》かにくづれ、うめられて、跡かたなく、平《ひら》にうちひさがれて、二《ふた》つの目など一寸ばかりづつうち出だされたるを、父母《ぶも》かかへて、声を惜《お》しまず悲しみあひて侍りしこそ、あはれに、かなしく見侍りしか、子のかなしみには、たけきものも恥《はじ》を忘れけりと覚えて、いとほしく、ことわりかなとぞ見侍りし。

現在でいうと、地震が起こってブロック塀のようなのがすぐ倒れる。傍《そば》で遊んでいた子供がその下敷きになって死ぬ。そういう情景です。具体的な描写ですから、実際に長明が書かなかったとしても、誰かその話の現場を見たり、あるいは直接見た人から聞いて、それで強い印象を受けて、はっきり記憶していて後に書き込んだと考えられます。

余震

〔一二〕段に入りまして、大きな衝撃はそう何回も起こらずに、まもなく収まった。しかし余震はその後何日も続いたということになります。

〔一二〕かくおびたたしく震《ふ》る事は、しばしにて止《や》みにしかども、そのなごり、しばしば絶えず。よのつね、驚くほどの地震《ない》、二三十度震《ふ》らぬ日はなし。十日《とおか》・廿日《はつか》すぎにしかば、やうやう間遠《まどお》になりて、或は四五度・二三度、もしは一日《いちにち》まぜ、二三日に一度など、おほかた、そのなごり三月《みつき》ばかりや侍りけん。

京都の町に直下型のかなり強い地震がきて、その後三ヵ月ばかり余震がずうっと続いた。その中で、京都の人たちは地震に怯《おび》えて暮らさざるをえなかったということになります。

7　世の不思議

以上までで、大火と旋風と遷都と、それから飢饉と地震と、その五つの災害の記事が終わりになります。その終わる前にちょっと締めくくりのようなかたちで、〔一三〕段に次のように書いてあります。

四大種

〔一三〕四大種《しだいしゅ》の中に、水《すい》・火《か》・風《ふう》はつねに害《がい》をなせど、大地にいたりては、ことなる変をなさず。

昔、斉衡《さいこう》のころとか、大地震《おおない》ふりて、東大寺の仏の御首《みぐし》落ちなど、いみじき事ども侍りけれど、なほ、この度《たび》にはしかずとぞ。すなはち、人みなあぢきなき事をのべて、いささか心の濁《にご》りもうすらぐと見えしかど、月日かさなり、年経《へ》にし後は、ことばにかけて言《い》ひ出《い》づる人だになし。

「四大種」とは、仏教で世界を構成している四つの元素というのでしょうか、これを地・水・火・風、四大《しだい》といいます。この四大にもう一つ、空《くう》というのを加えて、地・水・火・風・空で、五大《ごだい》ともいいます。空は物ではありませんから、それを外して四大ともいうのです。五大、これが世界を構成している根本です。世界を五大と言ったり、五輪《ごりん》と言ったりします。それで、世界がどういうふうに成り立っているかということを瞑想する、それを五輪観《ごりんかん》と言います。鎌倉時代の石塔に五輪塔というのがあります。鎌倉を散歩して見かける、やぐらの中にぎっしり詰まっている小さいお墓や、北条政子のお墓、源頼朝のお墓など、みんな五輪塔の形になっていますが、これが地・水・火・風・空という、宇宙の根本を表しています。

図12　五輪塔（弘安10年，京都，安楽寿院）

それと直接は関係ないのですが、世界を構成する根本的な元素を、地・水・火・風・空というふうに五つあげる。空はまあ空ですから、いろいろな働きがあらわれる空間であったり、力を与える場であったりするわけですけれども、水と火と風は、これは人間に常に害を起こす。すぐに洪水が起こる。京都の町はしょっちゅう賀茂川《かもがわ》の氾濫《はんらん》で悩まされていたわけです。火事が起こる、大風が吹く、旋風が起こる。水や火や風は人間が生きていくためになくてはならぬものですが、ちょっと間違うと災害を引き起こす。

「大地にいたりては、ことなる変をなさず」。大地だけは、磐石《ばんじゃく》動かない不動のもので、人間の生活を支えている。ところがその大地でさえも、時とすると大きく震動して人々をたいへん悲惨な目にあわせる、という書き方になっています。

斉衡の大地震　平安時代の初めですが、八五四年から五七年、その間の元号を斉衡《さいこう》といいます。斉衡二年の五月に地震があった。『日本文徳天皇実録《にほんもんとくてんのうじつろく》』という国家が編纂した歴史書を見ると、五月の十日に地震があったという記述があります。それからしばらくたって五月二十三日の記述に東大寺から報告があって、大仏の首が落ちて地上に転がっている状態になっていることが京都の朝廷に知らされた。それで、長明は直接その『文徳実録』という歴史書を読んだかどうか、そのことは断言はできないのですが、十日の地震の結果、十日から二十三日のうちのある日に、とうとう大仏の首が持ちこたえられなくなって、肩の上から転がり落ちた。それが二十三日に東大寺から朝廷へ報告されて、国家の歴史の中に書かれた。長明はそう解釈したわけです。ですから、昔もそんな災害が起こって、あの東大寺の大仏の首が落ちるなどということもあったほどだというわけです。

そして、そういう災害のことは時がたつと、人の口の端《は》にのぼらないようになってしまうものだということを書いて、五つの災害の記事を終わります。

いま読んだところまでで、前段の記述は終わりということになります。

五つの災厄をなぜ書いたか

自分が物心ついてから四〇年余りの間に、世の中をずうっと見てきた。物心ついたというのは、十五、六歳ぐらいでしょう。それから四〇年余りたって、『方丈記』を書いた。そのとき五十八歳ぐらいになっている。自分はこんなに長生きをして、世の中のことをさまざまに見てきた。人生のさまざまな経験もしてきた。このように書くことは、これは文章の飾りでもなんでもない、長明の実感だっただろうと思います。ただ、もっと長生きした人がいなかったわけではありません。歌人の藤原俊成《としなり》は九十近く生きていますし、藤原定家《さだいえ》も八十過ぎまで、ごたごたといろんな文句ばかり日記に書きつづけている。親鸞《しんらん》は九十まで生きましたから、長生きの人もたくさんいたのですが、しかし長明が六十も近くになって、そういうことを書くのは、ごく自然なことだろうと思います。

物心ついて四〇年余りの間にいろんな事を見てきて、その中で特に大事なことを書くといったような書き方をしているのに、ここに書かれているのは全部、長明の二十代の出来事なのです。その後のことは全然書かれていない。その後、大災害や政治的な大事件がなかったかというと、そんなことはないのです。京都はもっともっと大がかりな戦乱の巷《ちまた》になって、木曾義仲《きそよしなか》が都に乱入するなどの出来事がたくさん起こっていまして、『平家物語』にはそういうことが迫力のある筆で描かれています。

ここに書いているのは、だいたい長明二十代の中ごろの話だということになり、そこに一つ問題があります。何のために、長明がこういうことを書いたのか。それと後段との関係は何なのか、ということです。先に結論を申しますと、長明は後になって世の中に出ようとして挫折をしました。歌人として活動しようという願いはある程度達せられて、身分は低かったのに後鳥羽《ごとば》上皇にかわいがられて認められる存在になった。そこで、その関係を利用して、自分自身の没落しかかった家の回復をはかったのですが、それが完全に裏切られてしまいます。それがもとで隠遁《いんとん》して世捨て人になってしまうわけです。その世捨て人になった後のことが、『方丈記』の後段に書かれています。世捨て人になった後、みんなはどう思うかしれないけれども、自分はこれで満足しているんだと、いってみれば自己弁護というか、自己弁解をたいへん美しい言葉で書きつらねています。

自己弁護とか自己弁解というのは、強烈な自己主張の一つのかたちであるわけですから、かなりはっきりした自意識がなければ、弁解や自己弁護をするための文章は書けません。そういう自意識とか孤独感とか、世の中の人はみんなあんな風だけれども自分だけは違うんだ、自分だけは違う生き方をしているけれどもそれにはちゃんと理由があるのだ、とどうして思うに至ったか、そのきっかけが何だったかということは、『方丈記』の中にどこにも書いてないのです。どうして遁世をしたかということは、『方丈記』の中に出てきません。鴨長明がどうして隠者になったかというのは、『方丈記』をいくら読んでもよくわからないわけです。昔からいろいろな人がさまざまな想像をして、調べようとしたのですが、どうもはっきりわからない。江戸時代以来たくさんの説がありますが、どれも想像の域を出ないわけです。おそらく、人間というものは、自分の一生の中でいちばん根本にかかわるような挫折体験は文章に書いて人に読ませたり、人の前で語ったりしないのではないか、と私は思います。これは、叡山《えいざん》から脱落してしまった親鸞もたくさんのものを書いて、たくさんの手紙を書いたのですが、自分がどうして叡山から外れてしまったかということは、ただの一行も書かずに終わったわけです。日蓮《にちれん》も、いろんな世の中のことを縦横に論じて、社会批判もやっているのですが、叡山と自分の関係については一言も語らずに終わっています。

そういう例をみていくと、鴨長明も後半の隠遁の生活を述べながら、しかしどうして自分が隠遁しなければならなかったかということは何も書いてない。どうも、それを書く代わりに二十代のこういう災害の経験を五つ並べているというかたちになっているように思うのです。大事件だし、世間の耳目《じもく》を騒がせた大きな災害だから書いたというのではなくて、やはり本当は書かなければならないことを、書きたいことを心の奥に収めて秘密にしておきたい、人の前にさらけ出したくない、しかし何かそういうことを別なかたちで表現しておかなければ後段が書けない、そのために前半を書いているように私は思うわけです。

あんまり根拠のない、私の感想なのですが、そうでなければ自分自身の生涯のある時期に集中した事件だけ取り上げていることの意味が、解けないような気がします。

この五つの事件を書くときに、鴨長明は「世の不思議を見る事、たびたびになりぬ」と書いています。自分は四〇年ぐらいの間に、世の不思議をたくさん見たのだというわけです。世の不思議というよりも、いまの言葉でいうと、自分は何度も何度も地獄を見た、人生の地獄、社会の地獄を目の当《ま》たりに見るような経験をした、それを書く。しかし、地獄なんていう言い方はしないで、「世の不思議を見る事、たびたびになりぬ」という書き方をしているわけです。

㊂　鴨長明の出自と出家

1　都市の孤独

『方丈記』の後段には、方丈の草庵《そうあん》の生活が細々と書かれており、人生論のようなことが述べられています。

〔二四〕すべて、世の中のありにくく、わが身と栖《すみか》との、はかなく、あだなるさま、また、かくのごとし。いはんや、所により、身のほどにしたがひつつ、心をなやます事は、あげてかぞふべからず。

『方丈記』のモチーフ

いちばん最初の『方丈記』前編の出だしの〔一〕「ゆく河の流れは絶えずして、しかも、もとの水にあらず。よどみに浮ぶうたかたは、かつ消え、かつ結びて、久しくとどまりたる例なし。世の中にある、人と栖と、またかくのごとし」が、ここでまた「世の中のありにくく、わが身と栖との、はかなく、あだなるさま、また、かくのごとし」というかたちで出てきます。これが『方丈記』全体の主題でして、もう一度ここに同じモチーフが出てくるというかたちになります。

全体の序文「世の中にある、人と栖と、またかくのごとし」からは、世の中にある人と住処との関係を考える。そこから人間の問題、人生の問題を論ずるというのが『方丈記』の主題になると思われるわけですけれども、そういうように書いたあとで、〔二〕段では、「玉敷きの都のうちに、棟を並べ、甍を争へる、高き、賤しき、人の住ひは、世々を経て、尽きせぬものなれど、これをまことかと尋ぬれば、昔ありし家は稀なり。或は去年焼けて、今年造れり。或は大家亡びて、小家となる。住む人もこれに同じ。所も変らず、人も多かれど、いにしへ見し人は、二三十人が中に、わづかに一人二人なり。朝に死に、夕に生まるるならひ、ただ水の泡にぞ似たりける」となります。

　これと同じ主題が、この中間の序というのでしょうか、ここにも出てきます。人と住処の関係を考える場合に何を問題にするかというと、「都のうちに、棟を並べ、甍を争へる」、そういう大きい家や小さい家がびっしりたてこんでいる都の中で、人々の生活というのでしょうか、社会と個人との関係、あるいは家とその家に住んでいる人との関係、それを手掛かりにしてみていこうというのが、最初の序文の中に表れているわけですが、〔二五〕段で、同じ主題が戻ってきます。

〔二五〕もし、おのれが身、数《かず》ならずして、権門《けんもん》のかたはらにをるものは、深くよろこぶ事あれども、大《おお》きに楽《たの》しむにあたはず。なげき切《せち》なる時も、声をあげて泣く事なし。進退安《しんだいやす》からず、立ち居につけて、恐れをののくさま、たとへば、雀《すずめ》の鷹《たか》の巣《す》に近づけるがごとし。もし、貧しくして、富《と》める家の隣《とな》りにをるものは、朝夕《あさゆう》、すぼき姿を恥ぢて、へつらひつつ出で入る。妻子《さいし》・童僕《どうぼく》のうらやめる様《さま》を見るにも、福家《ふけ》の人のないがしろなる気色《けしき》を聞くにも、心念念《ねんねん》に動きて、時として安からず。もし、狭《せば》き地にをれば、近く炎上ある時、その災《さい》をのがるる事なし。もし辺地《へんち》にあれば、往《おう》反《ばん》わづらひ多く、盗賊の難はなはだし。また、いきほひあるものは貪欲《どんよく》ふかく、独身なるものは、人にかろめらる。財《たから》あれば、おそれ多く、貧しければ、うらみ切《せつ》なり。人を頼めば、身、他の有《ゆう》なり。人をはぐくめば、心、恩愛《おんない》につかはる。世にしたがへば、身、くるし。したがはねば、狂《きょう》せるに似たり。いづれの所を占《し》めて、いかなる業《わざ》をしてか、しばしもこの身を宿《やど》し、たまゆらも心を休《やす》むべき。

後で、文章は詳しくみたいと思いますが、この〔二五〕段も、やはり家がたてこんでいて、隣近所との関係を、隣に大きい家があったら、その隣に住んでいる人間はたいへん卑屈にならざるをえない、と記します。権勢《けんせい》ある者や富める者の家と、その傍らの小家に住んで、貧しくみすぼらしい生活をして、心にゆとりのない人の暮らしが、対比されるかたちになっています。ですから、いちばん最初の序文の主題が、もう一度、別な視点から具体化されて、戻ってきていると読むことができると思います。

世の中と人と住処《すみか》という問題を具体化するときに、いろいろな読み方、考え方があると思いますけれども、序文でも、この中の序でも、それを具体化する段で出てくる問題は、古代末期あるいは中世初期の都市の問題ではないかと思います。平安京というのが、非常に特殊な都市だったということは、すでに申し上げました。家々がたてこんでいて、隣の人間との間にいろいろな対立が生ずる。

田舎に行っても、たいへん勢力を持っている領主の隣に、農奴や奴隷のような人間が住んでいるという風景は当然あるでしょうけれども、その関係が都市と農村ではやはり非常に違うわけです。都市の人間というのは非常に孤独だとよく言われるとおりです。松尾芭蕉《まつおばしょう》の句に「秋深し隣はなにをする人ぞ」という句があります。芭蕉の句は、どの句もみんな哲学的な命題を格言のようなかたちで言ったというようにみても、たいへんおもしろいものが多くて、「蛸壺《たこつぼ》やはかなき夢を夏の月」という句もやっぱり、何か意味ありげですけれども、「秋深し隣は何をする人ぞ」というのも、元禄時代の都市の生活を背景にして出てくる句であることは間違いないと思うのです。「隣は何をする人ぞ」というのは、隣に住んでいる人間との心のつながりが切れてしまって、何もわからない人間がお互いに隣に住んでいる。そういう関係で、しかも富める者や権勢ある者が、隣にいる人間に対してさまざま心理的、経済的、政治的な圧力を加える。そういう都市の生活というのが、『方丈記』を書かせる全体の背景になっているように思います。

『方丈記』の構成

前に図4・6で、京都の町の地図を見たわけですけれども、一つの町というのがだいたい一〇〇《メートル》四方ぐらいでした。特に権勢がある人はそれを二つつなげた邸を持っていた。光源氏《ひかるげんじ》が住んでいた六条邸も、どうもそれぐらいの広さがあったようです。平清盛《たいらのきよもり》の六波羅《ろくはら》の邸は、地図の上では六つの町をつらねたかたちになります。

貴族の家には、大きな池があり、中の島があり、釣殿《つりどの》や泉殿《いずみどの》がある寝殿造《しんでんづくり》の邸に住んでいる。その敷地に、町の小家は——平安京の都市のプランを作った時でいうと——、三二戸の家がそこに住むことになっています。ですから、非常に小さなゴミゴミしたスラムのような部分と、その間にところどころたいへん大きな家があるわけです。平安京のいちばん最初のプランができた時には、だいたい身分の高い貴族が住んでいる部分と、それから貧しい職人や、流通にたずさわっているような人が住んでいる部分とが、うまい具合に分かれていたようですけれども、だんだん崩れて複雑なかたちになっていきます。それが、鴨長明が人と住処というものを考える、平安時代の終わりの京都の景観でした。まず平安末、中世初期の、都市の中の問題として考えてみて、そして都市から少し離れた山林というのでしょうか、あるいは都市の郊外にある山の中で小さな庵《いおり》に住み、都市とその外というかたちで、もう一度問題を考えている。それが『方丈記』の全体の構成になっているわけです。そういうつもりで、『方丈記』を読んでいただければ、この短い文章の中に、農村の問題ではなくて、古代末期から中世初期の都市に住んでいた知識人個人、たいへん孤独な知識人の問題がここで書かれていることが、わかっていただけるだろうと思います。

2　鴨社と長明

長明という人物

少々『方丈記』の本文から外れますけど、図13の地図で、長明をめぐる問題を少しずつ説明したいと思います。長明という人について考えなくてはいけないわけですけれども、「ちょうめい」というふうに読むと、出家名風になりますから、本当は「かものながあき」あるいは「ながあきら」と読むのだろうと思います。鴨長明という人物は、京都に賀茂《かも》神社という神社がありまして、その神社に仕えて神を祀《まつ》るという専門家、簡単にいうと神官《しんかん》といいますか、神主《かんぬし》の一族に生まれたわけです。それで「かもの」という名前が付いております。

賀茂神社は、京都盆地、山城国乙訓《おとくに》郡に祭られているのですが、平安京ができる前から当然ここには人々が住んでいました。京都盆地の、東北の隅に賀茂（鴨）という一族が住んでいたと考えられます。嵐山《あらしやま》のほうには渡来人系統の秦《はた》という一族が住んでいました。それまで日本の古代国家の都というのはだいたい大和国にありまして、一時近江《おうみ》や難波《なにわ》へ出ていったりしたことがありますが、奈良から明日《あす》

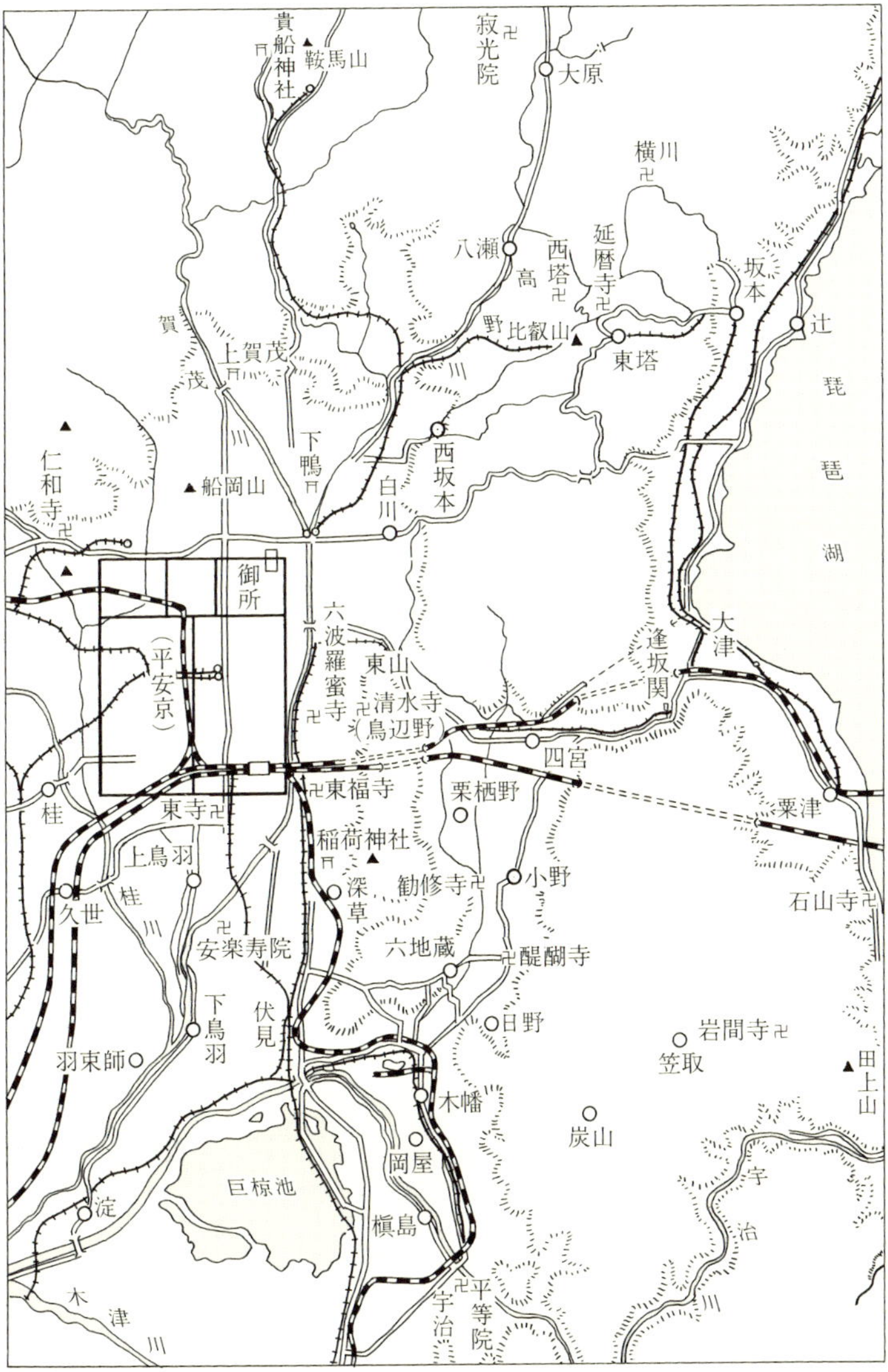
貴船神社
鞍馬山
寂光院
大原
横川
八瀬
西塔
延暦寺
高野川
坂本
比叡山
辻
東塔
琵琶湖
賀茂川
上賀茂
下鴨
西坂本
白川
仁和寺
船岡山
御所
平安京
六波羅蜜寺
東山
清水寺
鳥辺野
大津
逢坂関
四宮
東福寺
栗栖野
東寺
桂
栗津
稲荷神社
上鳥羽
小野
深草
勧修寺
石山寺
久世
桂川
安楽寿院
六地蔵
醍醐寺
下鳥羽
伏見
日野
岩間寺
羽束師
笠取
田上山
木幡
炭山
岡屋
巨椋池
宇治川
淀
槇島
木津川
宇治
平等院

図 13　京都の地図

香《か》の盆地のあたりに日本の古代国家の政治の中心はありました。それが奈良時代のお終いになって、長《なが》岡京《おかきょう》というところへ出てきて、その都が完成しないうちに平安京に移りました。平安京に移った時に、ここに住んでいた渡来人といわれる人々が、政治的経済的にたいへん重要な役割を果したのだろうと推定されています。

この秦氏の中心になっているのが、松尾《まつのお》神社、松の尾というところで、それもこの京都の盆地では非常に大切な神様です。それから、秦氏とたいへん関係が深いと考えられているのは、京都の南の外れの丘の稲荷《いなり》神社です。全国にたくさんある稲荷神社のいちばんおおもとになっているのが、この伏見《ふしみ》の稲荷です。この稲荷も秦氏が古くから祀っていた神様であろうということになっています。稲荷の神に関してはわからないことが多くて、実体はいまのところまだ解明されていないのですが、日本の古代以来の信仰の中で重要な役割を果したわけです。だいたいこの辺は秦氏が中心になっていまして、それと対抗するようなかたちで、比叡山の麓に、賀茂（鴨）という一族がいたわけです。

賀茂神社と鴨神社

神話的な伝説によると、日本の記紀《きき》神話の中に皇室の祖先にあたる神武《じんむ》天皇を導いて大和へ入るという、重要な役割を果した八咫烏《やたがらす》という烏がいるのですが、その八咫烏の後裔《こうえい》だと賀茂（鴨）一族は称していまして、たいへん古い一族なのです。賀茂神社の由来はよくわかりません。鎌倉時代の終わりごろに、『日本書紀《にほんしょき》』の神話の部分を注釈した『釈日本紀《しゃくにほんぎ》』という本ができました。日本神話の注釈書のうち、現在残っているものでいちばん古く、日本の神話を注釈するために、いろんな古典の文章を引用しています。その中に『山城国風土記《やましろのくにふどき》』の一部が引用されています。「風土記」というのは、奈良時代から平安時代の初めにかけての日本の各国の地誌です。地理やその地方の歴史をまとめて、それを中央の朝廷に提出させました。現在まとまったかたちで残っているものは、五つしかなくて、後の風土記は全然本文が伝わっていないのもありますし、いろんな本の中に一部分引用されて、風土記逸文《いつぶん》というかたちで残っているものもあります。山城国というのは、いまの京都府にほぼ該当する土地で『山城国風土記』の一部分が『釈日本紀』の中に引用されていて、そこに賀茂神社の由来が書かれています。ですから、鎌倉時代の末に、『釈日本紀』という本が書かれた時には、『山城国風土記』がまだ残っていた。その後、『山城国風土記』はなくなってしまったのですが、引用された文章が残っているということになります。

それによると、短い引用ですが、建角身命《たけつぬみのみこと》という神様がいた。これがもとは大和国の地方で祀られていた神様なのですが、山城国に移ってきまして山城国で伊可古夜日売《いかこやひめ》という、丹波《たんば》国の女性を娶《めと》って山城国に住みついた。そこで二人の神様の間に、玉依比子《たまよりひこ》、玉依日売《たまよりひめ》という男の子と女の子が生まれた。玉依日売がある日、河原に出ていると、上流から丹塗《にぬ》りの矢、丹というのですから、朱で真っ赤に塗った矢が流れてきました。それで玉依日売がその矢を流れから拾いあげると、その矢の持っていた神霊に感じて、玉依日売が身ごもり、子供を生むわけです。賀茂川の上流から朱で塗った矢に化けて川を下ってきた男の神というのが、乙訓郡という京都のある地域を支配していた雷の神様だった。乙訓火雷神《おとくにのからいしん》という雷の神様であったというわけです。この玉依日売が乙訓火雷神を感じて、賀茂別雷神《かものわけのいかづちのかみ》という神を生む。これが賀茂神社の神様になるわけです。

柳田《やなぎた》国男《くにお》の『妹の力』という本の中に、「玉依日売考」という論文が載っております（『柳田国男全集11』ちくま文庫、一九九〇年などに収録）。玉依日売というのは、固有名詞ではなくて一般名詞だろう。神武天皇の母親は玉依日売という神様であったということになっておりまして、玉依日売を祀る神社というのが、西日本にはたくさんあります。その他、いろいろな玉依日売が日本の神話の中には出てくるのです。

それで、タマというのはいろいろの字で書きますが、日本の古い信仰でいいますと、心のほうは肉体とともに滅びるのですが、タマ（霊）のほうは肉体が滅びても遊離し、山上や海上の他界にいって、帰ってきたり生まれ変わったりする。魂がいろいろなものに依りつく。そういうのを霊代《たましろ》というのですが、そういう神の神霊が依りつくという意味だろう。神の霊が憑依《ひょうい》する。巫女《みこ》に神様がのりうつって神の言葉を伝えるといった、そういう信仰は現代でも新しい宗教などの活動の中心として、日本社会にたくさん生きているわけです。だから、そういう神を祀る巫女の中心になった人物で、それがある神を感じて子供を生むとか、神の言葉を告げるとかということは、日本人がたいへん古くから持っていた信仰なのです。神様が蛇になって現れたり、丹塗りの矢になって現れたり、いろんな現れ方をします。

ですから、大和の三輪山《みわやま》伝説であるとか、この賀茂の伝説といったようなものは、神の出現に関する日本人のたいへん古い信仰を伝えている話だということになります。

それで、賀茂別雷神の別《わけ》と、若《わか》は同じです。八幡宮などにも若宮《わかみや》というのがありまして、日本の神社には若宮が、本宮《ほんぐう》と別に祀られているものはたくさんあります。若宮というのは、神の子として特別に生まれた神様あるいは神霊のことをいうのです。これが雷神の子供ですから、「若雷」「別雷」というわけです。

賀茂の別雷神を祀っている神社が賀茂神社です。これを上賀茂《かみがも》神社といっています。賀茂の祭の日の真夜中に神様の子供が生まれる、それを賀茂の御生《みあ》れの神事といいまして、毎年お祭の時に神様の子供が生まれるというかたちでお祭を行い、別雷神が人々の間に生まれて賀茂氏一族の神として祀られるという、そういう宗教儀礼のかたちで確認することになります。

玉依日売と乙訓火雷神、これが別雷神の親になるわけです。これを、賀茂御祖《かもみおや》神社というふうにいいます。下鴨《しもがも》神社ともいいます。賀茂神社というのは「賀茂」という字で書いたら上賀茂のことで、「鴨」の字で書いたら下鴨のことです。上賀茂・下鴨両方あわせて、賀茂神社といいますが、実際は二つの神社に分かれています。ですから、上賀茂のほうが賀茂神社の中心になっている祭神である別雷神を祀って、神秘的な祭の日の真夜中に毎年別雷神が生まれる、その御生れの神事を中心にした祭をするわけです。

図14　賀茂御祖神社

それで、先の図13の地図を見ていただきたいのですが、京都の左京があって、御所というのがあります。それで、御所の東側のほうを南北に流れている、これが鴨川です。鴨川を溯っていくとY字形に分かれていて、分かれるところに上賀茂神社があります。それをさらに北のほうに上っていくと、いまでいうと、貴船《きふね》とか鞍馬《くらま》とかというあたりになります。それから、東

図15　河　合　社

のほうへ分かれている川は、高野川《たかのがわ》と言います。高野川をずうっと上っていきますと、八瀬《やせ》というところがあって、さらにそれを上っていくと大原《おおはら》というところに出ます。大原をさらに上って峠を越えると、若狭《わかさ》に出ます。この高野川沿いの道は、京都に若狭から魚などを運んでくる、たいへん重要な道でした。

賀茂神社には、上賀茂にも下鴨にも、本社を中心に、その神様の親戚、一族とか、あるいはその神様の家来とかを祀る摂社《せっしゃ》というものがありました。摂社とか末社《まっしゃ》とかといいます。神社というのも、いろいろな信仰が複合的に重なっていますから、祀られている神様の名前は伝わっていても、われわれはそれがどんな神様なのかわからないことが多いわけです。たいへん長い間にいろいろな信仰が重なって、一つの神社にある神様を中心にしてたくさんの神様を祀る社《やしろ》が集合しているのです。

賀茂神社という神社はたいへん大きな神社です。日本の言葉で、神様を呼んできて祀ることを、「勧《かん》請《じょう》」といいますが、全国にたくさん賀茂神社は勧請されています。ですから、賀茂神社というのは全国にたくさんあるのです。

長明の出自

下鴨の摂社の中に、河合《ただす》社という神社があります。長明という人物は、この下鴨の鴨の河合社の神官の家に生まれたわけです。それで、河合と書いて「かわい」と読んでもいいのですが、普通はこれを特別の読み方をしまして「ただす」と読んでいます。下鴨の摂社河合神社の神官の家に長明が生まれたというわけです。河合というのは、高野川とそれから賀茂川とがちょうど合流している、そこが河合なんですね。ですから、下鴨神社のたくさんある摂社の中でも、ここの近くにあったのが河合社です。このあたりはずうっと賀茂の河原で、ここはしょっちゅう氾濫するのです。賀茂川は、平安時代、鎌倉時代にしばしば氾濫していまして、白河法皇が「賀茂の河と山法師《やまほうし》と賽の目と、これだけは自分の思い通りにならない」と嘆《なげ》いたというのは有名な話です。このあたりも大きな洲になっていて、おそらく両方の川の水の神を祀るというようなかたちで成立していた神社が、鴨河合神社。漢字で書くときには、二つの川が合流しているところですから、河合というふうに書いたという説明が普通はされています。

下鴨神社ぐらいの大きな神社になりますと、所領、荘園というのでしょうか、土地はたくさん持っていまして、貴族の寄進《きしん》もあるわけです。ですから、摂社の河合社という神社も、そんなに小さな神社ではなかったようです。ここにもいろんな神主がいまして、次席の神官のことを禰宜《ねぎ》といいます。禰宜という言葉を使わない神社もありますが、大きい神社は神官の中でいちばん偉い人というか格の高い人を神主《しんしゅ》と言います。神主がいて、その次が禰宜。大きい神社だと、禰宜が一の禰宜、二の禰宜というような、首席禰宜、次席禰宜と分かれています。伊勢神宮などだと、禰宜というのが一〇人ぐらいいまして、それに順番がついています。その他、大祝《おおはふり》という神官の種類もあるわけです。

鴨長明は、鴨河合神社の禰宜の家に生まれたわけです。ですから、鴨一族全体ではそんなに主流とはいえない。しかし、経済力はかなりあったように長明自身が書いています。長明の父親は、この鴨河合

図16　鴨長明
（栗原信充『肖像集』，国立国会図書館所蔵）

神社の禰宜だったのです。ところが、一族がたくさんいまして、その禰宜の職が奪い合いになって、長明は父親の跡である禰宜の職を相続することができませんでした。それで出家して隠者《いんじゃ》になってしまったのかどうか、それがよくわからない問題なのですが、ともかくそういう由緒ある鴨の一族のポストに就けなかったわけです。それで少々脇の方へ外れてしまいまして、和歌や琵琶《びわ》や管絃《かんげん》などに熱中します。やがて和歌で認められて、後鳥羽上皇にたいへん高く評価されました。鴨一族の中でもずうっと末流のほうですから、身分も位も高くないのに、特別に後鳥羽上皇に認められて和歌所《うたどころ》の寄人《よりうど》になりました。

鴨長明は、その人的つながりというのでしょうか、現代の言葉でいうとコネを利用して、禰宜《ねぎ》の職に就きたいという就職運動をやったわけです。後鳥羽上皇も長明を高くかっていて、歌人として認めていたものですから、半分ぐらい想像ですけれども、長明をぜひ父親の跡を襲う禰宜の職に就けてやりたいと考えた。ところがそれがまた一族の反対でうまくいかない。とうとう鴨長明は、世間に見切りをつけて本当の隠者になろうとするという話になります。あらすじはだいたいそんなところです。

その間の事情は、本当のことはよくわからない。どうも近代ではいろいろ人前で告白して威張ってみたりするのが得意な人が多いのですが、前近代の人間というのは、自分自身のいちばん基本的な挫折みたいなことはそう人には言わなかったのではないかと思います。鴨長明がどうして隠者になってしまったのかということは、本当はよくわからないわけですが、長明の位置と申しますか、立っていた場所というのは、そういうことになります。

3　長明の心と人生観

長明の心象風景

〔二四〕段は、『方丈記』全体の序文のモチーフをもう一度繰り返しているのだと思います。「身のほどにしたがひつつ、心をなやます事は、あげてかぞふべからず」というかたちで、後のほうで、もう少し社会的な問題へつなげていきます。

前半の部分は、実際に起こった大火事とか地震とか飢饉とかの記録ですから、古典の文章というよりは長明が自分自身で文章を作った、あるいは参考にした文章としても非常に同時代のホットな文章が多いわけです。後段に入りますと、そういう世の中に起こった事実を書いたものではなくて、鴨長明の主観というのでしょうか、心象、心の風景を書いているということになります。逆にいうと、先行の古典というのでしょうか、長明がつねづね愛読していた古典の文章が無意識のうちに出てくる場合もありますし、あるいは意識的に最初からそういう技巧を弄《ろう》して、ある文学作品の一節を少し書き換えて文章を作っていったりすることになります。

長明よりも二〇〇年ぐらい前に、慶滋保胤《よししげのやすたね》という貴族がいました。この人は平安時代中期の代表的な知識人貴族です。漢詩や文を作ることにすぐれていました。しかし、身分が上がらなくて――それだけが原因とは言いきれませんけれども――浄土教《じょうどきょう》を深く信じるようになりました。それで阿弥陀《あみだ》浄土教を信ずる同好会のようなものを作りまして、阿弥陀如来に対する信仰の勉強をしていました。そのグループと接触して、そのグループの先生、講師のような役割を果たした人が、源信《げんしん》という人でした（源信は『往生要集《おうじょうようしゅう》』という本を書きました）。慶滋保胤が、短い文章ですけれども、漢文で『池亭記《ちていき》』という文章を書きました。この『池亭記』が、『方丈記』の下敷きと申しますか、俗な言葉でいうと種本になっています。慶滋保胤は、上賀茂の賀茂氏の一族だということになっていまして、その点を重視して、鴨長明は賀茂（鴨）一族だから慶滋保胤の『池亭記』にたいへん深い関心を持ったのだという人もいますし、賀茂といっても、上賀茂と下鴨では別だから、そういうことはあんまり考える必要はないだろうという人もいます。実際に、後段の文章を、『池亭記』と比べていきますと、非常によく似ているのです。文章の作りや対句の使い方、部分的な言葉は、そっくり『池亭記』から取ったと思われるところも少なくありません。

長明の人生論

『方丈記』の本文を見ておくことにします。「もし、おのれが身、数ならずして、権門のかたはらにをるものは、深くよろこぶ事あれども、大きに楽しむにあたはず。なげき切なる時も、声をあげて泣く事なし」。自分自身が人の数に入らないような低い身分の者で、権勢を誇っている人の隣に住んでいた場合には、それはいろいろいい事もあるけれども、でも、その喜びというのは心からの喜びにはつながらない。いつも隣に気兼ねをして暮らしていなくてはならないから、本当に泣きたい時にも大声をあげて泣くことすらはばかられるような、そういう生活しかできない。「進退安からず、立ち居につけて、恐れをののくさま、たとへば、雀の鷹の巣に近づけるがごとし」。しょっちゅう隣を気にしてびくびくしている、傍にいる権力者に気兼ねをして暮らしていなければならない。「もし、貧しくして、富める家の隣りにをるものは、朝夕、すぼき姿を恥ぢて、へつらひつつ出で入る」。貧しくて、隣がたいへん豊かな家であった場合には、隣の目をしょっちゅう気にして、自分自身のみすぼらしい姿を恥じていなければならない。

「もし辺地《へんち》にあれば、往反《おうばん》わづらひ多く、盗賊の難はなはだし。また、いきほひあるものは貪欲《どんよく》ふかく、独身なるものは、人にかろめらる」。自分と身分や財力が違っていればいろいろ気にしなくてはならないということを、書いています。都の外の少し離れたところに住めば、そういう勢いある人と隣を接して暮らすようなことはないけれども、しかし都へ出ていくわずらいは多いし、そういうところは治安がはなはだよろしくない。それから勢いのある者は、富める者ほど、欲深くて、周りの人間をいろいろ痛めつけるようなことをする。「独身」というのは、身寄りのない人、家族を持っていない人のことですが、平安時代でも都市にはかなり多かったのです。童《わらべ》という字を書いて、子供とか少年とかという意味ではなくて、独身の人間というのでしょうか、家族を持たずに一人で暮らしている、この時代でいうと牛飼《うしかい》童《わらわ》とか、馬をしょっちゅう調教して馬を引いているような人間とかを指します。京都にはそういう童形《どうぎょう》――大人のように頭をきちんと結んでなくて、短いざんばら髪――の男がたくさんいて、それがいろいろ自由勝手な振る舞いをする。何か事が起これば、すぐ暴動に加担するようなことをするわけです。平清盛はそういう童形をしている童の類をうまい具合に使ってスパイをさせたとか、敵方の動静を探らせいろいろな陰謀を企てるときに使ったという話が『平家物語』に出てきます。「独身」とここで書いてあるのは、そういうものを指すわけですね。これも農村と違って、やっぱり末期的な都市の現象として、そういう人たちが多かったのだろうと思います。遁世《とんせい》して一人になれば、それもある意味ではそういう仲間に入ることでもあったわけです。

「財《たから》あれば、おそれ多く、貧しければ、うらみ切なり」。だからといって、人を頼りにして、人の家来になったり、従者になったりすると、「身、他の有なり」。他の人の所有になってしまって、自分自身の立場や意志を守って暮らすことができなくなる。その次はちょっと仏教的な考え方ですけども、「人をはぐくめば」、人に情けをかけて人に親切にしてやれば、やった人に対していろいろ執着の念を起こして「心、恩愛《おんない》につかはる」。仏教でいうと、そういうものからも自由でなければならないというふうにいうわけです。愛情のしがらみに縛られてしまって、心の自由がなくなってしまう。そういう具体的なことを述べて、最後でまた非常に一般的な人生論の問題というか、以下主題として取り上げるテーマを、最後のところで提出することになります。「世にしたがへば、身、くるし。したがはねば、狂せるに似たり」。夏目漱石《なつめそうせき》の『草枕《くさまくら》』の冒頭にもこういう文章が出てきますが、ある意味でいうと、日本文学の一貫した主題の一つだったのです。こういう人生論とか処世観《しょせいかん》といったようなことが、日本人のたいへん大きな関心だったわけです。

自由に暮らしたい、自由に暮らしたければ人でなしの国に行くばかりだ、しかしそうもいかない、というようなことを漱石も最初に述べて、ではどうするかというと、自然に直面して、自然を見ることによって心が洗われるような、ある種の救いを感じて、世の中とうまくやっていかなくてはいけない。世の中と自分との対立をいろいろ調和し緩和《かんわ》する術《すべ》を見つけるというかたちになるわけです。日本人は自然が好きだというのですが、日本人が見る自然というのは非常に特殊な自然です。自分自身が挫折して危機に陥った時に自然を見ているうちに心が洗われるようになる。そういう自然の見方を家永三郎先生は、宗教的自然観と言いまして、自然を非常に変形して、特殊な自然の一部分を切り取ったものを日本人は自然と捉えていて、自然を眺めるとか自然を見るとか、一人ぼっちで自然を見ているうちに救われるとかというのは、日本人にとって非常に素朴で特殊な宗教というのでしょうか、そういう宗教的な情操の対象として自然を考え、一般的なあるがままの自然に対してはそれほど関心がないのではないかといったようなことを述べているのです（家永三郎『日本思想史に於ける宗教的自然観の展開』創元社、一九四四年）。漱石もそうですし、この『方丈記』の後半のほうで述べていく自然というのも、まさにそういう種類のものであるように思います。

世に従えば、身は窮屈《きゆうくつ》で、息がつまりそうだ。だからといって、従わなければ、それは「狂せるに似たり」。だから、「いづれの所を占めて、いかなる業《わざ》をしてか、しばしもこの身を宿し、たまゆらも心を休むべき」というわけです。では、どうしたらいいか。それに対する解答が、次に出てくることになります。後段で書いてあることが、本当に回答になっているか、なっていないか、それを考えることが『方丈記』を読むことの意味だと思いますし、後でそういうことを考えてみたいと思っています。

後段への序文がここで終わります。〔二四〕〔二五〕段は、〔一〕〔二〕段のほとんど繰り返しです。少し文章を換えて同じことを言っている。

4　運命と出家

生涯の分岐点

そろそろ後段の本論に入っていきます。

〔二六〕わが身、父方の祖母《おおぼ》の家を伝《つた》へて、久《ひさ》しくかの所に住む。その後、縁《えん》かけて、身衰《おとろ》へ、しのぶかたがたしげかりしかど、つひに、あととむる事を得ず。三十余《みそじ》りにして、さらにわが心と、一つの庵《いおり》を結《むす》ぶ。これをありしすまひにならぶるに、十分が一なり。ただ、居屋《いや》ばかりをかまへて、はかばかしく屋《や》を造《つく》るに及ばず。わづかに、築地《ついじ》を築《つ》けりといへども、門《かど》を建《た》つるたづきなし。竹を柱《はしら》として、車を宿《やど》せり。雪降り、風吹くごとに、危《あや》ふからずしもあらず。所、河原《かわら》近ければ、水の難も深く、白波《しらなみ》《はくば》のおそれもさわがし。

「わが身」とか、「われ」とか、いちばん最初に主語というのでしょうか、一人称に近い言葉をもってきて文章を書き出すのは、どうも漢文の文章の形式ではないかと思います。このあたりは、『池亭記』を下敷きに書いていまして、全体の構想が非常に漢文の文章によりかかっているように思われます。内容からいいますと、いちばん最初、私は父方の祖母の家を伝えた。それで、久しくその家に住んでいたと書いています。鴨長明の父は鴨長継《かものながつぐ》といい、その父親の母の家を継いだというわけです。この「家を伝へて」というのは、家そのものの意味もありますけれども、おそらく家督《かとく》というのでしょうか、家につながる、家を支えていく所領、荘園、あるいは家の先祖の神を祀る、そういうお祭を絶やさずやっていく責任、そういうものを全部ひっくるめていっているように思います。ちょうど鴨長明が生きていた時代の貴族社会を構成している基本的な単位は氏《うじ》だったのですが、その氏が分解して鴨長明の同時代、平安時代の終わりから鎌倉時代の初めに、貴族社会というのは家の寄り集まりというかたちをはっきり示すようになりました。ですから、藤原氏なども藤原という氏の名前はあんまり意味がなくなって、近衛《このえ》とか九条とか一条、西園寺《さいおんじ》とか三条といったような家の名前を名乗るようになりました。それで家というのが貴族社会では人々の関心事だったわけです。鴨長明の『方丈記』はそういう広い意味での家のことを意識しながら、実際にはものとしての家、柱があり屋根があり床がある、そういう家の問題に引きつけて、それを捉えているという気配があります。

ここも、「祖母の家を伝へて、久しくかの所に住む」。家を伝えてというのは、当然その家の家督というのでしょうか、それからその家を維持していくために必要な所領みたいなものも全部含めて言っているわけで、そう言いながら実際は具体的な建物としての家のことをもっぱら書くというかたちになります。「その後、縁かけて、身衰へ、しのぶかたがたしげかりしかど」、これもよくわかりません。長明は別な史料によりますと、若くて父親が死んでしまうのです。それで孤児《みなしご》になる。順調だったのに、自分がまだ若いのに、父親が死んでしまって、後見人《こうけんにん》というのでしょうか、後ろ盾がなくなってしまった。それが長明の生涯が狂うそもそもの始めだったようです。ここではそれは「縁かけて」という短い言葉に込められているようです。身衰《みおとろ》えて、いろいろと苦しい思い出は多かったけれども、ついに「あととむる事を得ず」。祖母の家を伝えて体面《たいめん》を保っていく、それを維持していくことができなかった。それで、三十を少し過ぎたところで、転居をしたというわけです。三十歳ぐらいで、かつて住んでいた広い家屋敷を捨てて「さらに、わが心と、一つの庵を結ぶ」。自分自身の心のありようというのでしょうか、そういう「しのぶかたがたしげかりし」、あるいは没落しかかっていることをよくよく自覚している自分の心に似つかわしい、心と一体の、無理をして体裁《ていさい》を保ったりする必要のない家に移った。これをかつて自分が住んでいた家と比べてみると、前の一〇分の一の大きさであった。長明という人は数字にこだわる人で、一〇分の一だとか何分の一だとか、何人だとかということを、わりに正確に書こうとするようです。「ただ、居屋ばかり」とは、母屋《もや》だけというのでしょうか。

貴族の家ですと、母屋があって、それを渡り廊下でつなげていくようなかたちで家が成り立っています。それがいちばん大きく完全なかたちでできあがると、寝殿造《しんでんづくり》になりますが、回廊でいろいろな建物をつないでいくわけです。それが貴族の家の建て方で、おそらく規模はそんなに堂々たるものでなかったにしても、父方の祖母の家というのは、いくつもの建物を回廊でつなぐようなかたちになっていた。主人が日常起居している場所を寝殿というわけです。

ところが、新しい家は前の家の一〇分の一で、ただ母屋だけを構えて「はかばかしく屋を造るに及ばず」。自分の家族、妾や子供や一族や使用人や、そういう人が住まう建物をずうっと配置して、はかばかしく屋を造るに及ばなかった。「わづかに、築地を築けりといへども、門を建つるたづきなし」。わずかに垣根《かきね》、いまでいうと塀ですね、そういうものをめぐらしたけれども、堂々たる門を造るだけの資力がなかった。やっと囲いを造って、その中に母屋だけを建てて、そこで細々暮らすような有り様であったというわけです。それで、竹を柱にして車を入れる小屋を造った。庇《ひさし》をずうっと伸ばして、そこに車を置いておくような設備がないので、竹でもって仮の屋根を造って、それを車庫にしたというわけです。その後は文飾ですけれども、「雪降り、風吹くごとに、危ふからずしもあらず」。雪が降ったり、風が吹いたりする時に、その仮屋みたいな車庫は壊れるかもしれない。母屋も雨が漏《も》るかもしれない。雨が漏るなんていうのはやっぱり、貴族の日記などによれば悩みの種だったらしくて、藤原定家《ふじわらのさだいえ》の日記にも、雨漏りがしてどうしようもないというようなことを書きつけています。雨が降ったり、雪が降ったり、風が吹いたりするたびに家の心配に追われる。しかも「所、河原近ければ」、おそらく河合の場所の近くにいたのでしょう、河原が近いから水の難も深くて、ちょっと洪水があると、家が流されるかもしれないという心配をせざるをえない。

さっきも述べましたけれども、京都の町の賀茂川というのはしょっちゅう氾濫して流れを変えていたのです。賀茂の河原の近くに賀茂川から水を引いてきた河原左大臣 源 融《みなもとのとおる》という人の邸がありました。それは平安時代の庭園を持った邸宅として有名だった場所ですが、それも現在、賀茂川が流れを変えてどこにあったのかがわかっていません。場所がはっきりしていれば、発掘で石組とか池の規模とかがわかるかもしれないのですが、賀茂川は、始終氾濫して京都の市民を悩ませていたわけです。それで、鴨長明も自分がようやく建てて移った家は川の傍で水の難も深く、水害をしょっちゅう心配しなければならないような場所にあるというのです。

これで、最初住んでいた家から一〇分の一の家に移る、そういう経過を説明しています。本当は何度もお話したとおり、この〔二六〕段の「その後、縁かけて、身衰へ、しのぶかたがたしげかりしかど」、ここのところが長明の生涯にとってはたいへん重要な意味を持ったはずのところなのです。それをこういうふうに簡単にしか書いていないことを、ちょっとだけ注意しておいてください。

運命を悟る

〔二七〕すべて、あられぬ世《よ》を念じ過《すぐ》しつつ、心を悩ませる事、三十余年なり。その間《あいだ》、をりをりのたがひめに、おのづから、短き運をさとりぬ。すなはち、五十《いそじ》の春を迎《むか》へて、家を出で、世を背《そむ》けり。もとより妻子なければ、捨てがたきよすがもなし。身に官禄《かんろく》あらず。何《なに》に付けてか、執《しゅう》を留《とど》めん。むなしく大原山の雲に臥《ふ》して、また、五《いつ》かへりの春秋をなん経《へ》にける。

一〇分の一の家に移って、昔から比べれば、落ちぶれ没落して惨《みじ》めな暮らしになった。住みにくい世の中で、辛抱をして暮らしたと書いてあります。住みにくい世の中を我慢しながら、心を悩まし三〇年余りが過ぎたというわけです。物心ついてから三〇年なんでしょうか。自分の生涯の中でいくつかそういう節々があって、それで挫折したり、思いがけない災難に見舞われたりするたびに自分自身の運命の拙《つたな》さ、短き運、自分自身の生涯のあり方というのを順々に悟ってきたというわけです。

五十歳の春になった時に、家を出て世を背いた。簡単にいうと、出家して遁世したということになります。妻や子供があるのならば、それこそ恩愛《おんない》の契《ちぎ》りに心を悩まして墨染《すみぞ》めの衣に身をやつすということはたいへんな抵抗がある。しかしもともと独身で妻や子供もなかったのだから、捨てがたき縁もない。捨てがたき思いにかられて後ろ髪を引かれるような思いをする必要もなくて、自分自身の志、欲するところに従って出家遁世したというわけです。自分自身が官に仕えて何かの肩書を持っていたり、あるいは政府から俸給《ほうきゅう》のようなものを貰っていたりする身の上であれば、また世の中の約束事、さまざまなことがあって、それを振り捨てて出家遁世することはたいへん厄介《やっかい》である。けれども自分は天涯孤独《てんがいこどく》の身なのだから、何にそういう執着をすることがあろうか。

書き方としては何か結論が先に書いてあるようですが、「むなしく大原山の雲に臥して、また、五かへりの春秋をなん経にける」と、出家遁世をして大原に籠もったのだけれども、そこでまた心の安心立命というのでしょうか、心の安らぎ、心の落ちつきを得るためになることは何もなくて、隠遁してから五年間も空費してしまった。それで大原を捨てて、今度は日野の山奥に籠もる。日野の山奥の生活を、これでいいのではないかと書いたのが、『方丈記』の本文ということになります。

世を捨てる

少しだけ、説明をしておく必要があるのですが、「家を出で、世を背けり」というのが出てきます。何度もお話したのですが、「世の中のありにくく」、あるいは「ありにくき世の中と人と栖と」と、世とか、世の中とかいう言葉がたくさん出てきます。

世というのはかなり抽象的な意味もあるんですが、この当時の人々にとって、自分が属しているサークルというのでしょうか、あるいは実際に自分が所属している世間のことで、非常に狭い意味で使われることが多いのです。ですから、たとえば私なら、暮らしている世の中というのは日本社会とか、あるいは地球上の人類社会といったようなほうにも広がりますけれども、実際に世というのは私自身が関心を持っていて、私と同類のような人間がいつも気にして注目している、そういう舞台のようなものです。その舞台の上に世の中を動かしてるような、いまをときめく人が上がってワイワイやってるわけです。争ったり、いろいろ競争をしたり、みんな目立つことをしたりしています。価値や人々の考え方がいろいろ違いますから、たとえば私のような人間にとって、世というと研究者のサークルであったり、歴史を考えたり古典を考えたりしている人たち、それが一種の世みたいなものに見える。それから経済活動をやっている人には、そういう経済を動かしている人たちが舞台の上に上がっていろいろやっていることが、世と見える。それの規模も、非常に身の回りの小さな世もあれば、日本経済を牛耳《じゅうじ》るような、いちばん中枢の舞台を世というふうに思う人もいるわけです。

それでここへみんな上がろうとしている。だけどみんなは上がれないわけで、代表者が上がっているわけです。だから世に出る、それを出世というふうに言います。つまり一般の人たち、普通のなんでもない無名の人たちは、世の下にいまして、世を眺めているわけです。世に出る、出世するというのは、つまりここから舞台の上に上がることです。世を捨てるとか、世を背くとかというのは、そういう意味でいうと、そこの舞台から下りることなのです。世を人間社会や人類社会と捉え、それを純粋に突き詰めて考えていくと、世を捨てるというのはそれは死ぬことだという話になってしまう、そういう論理的なつながりの面もありますけれども、むしろ平安時代の後半から中世の人たちが考えていた世というのは、もっと非常に具体的な自分が関心を持っている、そういう世なのです。それでここからもう下りてしまう、舞台を注視して拍手喝采《はくしゅかっさい》したり、舞台の上で起こることに怒り狂ってみたり、上にいる人を引きずり下ろそうとしたり、自分もはい上がろうとしたりというような、そういうところに背を向けて外に出てしまう。それが世を捨てるとか世を背くとかということになる。そういうことは『方丈記』の中で、遁世、世を逃るとか、世を捨てるとか、世に背くとかという言葉を考える場合に、全体の基本としてまず一応は押さえておきたいところです。

出家と遁世

一般の人が暮らしている世というのがあります。国語辞典を引くと、世というのは竹の節みたいな、ある区切りから区切りまでのことを、世というふうに言う。天皇一代ごとに移り変わっていく、それを御世《みよ》と言うといったような説明がいちばん最初にきまして、その次に世の中のことということのような意味が書いてあります。実は、その「世」というのもいろいろ意味がつながっているように思うんですが、普通の人が注目している世というのがあります。これは仏教の立場から考えてみると、俗世とか世俗の社会というふうに考えます。俗世間ですね。俗世間はいろいろしがらみがあって、仏教の戒律にしたがって信仰の生活を純粋に追求しようとすると、ここにいるわけにいかなくて出家《しゅっけ》あるいは出世間《しゅっせけん》ということになります。出世間というと、世間を出て墨染めの衣を着て、あるいは白の僧衣《そうえ》でもいいんですが、とにかく世間の約束を全部捨てて、宗教的な信仰の約束や宗教的な価値にしたがって生きる。世間を出るんだから、出世間というふうにいう。

ところが先のように出世という言葉は、日本語ではもう一つありまして、世を出るのではなくて、世に出ることを出世というふうに使う言葉があります。世に出るのではなくて世を出る、それを出家というわけですね。ところがこの出家の世界というのが、どうも日本では本当の意味での出家になっていないという面が、仏教が日本に入ってきた時から色濃くありまして、仏教というのは外来の宗教、たいへん優れた外来の文化として日本に受け入れられ、本当に仏教の信仰に殉じて道を求め仏道の修行をする人の集まりとは違う側面を持っていました。

奈良時代にできた寺院というのは、宗教的な施設というよりは、外来文化センターで、仏教というパイプを通じて入ってくる大陸のさまざまな情報がお寺で管理されていたわけです。入ってくる情報を解読することのできる専門家が奈良時代の僧侶です。ですから奈良時代の僧侶は、みんな国家丸抱えで生活も保障されて、そしてお寺にあるさまざまな知識、現在からみると宗教とか医学とか農業とか建築とか、そういうものを全部包み込んでいました。国家に必要があれば、坊さんは朝鮮半島や中国から入ってくる知識や情報を管理し、政府の諮問《しもん》に応じていました。何万町歩開墾《かいこん》する、どこに大きな灌漑《かんがい》用の池を造る、政府がそういう立案をすることもありますけれども、そういうプランをお寺に委嘱《いしょく》する。坊さんがそういう開発計画を立てる。責任者はただちに僧侶の身分から、もう一度世俗の身分に戻って還《げん》俗《ぞく》して現場監督になる。工事が終わったらまたお寺に帰る。そういうのが奈良時代のお寺のあり方だったわけです。奈良時代というか、そもそも日本の仏教が始まったときの仏教のあり方でした。それで出家の世界というのは、平安時代に入っていろいろ変わります。大寺院が貴族社会の裏組織というか、第二組織みたいなものになったわけです。お寺に入って出家したと思っても、純粋に修行ばかりはやれない。坊さんの生活を規制している僧尼令《そうにりょう》という、政府の基本的な仏教統制の法律があるのですが、それによると僧侶は政府の許可なくして寺の外に出て民衆と接してはならないと書いてあります。

だから布教とか修行とかいうのではなくて、外来文化センターに所属して国家のために活動するのが僧侶だったわけです。出家して寺に入っても、それでは仏教徒としての生活をまっとうできない。それでもういっぺんそこから出るわけです。それを遁世というように言います。二重に出家するわけですね。それを二重出家とか、再出家と言います。寺に入ったけれども、寺の中は第二の会社みたいなものだから、本当の仏教を理想にした生活はできない。それでもう一度、ここから出るわけです。そういう二重出家とか再出家というのが、平安時代の中ごろから少しずつ増えるようになります。この世俗とはある意味でいうと貴族社会のような狭い社会ですから、その外にはいろいろなものがあります。定住しないでいろんな所を渡り歩いている遊芸の徒とか、山に籠もっていろいろなおまじないをする呪術師《じゅじゅつし》とか、それはかなり古代的、原始的な世界ですから、いろんな人間がいっぱいいるわけです。

鴨長明が、世を捨てて大原の山に籠もった。「家を出で、世を背けり」。長明はいったん出家したのに、出家者としてまっとうせずに山の中に独りぼっちで暮らして、花鳥風月《かちょうふうげつ》を友として優雅な生活をした。これは単なるエピキュリアンであって、坊さんとしてはあるまじき生活だ。だから鴨長明の書いた『方丈記』というのは、仏教徒として読むと非常にいかがわしいものであるというのは、伝統的な読み方の中にずうっと流れています。

5　比叡山と大原

大原の里

図13の地図を見てください。京都市の北のほうに行くと大原《おおはら》というところがあります。ここは鴨長明が最初に籠もったところになります。大原は『平家物語』の文学史跡としてたいへん有名で、大原の寂光院《じゃっこういん》というところで建礼門院《けんれいもんいん》が余生を送った。そこへ後白河法皇が訪ねて行く大原御幸の段というのが、『平家物語』のいちばんお終いのところに出てきます。大原は、地図でおわかりのとおり、京都からかなり遠いところです。ここは平安時代の初めのころから、世の中から外れて、世の中の舞台から下りてしまった人たちが隠れ住む場所になっておりました。有名な話では、『伊《い》勢物語《せものがたり》』の中に在原業平《ありはらのなりひら》が惟喬親王《これたかしんのう》を訪ねていく段があります。「忘れては夢かとぞおもふ思ひきや雪ふみわけて君を見むとは」という歌を歌ったという有名な段がありまして、その親王が籠もっていたのがこの大原です。いまその場所と称するところがあって三千院《さんぜんいん》の裏山のほうに石碑が建っています。

京都から外れて身を隠してしまうような人たちが隠れ住むのに適当な距離なので、古くからそういう場所として知られていたようです。ただこの道をずうっと越えて行きますと、若狭《わかさ》のほうへ抜ける道ですから、日本海沿いに荘園の物資などが集まって、それが京都へ送られてくる陸路としても、この道は比較的重要な意味を持っておりました。

比叡山延暦寺

京都と大原の高野川《たかのがわ》沿いの道の東側に比叡山《ひえいざん》があります。比叡山という山は、近江国の宗教的な山として開けました。比叡山を開いた最澄《さいちょう》という人は、近江国の出身で渡来人《とらいじん》系統の人物でした。最澄の父親は琵琶湖《びわこ》の湖岸に暮らしていて、何とかして男の子が欲しいものだというので願をかけて、それで最澄が生まれたというようなことが『叡山大師伝《えいざんだいしでん》』という、比較的早い時期に書かれた最澄の伝記に出てまいります。比叡山の正式の登り口は京都のほうではなくて、琵琶湖の近くの坂本《さかもと》という場所です。

京都からの登り口は、これに対して西坂本と言っています。いまの修学院離宮《しゅがくいんりきゅう》の北のあたりが比叡山の登り口で、雲母坂《きららざか》というのがあります。古くから開けていた道としては、近江のほうから登ったわけです。坂本からケーブルで登っていくと、比叡山の東塔《とうとう》というところへ出ます。これが比叡山の中心の場所です。ここに根本中堂《こんぽんちゅうどう》という延暦寺の中心になるお堂が建っていて、ここがいちばん最初に開けたわけです。比叡山という山は、一つの山ではなくて、琵琶湖と京都の間の境に連なる山脈で、一部分はずうっと南の外れの稲荷山《いなりやま》のあたりまで、東山の山脈につながっています。北のほうは、比叡山からずうっと比良山というもっと高い山につながることになります。比叡山のあたりはだいたい八〇〇メートルから九〇〇メートルぐらいの山が五つか六つつながっていまして、そういういくつかの山を集めて、比叡山というわけです。

この東塔というところに延暦寺ができまして、平安時代の中期以降日本仏教の宗教的な権威の中心として栄えました。東塔は四明岳《しめいがだけ》の山頂から琵琶湖のほうへ少し下がったところにあって、東塔から京都の町は見えないような立地にあります。比叡山に登ってみるとわかりますけれども、山脈の西側と東側では、景観がまるっきり違います。植物などもかなり違うようで、琵琶湖側に比べて京都側は鬱蒼《うっそう》と木が繁《しげ》っていまして、全体が少し柔らかな湿度が高い山の感じがします。東側の斜面はもう少し荒々しい感じがするわけです。延暦寺は最初に東塔を中心にしてできたのですが、まもなくその場所だけでは狭くなって、西塔《さいとう》という場所が新しく開発されまして、ここに堂塔《どうとう》伽藍《がらん》が建ち並ぶようになりました。比叡山には、平安時代の初期を過ぎるころから東塔と西塔という二つ中心ができることになります。

西塔は、展望のきく場所に立つと京都の町が全部見渡せるような場所です。東塔・西塔とも山の頂上に近いところにありますから、たくさんの大きなお堂や塔が建つとか、それから僧侶がたくさん集まって講義を聞く講堂が建つとか、あるいはお坊さんが宿泊する寄宿舎が建つとか、あるいはお経を入れておく図書館が建つとか、食事をする食堂《じきどう》が建つとか、雑役に従う人たちが住む住宅が建つとかといったようなかたちになると、東塔と西塔の場所ではすぐに足りなくなりました。それでだんだん東塔と西塔を中心にして、山の頂上から少し下りたところにわずかな平地を見つけて建物が建てられるようになりました。それを谷《たに》と言います。東塔にも西塔にも北谷とか、南谷とか、西塔の黒谷とか、東塔の無動寺《むどうじ》谷とか、いろいろそういう何とか谷と呼ばれるような場所ができて、そこにさまざまな建物が建ち並ぶようになりました。

平安時代の中ごろになりまして、真言宗の拠点であった東寺《とうじ》とか仁和寺《にんなじ》とかの寺院のほうが貴族社会と密接に結びついて栄えたものですから、比叡山は一時勢力が振るわなくなるのですが、摂関家《せっかんけ》の祖先にあたる人物で九条右大臣藤原師輔《もろすけ》という人物が出てきました。この人は摂関政治、摂関家藤原氏の全盛時代の発端になった人物です。その当時比叡山の中心に天台座主《てんだいざす》良源《りょうげん》という人物がいました。この良源に師輔が帰依《きえ》したと申しますか、あるいは良源にとって師輔が頼りになるパトロンとして活動することになりました。

良源は、東塔と西塔の少し北のほうに横川《よかわ》という土地を開発しました。ここに平坦な土地があって、前から少し建物はあったのですが、この横川というところを大々的に切り開き、たくさんお堂ができるようになりました。東塔と西塔と横川と三つ合わせて、比叡山の三塔と言います。いずれも、そこに塔があって、そのシンボルとしての塔を中心にして伽藍《がらん》が建ち並んでいたわけです。東塔と西塔と横川とそれぞれに谷があって全部で一六ありました。それで、比叡山全山のことを三塔一六谷というふうに言いまして、これが比叡山という巨大な寺院の組織になりました。全体が三塔に組織され、その三塔と、五つ、五つ、六つという谷に分かれていたのを、全部合わせて、全山三塔一六谷と呼んだわけです。横川も東塔も西塔も少し山頂から下りたところに、建物がたくさん並んで、一六谷の一つずつが、かなり大きな寺院といってもいいと思うのですが、それぞれの組織を持つようになります。ですから、比叡山全体は一六の大寺院の連合体みたいなかたちで組織運営されることになったわけで、その一六の谷がそれぞれ五つ、五つ、六つというふうにグループに分かれて、それを東塔と西塔と横川というように呼んだのです。

横川

東塔は、比叡山の中心ですから、比叡山全体の代表者である天台座主という人が、建前上は、いる場所です。ここが比叡山全体の権力争いや政治の中心になりました。西塔も、東塔と対抗してだんだんそういう権力争いに加わるようになって、東塔と西塔は比叡山全体の中で非常に世俗的な場所になりました。横川は東塔と西塔とちょっと遠く、歩いて行くとかなり離れた場所です。東塔と西塔が比叡山全体の権力争いや政治の中心であるのに比べて、ちょっと離れた静かなところだというので、横川が比叡山の学問の中心になりました。

以前に私は、比叡山のことにたいへん詳しい景山春樹《かげやまはるき》先生から話を聞いた時に、東塔と西塔というのは、比叡山全体を大学にたとえていえば法学部や経済学部みたいなところだ、横川というのは文学部や理学部のようなところで、比較的学問に近い世俗に疎い人が集まっているところだ、あるいは東塔や西塔で権力争いから落ちこぼれたり、そういうところで精神状態に破綻《はたん》をきたしたような人が横川に集まってきて、そういう意味でいえば大学病院みたいなところだと言われて、なるほどおもしろい譬《たと》えだと思ったことがあります。

ヨーロッパの大学にはいろんな成立の歴史がありますけれども、日本でいうと比叡山とか高野山とかが近代まで続いていて、それが大学になっているといったような、そういう歴史を負っている大学がフランスやイタリアにはあるわけです。日本は江戸時代に非常に世俗的な考え方が強くなりまして、仏教が権威と力を失ったものですから、比叡山や高野山が近代まで生き延びて学問の中心になるということがなかったわけですけれども、ヨーロッパでは修道院とか大きな教会とかが近代的な学問の基になりました。宗教的な権威を持っている場所ですから、世俗の警察権なんかは修道院や教会の中へは入れない。それで高野山や比叡山でいいますと、山の麓から一定の縄張りがあって、そこへは検非違使《けびいし》や武士などが簡単に入れない、そういう伝統がヨーロッパではずうっと近代まで残って大学は独自に警察を持って

図17　源信（聖衆来迎寺所蔵）

いたり、あるいは世俗の警察をいっさい受け入れないで自治の伝統を誇るといったようなことが成立しました。日本ではそうならなかったわけですが、中世の中ごろまでのことを考えてみると、そういうことと似たような状態があります。東塔や西塔が、全体の中で非常に政治的な場所になって、世俗との接点になっている法学部や経済学部のようなところだ、横川というのは少々変わり者が集まっているところだといった傾向は、平安時代の中ごろにはすでに出てまいります。ですから、良源《りょうげん》の弟子で『往生要集《おうじょうようしゅう》』を書いた源信《げんしん》が、横川の中の恵心院《えしんいん》というところに長い間住んでいて、そこで『往生要集』という本を書いたということになっています。そういう仏教の教学研究や修行の場所になっていたわけです。現在でも、何となくそれを思わせるような雰囲気が横川にはあります。

源信は、『源氏物語』の宇治十帖《うじじゅうじょう》の横川の僧都《そうず》のモデルであろうと言われている人物で、そのようなイメージは、東塔や西塔で権力争い、寺院の中の勢力争いの真っただ中にいるような坊さんとは、かなり性格が違っています。法然《ほうねん》も横川の系統の学問を一生懸命やったということになります。東塔と西塔と横川とで、それぞれ性格が違う。横川と東塔と西塔というのは、大きな総合大学でいえば一つ一つの学部みたいなものだ。それで一六の谷というのは、それぞれカレッジのようなもので、それぞれ谷を開いた人の学問とか修行というものを伝統として伝えていたわけです。

東塔には無動寺谷という谷があり、古くから山岳修行が盛んでした。回峰行《かいほうぎょう》といって、毎日毎日来る日も来る日も行者《ぎょうじゃ》の道を歩きつづける修行を専門にしているカレッジが、その無動寺谷というところになります。比叡山にはいろんな人がさまざまな建物を建てたわけで、それぞれが個性と伝統を持って構成していたのです。横川はどっちかというと、静かに学問をし、静かに修行をする、そういう傾向の僧侶が集まっていました。

ところが三塔の下が一六の谷に分かれているわけですけれども、一六の谷もかなり大きな規模の寺なのです。たくさんの僧侶がいますから、そういう人の組織とか、あるいは生活などが関わって、いろんな問題が出てきます。それで三塔の中でも特に横川の谷は、学問と修行の中心のような性格を持っていたのですが、それでも寺を維持するためにいろんな問題が出てきますから、仏教本来の修行と学問をやるのに適していると言い切れない面も出てきました。

別所と聖

谷から出て、谷の組織からさらにはみだしてもっと孤独で静かに学問を続けたいという僧侶が出てきます。そういう人が集まる場所を別所《べっしょ》と呼びました。三塔一六谷の組織の外にあるわけですね。大学の学部やカレッジやそういう組織も嫌って、その外へ出てしまう人が、谷のもっと奥の小さい谷に小さな建物を構えて、そこへ集まって共同の生活をするといったようなことになりました。別所というのは、そういうような筋書きでできてくるわけです。高野山なら高野山の仏教にたいへん関心を持つ。しかし高野山に出家して高野山の組織の中に入っていくと、いまでいうと大学に入るためには入学試験がありまして、いろんな単位を取らないと大学の中で落第したり退学になったりするわけですね。高野山も、学人方《がくにんがた》とか行人方《ぎょうにんがた》とかいろんな組織がありまして、組織の争いは早い時期から続いていています。何となく高野山の仏教には憧れるのだけれども、高野山の組織の中へきちんと組み込まれてしまうのを嫌うといったような僧侶が出てくるわけです。

そういう人のことを、早くから、「聖《ひじり》」と言いました。日知り＝聖というのは、太陽の運行と暦をつかさどっている人が日知りなので、それはたいへん古い原始的な民俗信仰や民俗宗教の中で、宗教的な力を持っている人を平安時代の中ごろには一般に聖と呼ぶようになります。正式の出家の手続きを経ておらず、僧侶としての身分証明書や資格を持っていなくて、寺院の周辺をうろうろしている。実際はあちこちうろうろしながら、行商みたいなことをやるような人間も聖ですし、いろんな地方を練り歩く芸能の集団も、聖がその中心にいるというようなことにもなってくるのです。さっき申し上げたような筋で申しますと、現世の生活に疲れ果てた人間が、聖地の高野山へ行っていろいろ瞑想《めいそう》など死後の世界の安泰《あんたい》を考えたいと、高野山に行くんですけれども、きちんと高野山の組織の中に組み込まれるのは気がすすまないし、自分はそういうのに耐えるだけの学力も能力も準備もないと考えた人たちが、高野山の中腹や麓の辺に別所とか新別所とかをつくりまして、そこへ集まってくるようになりました。比叡山の麓にも別所というのはいろいろあります。

なぜそういう話を始めたかと申しますと、大原はそういう別所としてたいへん名高い場所であったわけです。大原の寂光院は、そういう雰囲気を残している場所だと思います。こういうふうに言うと、何となくそうかなと思われて、しかしやっぱりヘンじゃないかというふうにお考えになる方もあるだろうと思います。大原には三千院というたいへん立派な寺がありまして、三千院の阿弥陀三尊は特に有名です。

三千院はたいへん立派な仏像もありますし、庭もよく整っていて、大原の中心として堂々とした雰囲気を伝えています。三千院が、そういう聖の集まるところというと、雰囲気が違うというふうに思われるだろうと思います。

三千院と門跡

三塔一六谷というのが比叡山全体の組織で、根本中堂がある東塔がその中心です。比叡山というのは、八〇〇メートルをちょっと越すぐらいの山で、そんなに高いわけではありませんから、僧兵なんかは一気に山を駆け降りたり、夜、下でお酒を飲んだりして、夜の明ける前に山頂まで帰るなんてことはしょっちゅうあったようですけれども、山の上というのはやっぱり非常に寒いんですね。それから比叡山は琵琶湖側と京都盆地との気流などによって、気候条件の差が激しいものですから、霧が深くてとっても湿度が高いところなんです。健康によくないというか、あんまり生活するのに快適な場所ではないのです。それで比叡山全体の中心になる人物を座主《ざす》といいますけれども、平安時代の後期になりますと、座主はほとんど山頂には住まないようになりました。実際は京都の町に近いところに住んでいて、何か重要な儀式や法要の時だけ山へ上がりました。上に住んでいるような座主はほとんどいなくなりました。

座主が日常の生活をしている場所として有名なところが三つあります。それを比叡山の三門主《さんもんしゅ》とか、三門跡《さんもんぜき》と言いました。その筆頭が比叡山の円融院《えんゆういん》で、それが大原の三千院なのです。もう一つはもっと京都の町に近いところで、青蓮院《しょうれんいん》というのがありまして、これは東山にあります。青蓮院と三千院と――三千院は通称で正式の名前は円融院といいますが――、もう一つが妙法院《みょうほういん》、これが比叡山の京都側の麓に建てられたきわめて立派な御殿のようなお寺です。座主になる人はみんな藤原氏の名門の出身に決まってしまいましたから、そういう人たちは山の上には滅多に登らずに、青蓮院や円融院で貴族的な生活を続けていました。ですから大原という場所は、天台座主が住んでいる場所になり、大きな寺院が建っているのです。一方で比叡山の中枢と直結している場所で、もう一方では伝統的に世捨て人が集まる場所だということになります。大原は、歴史的に考えても、いろいろ複雑な性格を持った場所です。

大原から京都の町まではかなりあります。いま、バスに乗ってもかなり時間がかかりますから、大原のあたりに世を拗《す》ねた人たちがひっそりと住んでいて、時々京都の町へ出掛けていって生活に必要ものを貰ったり、乞食の行をしたり、あるいは辻説法《つじせっぽう》をやってお金を集めたりしながら大原へ戻ってきて、大原でそういう人たちがグループをなして住んでいるといったようなかたちに平安時代の末にはなっていました。

大原と長明

『方丈記』の〔二七〕段のいちばん最後に「むなしく大原山の雲に臥して、また、五かへりの春秋をなん経にける」と、大原山に籠もってむなしく五年間を過ごしたと書いています。もともと長明という人が、いろいろ世の中で自分は不遇だと思ったし、うまい具合にコネやツテをたどって利用しながら出世していった人たちに対して対抗意識も持ったでしょうし、違和感も持つ、晩年にはたいへん強い挫折感を持つようになった。五十歳で家を出て、世を背いたと書いてあるのですが、さっき言ったようなかたちでいうと、正式に出家したものか、それとも自分勝手に墨染めの衣に身をやつして、大原の別所の聖たちの仲間に入ったのか、本当はよくわからないのです。長明の伝記を書く人や、注釈をする人の間で、そのあたりのイメージは非常にまちまちです。正式の僧侶になったというように考えている人もいますし、そうではなくて、曖昧《あいまい》な遁世をしたのだというように見ている人もいます。

長明はたいへん広い知識と教養を持っていて、宮廷でも名の知られた歌人であったわけです。あるいは琵琶や琴や、音楽にも通じていた。二十代の若かったころに、たいへん家が豊かであったのにまかせていろいろ稽古事や遊びにも熱中した。そういう経歴の持ち主ですから、大原でたまたま自分が入ったグループとうまくいかなかったのだろう、周りの聖たちとの生活がうまくいかなくなって五年間でとうとう大原を逃げだしたのであろうというのが、普通のここの部分の解釈です。ともかく大原に籠もって、世捨て人の仲間に入ったのだけれども、どうもそういう人たちと一つに溶け込むことができなかった。もう一度、大原から脱出するというか、逃れる。大原の聖たちの世の中から、また背くというか、逃げだすというかたちになりました。それが〔二八〕段以降の話になります。

全体からいうと、比叡山を中心にした仏教的な世界の周辺部分に、いろんな得体《えたい》のしれない人たちが集まって、うまい具合に整理できないような雰囲気が比叡山の麓でずうっとかもしだされていまして、その中に入ったのですが、そこからまた逃げだすという話になったわけです。

四　草庵の生活と浄土教

1　日野の里

日野に移る

〔二八〕段に入りますと、大原から日野へまた居を移すという話になります。

〔二八〕こゝに、六十《むそじ》の霧消えがたに及びて、さらに、末葉《すえは》の宿《やど》りを結べる事あり。いはば、旅人《たびびと》の一夜の宿を造り、老いたる蚕《かいこ》の繭《まゆ》を営むがごとし。これを、中ごろの栖《すみか》に並ぶれば、また、百分が一に及ばず。とかく言ふほどに、齢《よわい》は歳歳《としどし》にたかく、栖はをりをりに狭《せば》し。その家の有様《ありさま》、よのつねにも似《に》ず。広さはわづかに方丈《ほうじょう》、高さは七尺がうちなり。所を思ひ定めざるがゆゑに、地を占《し》めて、造らず。土居《つちい》を組み、うちおほひを葺《ふ》きて、継目《つぎめ》ごとに、かけがねを掛《か》けたり。もし、心にかなはぬ事あらば、やすく他へ移さんがためなり。その、改め造る事、いくばくの煩《わずら》ひかある。積《つ》むところ、わづかに二輛《りょう》、車の力を報《むく》ふ外《ほか》には、さらに、他の用途《ようと》いらず。

六十代の寿命というのでしょうか、自分の六十代ももう残すところわずかになってというのでしょうか。ともかく晩年、余生いくばくもなくなって晩年の一時の宿りとして、自分の小さな家をこしらえた。それは「いはば、旅人の一夜の宿を造り、老いたる蚕の繭を営むがごとし」、そういうものだ。そこで

「これを、中ごろの栖に並ぶれば、また、百分が一に及ばず」と言っています。

いちばん最初は祖母から譲られた家に住んでいて、それはたいへん大きな家であった。ところが三十代になってその家を出て、賀茂の河原の流れに近いところに小さい家を造った。母屋《おもや》だけで、それはもともと自分が住んでいた家に比べると、一〇分の一の大きさであったというのが、前に書いてあったわけです。それで、「中ごろの栖に並ぶれば、また、百分が一に及ばず」というのは、中ごろ住んでいた家に比べれば、一〇〇分の一以下の大きさの家に移った。最初の家に比べると一〇〇〇分の一になった。一〇分の一になった後に、一〇〇分の一になったのですから、一〇〇〇分の一になったということなのです。一〇〇分の一とか一〇分の一とか、もっともらしく書いていまして、一丈四方というのは今でいうとだいたい四畳半です。これが方丈です。四畳半の一〇〇〇倍といったら四五〇〇畳になりますから、それはたいへん広い大きな家だということになりますが、ともかくいろんな設備や家の敷地から考えれば、その家が建っている建物の建坪というのでしょうか、それを自分が祖母から引き継いでいた家の敷地に比べれば一〇〇〇分の一にもならないというのは、そうかもしれません。

「とかく言ふほどに、齢は歳歳にたかく、栖はをりをりに狭し」。ともかく一年一年自分は歳をとる。そして自分の住処は歳を追って狭くなってきた。これが自分のありようだというわけです。

その家の有り様は世間の常識では考えられないようなものだ。広さはわずかに一丈四方、「高さは七尺がうちなり」。つまり、三《メートル》四方、高さは二《メートル》一〇《センチ》以下だ。「所を思ひ定めざるがゆゑに、地を占めて、造らず」。死ぬまでここで暮らすというように決意をして、家を建てたのではないから、きちんと基礎を造って、あるいはその土地を買い取るとか、いろいろ地主と交渉をするとかといったようなことも極めて安直《あんちょく》にやった。「土居を組み、うちおほひを葺きて」、簡単な土台を造って、柱を立て、ちょっと屋根を覆《おお》う程度にして、その柱や壁の継ぎ目ごとには、かけがねを掛けている。それはいわば、プレハブの組み立てみたいなもので、心にかなわぬことあらば、たやすく他へ移すということです。ですから組立式のプレハブの小屋か、もっといえばキャンピングカーみたいなもので、自分はそのキャンピングカーを日野山の麓に置くことになったというわけです。「その、改め造る事、いくばくの煩ひかある」。大原を逃げだして、日野にそういう四畳半ぐらいの小屋を造るのに、出費も煩いも多くはなかった。そういうプレハブの部分品を、小屋を解体して車に乗せれば、わずか二つの車に乗る程度だ。「車の力を報ふ外には」、その車を貸してくれた人、牛をひいてくれた牛飼いの童にお金を払う、それ以外に費用はいらなかったといったような文章になっています。

ここは家のアウトラインを書いた部分です。実際に新しく住むようになった建物の内部のことは〔二九〕〔三〇〕段に、もう少し詳しく書かれることになります。

山科と日野

〔二九〕いま、日野山《ひのやま》の奥に、跡《あと》をかくして後《のち》、東に三尺余りの庇《ひさし》をさして、柴折《お》りくぶるよすがとす。南に竹の簀子《すのこ》を敷き、その西に閼伽棚《あかだな》をつくり、北によせて、障子《しょうじ》をへだてて、阿弥陀《あみだ》の絵像《えぞう》を安置《あんち》し、そばに普賢《ふげん》をかけ、前に法花経《ほけきょう》をおけり。東のきはに蕨《わらび》のほどろを敷きて、夜の床《ゆか》とす。西南に竹の吊棚《つりだな》を構《かま》へて、黒き皮籠《かわご》三合を置けり。すなはち、和歌・管絃・往生要集ごときの抄物《しょうもつ》を入れたり。かたはらに、琴《こと》・琵琶《びわ》おのおの一張《ちょう》を立つ。いはゆるをり琴・つぎ琵琶これなり。かりの庵《いおり》の有様《ありよう》、かくのごとし。

これは、『方丈記』の中でもよく知られている有名な部分です。いちばん最初に日野山という地名が出てきます。

図13の地図では京都東南部ということになります。京都駅が左側のほうにあります。そこから京阪とJR奈良線と、それからいまの近鉄の奈良に行く電車と三本、南のほうへ向かって走っています。左側の南のほうにちょっとした集落がありますけれども、これが伏見《ふしみ》です。京都と伏見とが南北に並んでいまして、その右側のところに東山《ひがしやま》の山があります。この東山の山と、やっぱり山に囲まれて、細長い三角の小さな盆地があります。北のほうが東山区で、南のほうはいまは伏見区というのに入っていますけども、これが山科《やましな》の盆地です。山科の盆地のいちばん上のところにJRの線路が逢坂山《おうさかやま》のトンネルから抜けて東山のトンネルに入る間、わずかに見晴らしのきくところを通ります。その間に山科という駅があって、これは京都から電車に乗ると大津《おおつ》側へ走って次の駅になります。

山科の盆地というのは三角の狭い盆地なんですが、ここはかなり早い時期から開けていました。ちょうど山科盆地の三角形がちょっと狭くなって、下の尻尾みたいなところへつながる部分に勧修寺《かんしゅうじ》――「かじゅうじ」ともいいますが――という寺があります。それから勧修寺の東側に小野《おの》というところがあります。この小野というのは小野小町《おののこまち》がいた場所と伝えられ、小野氏という豪族が古代から住んでいた場所です。小野のすぐ南に随心院《ずいしんいん》という真言宗の寺がありまして、立派な庭があります。小野から南のほうに、一キロぐらい行きますと、そこに醍醐《だいご》というところがあります。醍醐には醍醐寺という寺がありまして、安土・桃山時代に豊臣秀吉が晩年たいへん大きな花見の宴《うたげ》を催した場所として知られているところです。

醍醐寺から南に二キロほど行きますと、石田という集落があります。この石田から東の山のほうへ行き

図18　法界寺阿弥陀堂

ますと、日野というところに日野薬師《ひのやくし》があります。これがお薬師様のお堂として信仰を集めたところで、この薬師像は伝説でいうとずいぶん古いわけですけれども、日野の重要性は、ここに平等院《びょうどういん》鳳凰堂《ほうおうどう》の阿弥陀如来とほとんど同じくらいの大きさの、時代はちょっと下りますが、立派な阿弥陀《あみだ》如来像《にょらいぞう》を安置しているお堂があって、日本できちんと残っている阿弥陀堂のただ一つのものなのです。阿弥陀堂にはまだ一部分は剝落《はくらく》を免れた壁画が残っていまして、欄間《らんま》に描いてある天女《てんにょ》の絵はとてもきれいなもので有名です。阿弥陀堂の前には浄土庭園というのでしょうか、極楽《ごくらく》をしのばせるような庭が平安時代には造られていて、数年前に改修してかなりきれいになりました。そこが日野の法界寺《ほうかいじ》というお寺です。いまは真言宗の寺院になっていますけれども、真言宗になったのはずうっと後のようです。

平等院の鳳凰堂に行った方は多いと思いますが、

もう少し落ちついた静かな感じにしたようなお堂がここにあります。鳳凰堂のように朱や金銀で飾ったようなものではありませんけれども、檜皮葺《ひわだぶ》きの落ち着いた阿弥陀堂が現在も残っています。

法界寺のあたり一帯を日野といいます。山科盆地の南の外れのあたりですね。このあたりに住んでいた藤原氏の一族を日野氏といいます。日野という一族は、『太平記《たいへいき》』に日野資朝《ひのすけとも》、俊基《としもと》という人が出てきまして、資朝は阿新丸《くまわかまる》の父でしたが、後醍醐天皇に従った新進気鋭の公家として鎌倉幕府を倒す運動に参加して殺されてしまう、そういう人物です。昔は歴史物語の中でたいへん有名でした。

日野氏

その日野の一族は、室町時代になって勢力を持つようになりました。室町幕府の八代目の将軍に足利《あしかが》義政《よしまさ》という銀閣を造った将軍がいますが、その義政の妻だった人に日野富子《とみこ》という有名な人がいます。乱世で人民はみんな苦しんでいるのに金儲けをやって贅沢《ぜいたく》な生活をしていたとか、夫の義政にお金を貸し付けて高い利子を取ったとか、いろいろな話があります。日野富子はここにいたというわけではありませんけれども、このあたりを根拠地にしていた藤原氏の一派です。

平安時代の終わりには、やっぱりここに勢力を持っていた日野氏の生まれであろうといわれている人で、もう一人、親鸞《しんらん》というたいへん有名なお坊さんがいます。親鸞はどうも出身その他わからないことが多いのですが、いまのところは日野氏の一族の生まれであったということになっていて、何らかのつながりはあった人物です。ですからいま行きますと、日野の法界寺の横には親鸞聖人御誕生の地という、何も根拠はないのですが、大きな石碑が建っていまして、浄土真宗の熱心な信者の方は、この法界寺に必ずお参りするわけです。

図19　長明方丈石

日野から谷間の道を行くと、山の中に細長い盆地ともいえないような小さな平地があります。炭山《すみやま》というところなんですが、この炭山のほうへ向かって行く、日野と炭山の間ぐらいに、鴨長明の方丈があったと伝えられているのです。角川文庫の中で、簗瀬さんが、自分も何度もそこへ行ってみた。証拠は何もないけれど、なんとなく雰囲気からいうと、そういうふうに思われる。江戸時代には、長明が『方丈記』を書いた場所だと考えて石碑を建てた人がいるのだが、そう考えてもいいだろう、あえて否定する根拠は何もない、否定するにあたらないだろうといったような補注を付けています。

京都からJR奈良線、あるいは京阪の電車ですぐ出たところに、東福寺《とうふくじ》というお寺があります。ここに月輪殿《つきのわどの》といって、藤原氏の中の本流の一つ九条家の根拠地があります。東福寺という寺院は東大寺と興福寺を二つ合わせたような大きな寺を建てるのだという、そういう目的をかかげて鎌倉時代の中ごろに建てられたお寺で、いまは紅葉の名所として知られています。

それから、もう少し南のほうへ行きますと深草《ふかくさ》というところです。深草少将とか何とか、『平家物語』にも出てくる場所で、南へ少し行ったところ伏見のあたりで東山の山脈が切れることになります。それを出ていくともうすぐ宇治《うじ》ということになるわけです。平安時代には、東山の山脈の西側沿いに南下していって、適当なところで山を越えて、この山科の盆地へ入るか、あるいは京都の三条あたりから蹴上《けあげ》というところを通っていまの京阪電車に沿って行き、都ホテルとか御陵《ごりょう》、日《ひ》ノ岡《おか》を通ってこの山科盆地の北に出るのと二つ道があります。長明なども両方の道を通ったものと思われます。その山科盆地のいちばん南の端に六地蔵《ろくじぞう》というところがあります。これが山科盆地のいちばん外れで、その先はもう木幡《こばた》、宇治という『源氏物語』宇治十帖の舞台につながる場所であるわけです。日野はだいたいそんなところです。

日野の少し北の醍醐寺と勧修寺《かんしゅうじ》、これが平安時代の中ごろに栄えた寺です。だいたい方丈のあった場所が京都からいうとどのあたりにあったかということを見当をつけていただきたいと思います。

2　長明の方丈

方丈の構造

ここで、〔二九〕段をみておきたいと思います。

「いま、日野山の奥に、跡をかくして」とありますが、どうして日野山へ入ったんだろうかということに関して詳しいこと、正確なことは何もわかっていません。たぶんこのあたりは日野の一族の領地ですから、歌とか琵琶とか、そういうつながりで長明を知っていた人物が日野氏の中にいて、ある程度の生活の面倒をみてくれたのではないかということが想像されますが、証拠は残っていません。京都の北の端のほうの大原で、どうもおもしろくないことがあったので、何かのつてを頼って、今度は東南の端のほうへ逃げだして行ったということになります。それで今度はいちばん最初に住んでいた家からいうと一〇〇〇分の一だ。三メートル四方、天井の高さ二メートルといったような、そういう小屋の内部インテ

中西立太イラスト

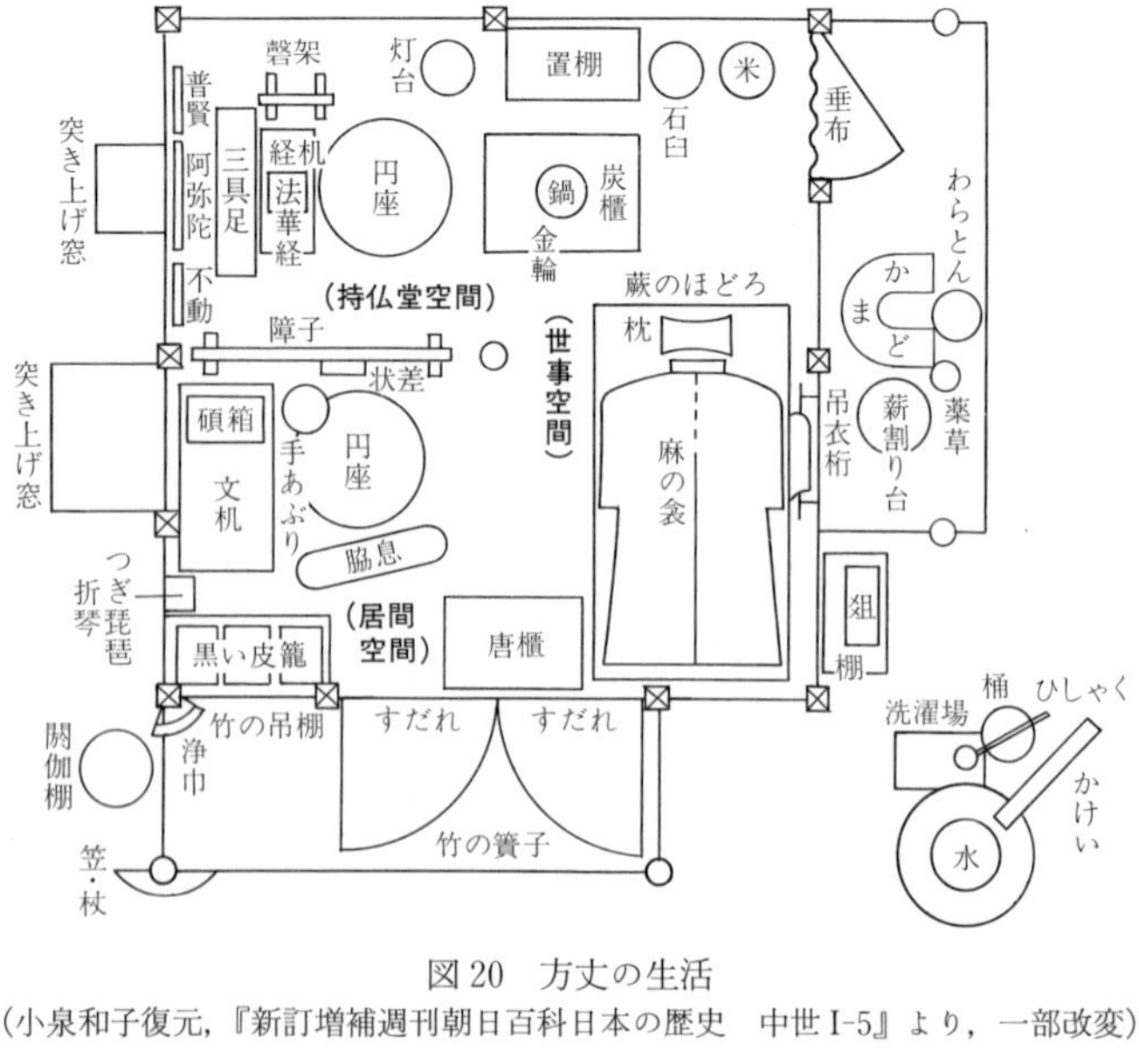

図20　方丈の生活
(小泉和子復元,『新訂増補週刊朝日百科日本の歴史　中世Ⅰ-5』より，一部改変)

リアのことが書いてあります。

「東に三尺余りの庇《ひさし》をさして」。これも図20を見ていただくと、庇が付いていています。日本の建て方でいうと基本形は柱を建てて、少し大きい仏殿だと、正面が三間とか、四間正面とかになります。柱の間に梁《はり》をわたして、上へ組んでいって屋根をかける。これの補助的な部分というのでしょうか、補助的な柱を外側へ建てていって、その部分を庇といいます。縁側みたいなものになるわけですね。昔の家ですと座敷の部分と廊下の部分は天井が違っていまして、あれは軒《のき》の裏というか、斜めの天井があったりして、庇の部分が廊下になっていたり、もう少し庇を長くすると、そこが別な部屋になるわけです。

ここで言っている庇は完全な庇というか軒みたいなもので、「東に三尺余りの庇をさして、柴折りくぶるよすがとす」。そこでいろいろ煮炊きをするというのでしょうか、そういうことが書いてあります。「南に竹の簀子《すのこ》を敷き」。竹の簀の子というのは、竹で縁側みたいなものをつくる。その西に閼伽棚《あかだな》をつくる。閼伽棚というのが、あんまり棚のようには見えませんけれども、東に庇を出して南に簀の子、その西にちょっと棒の上に桶のようなものをのせて杓があります。これが閼伽棚です。下の図にもそう書いてあります。閼伽棚というのは、仏に供える水や花をあつかう道具、すなわち閼伽具《あかぐ》をおく棚です。閼伽というのは水のことなんですね。仏に奉る水、あるいは来客にさしだして手足を洗ってもらう水、そういうのを閼伽と言ったらしいのですが、それが仏を供養する場合の重要なものになりました。閼伽というのはサンスクリットのアルガーです。ラテン語のアクアという言葉はもとは同じ言葉です。アクアラングのアクアはもとは同じです。水を注いだ壺に花を活けるとか、清らかな水を汲んでその鉢を仏に捧げるとか、そういうことをするのが閼伽棚です。

それから「北によせて、障子をへだてて、阿弥陀の絵像を安置し、そばに普賢をかけ、前に法花経をおけり」。図20で、方丈の四畳半が四つの空間に分けられているんですね。ここで言っているのは四畳半のいちばん北西の部分、いちばん左上の部分です。そこが仏間の空間になる。仏を祀る空間で、その間に立っている衝立《ついたて》のようなものが障子です。障子をへだてて阿弥陀の掛け軸と、そばに普賢菩薩《ふげんぼさつ》の掛け軸が掛かっている。それで「前に法花経《ほけきょう》をおけり」。『法華経《ほけきょう》』は巻物にして、普通ですと八巻あります。ですから、八巻の巻物がそこの机の上に置いてあるということになります。「東のきはに」というのは、東南の部分ですね。「蕨《わらび》のほどろを敷きて」、蕨の繊維というのでしょうか、蕨の穂をほぐして作ったような筵《むしろ》というのでしょうか、そういうマットを敷いて、そして「夜の床とす」。だから、そこがベッドというか、寝る場所になっています。いまのような蒲団《ふとん》は、中世にはないわけですから、寝る時にはこういう衣をかぶって寝る。下の敷物も、こういう筵とか藁《わら》を適当に束ねて敷いたようなかたちになります。西南というのは、さっきの仏を祀る空間の南側ですけれども、「西南に竹の吊棚を構へて」、この絵でいうと、竹の吊り棚が下のほうに描いてあります。竹の簀の子のような、そういう棚を造って、そこに「黒き皮籠《かわご》」、黒塗りの皮籠というのでしょうか、籠に漆《うるし》をかけたようなものです。いまはこういうものはあまり生活の中にないかもしれませんけれども、文箱《ふばこ》とか文庫《ぶんこ》とかいうようなかたちで、いまでも使われていると思います。

皮籠三合

そういう皮籠を三つ置いていて、「和歌・管絃・往生要集のごときの抄物を」、その三つの皮籠の中に入れている。和歌の本、和歌の評論や自分が好きな歌を書きとめたようなものを入れた箱が一つ。琵琶の本、つまり音楽の伝書ですね、秘事口伝《ひじくでん》がいろいろ書いてある音楽の本の箱が一つ。それから『往生要集』などの信仰の本を入れた皮籠が一つということでしょうか。それから「かたはらに、琴・琵琶おのおの一張を立つ」。琴と琵琶と、ひと張りずつ傍らに立てている。竹の吊り棚の下に琴が描いてあります。

いまは、箏《そう》のことも「こと」と言います。いつごろからそうなったのでしょうか、ちゃんとした時には箏曲というふうに言いますね。箏《そう》と琴《きん》とは本当は別物でして、琴というのは七弦です。弦が七本で、大きさも一メートルちょっと越すぐらいです。日本では弦楽器のことは何でも琴というようにいうこともありますけれども、普通、琴というのは七弦——あるいは一弦琴とか二弦琴とかもあることはご存じだと思いますが——、ここで言っているのは七弦です。いま普通、「こと」と言っているのは一三弦ありまして、最近はずいぶん改良されて、新曲などを弾く箏は一七弦とか二〇弦を越える幅の広いものも使われて、それも音程によっていろんな箏で合奏することが盛んになっていますけれども、普通は一三弦のものを箏と言って、七絃のものを琴と言います。

貴族というのは芸人ではないわけですから、音楽に関しては、いわばアマチュアで、貴族が一生懸命練習をして弾いていたのは、だいたい琴なんです。箏も戯れに弾くことはあったようですけれども、だいたいは琴が主流でして、琴というのは中国でも儒教の世界でも楽器の中で重んぜられて、「詩を詠じながら琴を弾ずる」ことは儒教の君子の遊びの中でも最高のものだと考えられた。たとえば竹林七賢《ちくりんのしちけん》の中に琴に巧《たく》みな人がいたなど、中国には七弦の琴の伝説はたくさんあります。『源氏物語』の中にも明石上《あかしのうえ》の父親の明石入道《あかしのにゅうどう》が、たいへん琴に巧みで特別な秘曲を伝えているという話がでてきます。したがって明石上も明石入道や明石上の弾く曲を楽しみにするという場面

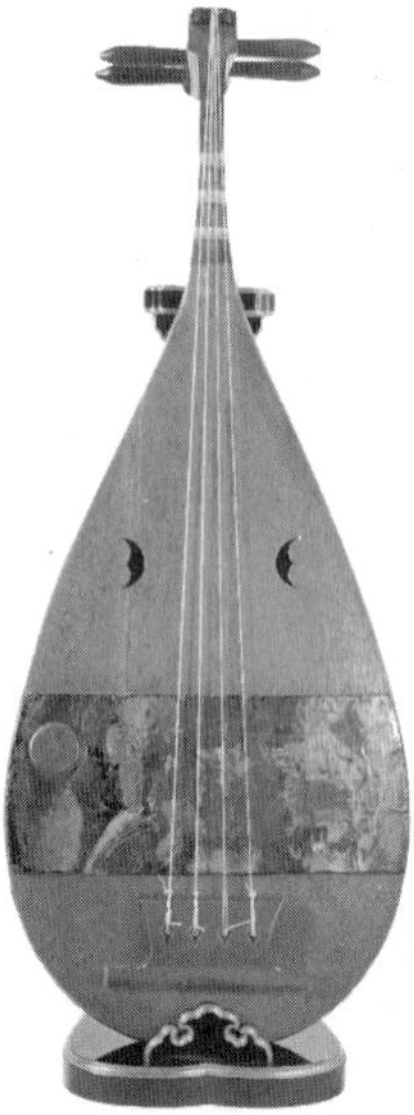

図21　平家琵琶
（藤田美術館所蔵）

があります。ですからこれはいまの琴みたいに大きな琴ではない、小さいものです。

それから琵琶というのは、リュートという楽器の系統で、果物の琵琶のかたちをした弦楽器です。弦が五本ありまして、三味《しゃみ》線《せん》の撥《ばち》の二倍ぐらい大きな、先が広がった撥で弾くわけです。雅楽《ががく》で使う琵琶は弦が五本ありますが、一般に放浪して歩く芸人が使っていた琵琶は四弦でした。盲僧《もうそう》という目の見えない芸人が早くから使っていた琵琶は、弦が四本しかない。日本で簡略にされた琵琶です。『平家物語』を語って歩いた琵琶法師の琵琶は、五弦の琵琶を使って一弦は使わないというのが伝統だったようです。ですから四弦しかない琵琶のことを笹琵琶《ささびわ》と言って、五弦ある琵琶のことを楽《がく》琵琶、雅楽の琵琶などと言うのですが、雅楽の琵琶を使いながら、一弦は最初から使わずに四弦だけで演奏するというのが平曲《へいきょく》の琵琶の使い方だったと言われています。平曲という『平家物語』を語る音楽というのが、寺院の中での雅楽系統の演奏と、それから民間に広まっていた庶民の芸人の楽器の使い方と、両方の中間にあるのだと考えられています。

本文と草庵の図

それから「かりの庵の有様、かくのごとし」と、室内の説明をしているわけです。

本文を読んでこの図を描いたのだとすると、余計なものがたくさん描いてあるではないかとお考えになった方も多いのではないかと思います。それは必ずあったと思われるものは描いたし、これがなければ生活できないと思うものも描いてあるからです。草履《ぞうり》が脱いであったり、干し柿のようなものがかけてあったり、これはそういうことなんでしょう。この復元図を小泉和子さんという方にお願いした時に、古本『方丈記』で描いていただかなくて、流布本の『方丈記』で復元した図になっているのです。それで流布本の『方丈記』のことは、角川文庫の補注を見ますと、「方丈の庵の様相を描写した二九節は、古本系と流布本系で、大きな相違がある」とあります。

一条兼良《いちじょうかねよし》の写本によって、流布本の当該部分を以下に引用しますと、

今、日野山の奥に、跡《あと》をかくして、南にかりの日かくしをさしいたして、竹のすのこをしき、その西にあかたなをつくり、中には、にしのかたにそへて、阿弥陀《あみだ》の画像をあんちしたてまつりて、落《らく》日《じつ》をうけて、眉間《みけん》の光とす。彼の帖のとびらに、普賢《ふげん》並に不動《ふどう》の像をかけたり。北の障子のうへに、ちいさき棚をかまへて、くろき皮子《かわご》三四合を置。則《すなわち》、和歌管絃往生要集《わかかんげんおうじょうようしゅう》ごときの抄物《しょうもつ》を入たり。かたはらに、琴琵琶各一張をたつ。いはゆるおりことつき比巴《びわ》これなり。東にそへて、わらひのほどをしき、つかなみをしきて、夜のゆかとす。東のかきに、窓をあけて、こゝにふつくゑをつくりいだせり。枕のかたに、すびつあり。これを、柴おりくぶるよすがとす。いほりの下、すこし地をしめ、あばらなるひめがきをかこひて、園とす。則、もろもろの薬草をうへたり。かりのいほのありさま、かくのごとし。

とあり、角川文庫の補注には「流布本系諸本は、まったくこれと同文である。これらは、後人の手になる変改であろう」と書いてあります。この図は、両方の折衷みたいなかたちで描かれているのですが、流布本系の『方丈記』で描かれた部分がかなりあります。たとえば寝る場所は、蕨のほどろを敷いて「つかなみをしく」、つかなみというのは藁で作った筵のようなものなのですが、それをマットにして寝

る。その枕のかたにすびつがある。枕のかたに火鉢のようなものを置いていて、そこでいうと四角い火鉢のようなものがあって、鍋がかけてあったりします。そういう記述は古本のほうにはありません。方向もちょっと違うようで、庇が東に出てるのか、南に出てるのかというようなことも一致しません。それから竹の吊り棚の上に三つの皮籠をのせたというように書いてあるのですが、流布本だと三つ四つになってて、数が一つ増えているようです。

もっとも大きな違いは、一つは仏を祀る空間なのですが、持仏堂空間というふうに、図20に書いてあります。その持仏堂空間に、古本系の本だと、阿弥陀の画像を安置して、その横に普賢《ふげん》の像を掛けたと書いてあるのです。ところが、図20では、阿弥陀が描いてあって、阿弥陀の下に不動《ふどう》・普賢と書いてあります。普賢菩薩は、お釈迦様の脇士《わきじ》です。釈迦の右側に普賢、左側に文殊《もんじゅ》を配置します。普賢菩薩というのは真っ白い象に乗っていまして慈悲《じひ》の象徴なんです。文殊というのは獅子《しし》に乗っていまして真理を見抜く知恵を持っている。阿弥陀如来だと観音と勢至《せいし》というのがでてくる。薬師如来だと日光菩薩と月光《がっこう》菩薩が脇士になります。真ん中に阿弥陀を置いて、阿弥陀以外に法華経の中に出てくる普賢菩薩の像を掛けたというのが、古本系の書き方なのですが、流布本ですと、それ以外に不動明王の画像も祀ったと書いてあります。「普賢並に不動の像をかけたり」というわけですね。

「阿弥陀の画像をあんちしたてまつりて、落日をうけて、眉間の光とす。彼の帖のとびらに、普賢並に不動の像をかけたり」。そこのところはかなり大きく違っています。古本系ですと、西側の壁に阿弥陀如来の像を掛けて、普賢の像も掛けた、祀ったと書いてあるだけなのですが、流布本ではもうちょっと別な仕掛けのことが書いてあって、阿弥陀如来の後ろのところに小さい小窓を開けるというように書いてありまする「あんちしたてまつりて、落日をうけて、眉間の光とす」を小泉和子さんは、ある程度想像も加えて図20では、北西の壁に、普賢・阿弥陀・不動と並んで、阿弥陀の後ろが突き上げ窓ということになっています。そうすると阿弥陀如来の後ろは外の光が入ってくる。それで西日を受けた時に、阿弥陀如来の眉間の光というのでしょうか、ここに穴でも開いていればそこから光がさしてくる工夫になります。

阿弥陀如来と西方浄土

かつて大原の三千院に古文書《こもんじょ》調査で一週間ぐらい泊まったことがあります。三千院の阿弥陀如来は南に向いていますから、西日を真横から受けるかたちになるのですが、日が沈む直前にお堂の中に西日がずうっと入ってきて、阿弥陀如来の横顔に当たったところを見て、たいへん美しいと思いました。仏国土というのは、銀河系宇宙の星のようにいろいろありまして、東のほうに薬師如来の国があって、阿弥陀如来が主宰している極楽は西にあるわけですから、極楽からの光というのは西のほうからさしてくるということになります。阿弥陀如来が臨終の人を菩薩や天人とともに迎えにくるのも、西のほうからやってくる。阿弥陀浄土教という信仰では、西はいちばん聖なる方向だということになります。

西日が沈む時に、その入り日を拝むわけですね。大阪の四天王寺《してんのうじ》というところから海を見ますと、西のほうの海の向こうに日が沈む。明るい時に太陽を見ると目が潰《つぶ》れますけども、いよいよ西の海かなたに沈む直前、光が弱くなる時にじっと目を凝らして見ることが可能だ。じっと見ていると太陽が没する瞬間に阿弥陀如来の顔が見えるという、そういう信仰がありまして、たくさんの人が四天王寺の門前から念仏を称えながら西の海の向こうへ入っていくお日様を拝んだ。これは平安時代の末ごろから中世へ

図22　阿弥陀三尊像（三千院所蔵）

ずっと広まっていた信仰です。ここでも、西のほうにそういう仕掛けをしていて、たぶん眉間《みけん》の白毫《びゃくごう》のところに穴でも開いていれば、そこから本当に西日が入ってくるということになるのだろうと思います。

たとえば、お彼岸《ひがん》の日に太陽が真西に沈む。一年のうちに二度、入り日が本当に真西からさしてくるわけですから、その日に特に集まって、特に入り日を拝むといったような信仰も日本の各地にありました。流布本で見ますと阿弥陀如来の後ろにそういう細工をしたらしく思われるのです。「眉間の光とす」というふうに書いてあります。それで阿弥陀と普賢菩薩だけではなくて、不動明王の像も掛けていた。そのところがちょっと違うというか、これは何か信仰と関係があるだろうというように教義や教義学上から議論しだすと、少々厄介な問題になりかねない。

それからもう一つの違いは、文机《ふづくえ》ですね。机を置いているということが、流布本には書いてあります。「窓をあけて、こゝにふつくゑをつくりいだせり」。ちょっとした机を置いて、ものを書いたり読んだりする。この図面ですと折り琴、接ぎ琵琶の横のところに、やっぱり上にはね上げる窓があって、つっかい棒ではね上げて、そこに机と硯箱《すずりばこ》のようなものが置いてあります。それで仏を拝む場所と文机の場所に、これは長明が坐るところですから円座《えんざ》というのでしょうか、藁《わら》を編んだ丸い、いまでいうと座《ざ》蒲団《ぶとん》のようなものが置いてある。こっち側のほうが生活の空間ですから、居間でくつろぐために円座の横に脇息《きょうそく》が置いてある。脇息というのは、肘《ひじ》をのせるものです。

図面にすると、いろいろ異説はあるし、方向などが諸本によって違ったりするものですから、ちゃんと復元していこうとすると、自分はそうは思わないというような人が現れて厄介なことになりますが、ここで山小屋のような生活をしていれば、これぐらいのものはなければ何年間かの生活はできないであろうと、いろいろ細々と必要なものを描き込んでいくと、こういうようになると小泉さんは解説されています（『新訂増補週刊朝日百科日本の歴史　中世Ⅰ-5』朝日新聞社、二〇〇二年）。

3　阿弥陀信仰と浄土教

古本系と流布本系の相違

略本系でもまたいろいろ違っています。一つは長享本《ちょうきょうぼん》といいまして、長享二年に書写されたという奥書があるので一四八八年に書かれたことがわかっている本です。それから二年後の延徳《えんとく》二年（一四九〇）に書写された本があります。長享とか延徳とかはいつごろなのか申し上げますと、応仁《おうにん》の乱《らん》というのは文明九年まで続きましたが、応仁、文明という元号があって、そのあとが長享、延徳と続きますから、これらの略本は、応仁の乱の直後に書かれたものということになります。

さっき読んだものに相当する場所を、長享本のほうで読みます。

爰に我、ふかき谷のほとりに、閑《しず》なる林の間に、わづかに方丈なる草の庵《いおり》をむすべり。竹の柱を立、刈萱をふき、松葉をかこひとし、古木のかはをしきものとせり。傍に筧《かけい》の水を湛《たたえ》たり。東南の角五尺には、蕨《わらび》のほどろをしきて、夜の床とし、さゆる霜夜に身をあたゝむ。西南の角に、窓をあけて、竹のあミどを立たり。西の山のはをまもるにたよりあり。西北の角五尺には、竹のすのこをしけり。阿弥陀《あみだ》の絵像を安置せり。そばには棚をかまへ、往生要集《おうじょうようしゅう》ごときの文書を少々をけり。

かなり文章の印象は違うと思います。確かに先ほどの広本系の『方丈記』に比べると、何となく大真面目な行者の住処に近いという感じがします。だいたい琴とか琵琶とかを持ち込んでいない。それから、持ち込んだ本も『往生要集』などの文書と書いてありまして、和歌や歌や音楽の本などは、持ち込んでいないように見えます。祀った像も阿弥陀の絵像だけなのです。

ついでに延徳本のほうも見ておきます。「爰にわれ、ふかき谷のほとり、閑なる林の間に、わづかなる方丈の草の庵をむすべり」。長亭本と延徳本は非常に近い、近親関係にある本だということは想像がつくと思います。

竹の柱をたて、苅萱をふき、松葉をかこひとし、古木の皮をしきものとせり。かたはらに筧の水をたゝへたり。東南のすみ五尺には、蕨のほどろをしきて、夜の床とし、さゆる霜の夜に身をあたゝむ。西南の角五尺には、窓をあけて、竹のあみ戸をたてたり。西の山のはをまぼるに便あり。西北のすみ五尺には、竹のすのこをしき、阿弥陀の絵像を安置せるかたはらにつり棚をかまへ、往生要集ごときの文書を少々をけり。

又かたはらに、琴琵琶をたて置けり。いはゆる折琴つぎ琵琶是なり。今さらの身に〇《(は)》おは《(ふせ)》ぬ手すさびながらも、昔わすれぬ名残に、折ふしはかきなでゝ、おもひをやる。子期がごときの知音も物せねど、興あれば、しばしば松のひゞきに秌風《しゅうふう》の楽をたぐへ、岩がねにながるる水に流泉の曲をあやどる。芸はこれつたなければ、人の聞をよろこばしめむとにもあらず。独しらべ、ひとり詠じて、みづから心をやしなふ計なり。

このお終いの部分は、広本の別なところに出てくるのですが、略本には以上のように書いてあります。

それぞれみんな、お互いに何か関係がありそうなのですが、前後関係の説明に関してはいろいろな説があります。細かな比較はあとでまとめて行うことにしまして、本文のほうに、もう一度かえってみます。

当面は、ここでは大福光寺本といわれる古本系の中でいちばん古い本をテキストにして読んでいるわけですから、それで見ていくことにします。

阿弥陀信仰の世界

西に閼伽棚をつくり、北によせて、障子をへだてて、阿弥陀の絵像を安置する。傍らに普賢をかける。この方丈の草庵に籠もった長明が、阿弥陀信仰というのでしょうか、西方浄土《さいほうじょうど》、阿弥陀如来が主宰する極楽に生まれ変わりたいという、そういう信仰を持っていたことが想像されます。後ろのほうにもそういうことを思わせる言葉は、あちこちに出てきますから、『方丈記』は全体から言うと阿弥陀浄土教的な信仰の上で書かれているということになります。

大乗仏教《だいじょうぶっきょう》という仏教の世界では、仏はそれぞれ空の星のような自分自身の国を持っていて、それを仏国土とか浄土とかと言います。それで、われわれが住んでいるこの地上の世界はそういう仏国土に比べるとたいへん罪や穢《けが》れと苦しみに満ちた星になるわけですね。罪や穢れや苦しみに満ちた、その星のことを、サハーローカといいます。サハーというのは、もとの言葉では、忍ぶとか、耐え忍ぶとかという意味なのです。ローカは仏国土。この地上の世界は、耐え忍ぶことのみ多いたいへん苦しい世界だ。そこで罪や穢れや苦しみに満ちた世界に住んでいる人々を救うために、空の彼方の世界から導きの人として現れたのが、お釈迦《しゃか》様だ。人間の姿をして、地上の世界に現れたのが釈迦だと、大乗仏教の説明では大雑把にはそういうことになります。もちろん仏教成立時の釈迦に対する考え方は、それとはまったく違うのですが、このサハーを普通は意訳しないで、サハーに「娑婆《しゃば》」という字を当てるわけです。漢字でもとの発音に近いような文字を当てる。アミターバも「阿弥陀」となります。アミターバというのは、無限の光とか、永遠の光とか、そういう意味です。これの意訳には、無量光《むりょうこう》とか無碍光《むげこう》とかいろいろな訳がありますから、アミターバブッダを無碍光仏とか無量寿仏と訳せば、光があらゆるものを照らすように、何ものにも妨げられない光のような大きな慈悲を持った仏だ、と意味がわかるわけです。しかし、意味がわかるより、わからない名前を呪文のように唱えるほうが有り難いという心理が信仰の中にはありまして、全部わかってしまったら有り難くないわけです。それで南無阿弥陀仏《なむあみだぶつ》というほうが一般的になってしまう。

裟婆世界というのは、この地上の罪と穢れと苦しみに満ちた世界のことを言います。ですから、人間の社会は裟婆世界そのものです。

鴨長明が、阿弥陀如来の力にすがって西の彼方にある極楽に生まれ変わりたいという信仰を持っていた。それが『方丈記』の後半の全体のムードになっています。それが単にムードにとどまっていて、実際の信仰はどうなのかということについては、いろいろ問題がありますから、そのことはまたあとでふれます。

『法華経』

阿弥陀信仰の基本経典には、阿弥陀如来はどういう仏かということを書いた『無量寿経《むりょうじゅきょう》』というお経があります。それから、阿弥陀如来が住んでいる極楽の世界はたいへん美しい世界だということをうたいあげた、全体が極楽讃歌のようなお経があります。これを『阿弥陀経』といいます。『阿弥陀経』は小さいお経ですから小経と言って、『無量寿経』を大経と言ったりすることがあります。

それからもう一つ『観無量寿経《かんむりょうじゅきょう》』、普通は「観経」と呼んでいるお経があります。それを三つあわせて浄土三部経《じょうどさんぶきょう》といいます。長明は草庵に阿弥陀如来の像を祀っているのですから、『無量寿経』なり、『阿弥陀経』なりが置かれていれば、それは辻褄《つじつま》があうわけですね。しかし、『往生要集』という本は置いてありますけれども、『阿弥陀経』は置かれていない。その代わりに『法華経《ほけきょう》』が置かれています。

『法華経』は、日本の仏教の中でいちばん広く普及したお経で、平安時代以降の文学作品に経典の言葉が出てくると、ほとんどみんな『法華経』の言葉だといっていいと思います。いちばん広く読まれた経典で、比叡山天台宗の根本経典でした。長明は、それを置いてるわけです。その当時の貴族社会の仏教に対する一般教養・知識から言えば、まずは『法華経』を読み『法華経』についていろんなことを知っているというのが基礎でした。長明もこのとおりだとすると、方丈の草庵に『法華経』を持って行って何かの時にはそれをあちこち拾い読みしていただろうということになります。

『法華経』には、サンスクリットの原典が残っており、その表題は「サッド・ダルマ・プンダリーカ・スートラ」と言います。このサッドというのは、妙《たえ》なるとか、このうえないという意味ですから、四世紀にこの原典を鳩摩羅什《くまらじゅう》、クマーラジーバという人が、中国語に翻訳した時に、これの訳に「妙」という字を当てました。それからダルマとは、仏教でいう真理のことです。最高の教え、最高の真理のことをダルマといい、普通はダルマを中国語に訳す時には、「法」という字が当てられます。ただ、法というのは仏教以前から中国で一定の意味を持って使われていた表意文字ですから、いろいろそこでややこしいことが起こってきますけれども、最高の真理のことを仏教では法という字で表します。サッド・ダルマというのは、妙法《みょうほう》と訳す。それからプンダリーカというのは、真っ白い蓮華《れんげ》のことです。

蓮華は仏教では聖なるもののシンボルですから、赤い花も青い花も、みんなそれぞれ違う言葉で呼ばれるのですけれども、プンダリーカというのは白い蓮華なのです。それで「白蓮華経」というふうに訳した翻訳もありますけれども、普通はこれを「蓮華」と訳します。スートラというのがお経。経（けい）というふうに中国では訳します。この経典は何種類も中国語で翻訳が出たのですが、クマーラジーバが訳した『妙法蓮華経』が、日本人の間でいちばん広く愛好され、一六〇〇年も経った現在でもそれが読まれていて、暗誦《あんしょう》している人もたくさんいます。それを、長明は草庵に持ってきて置いていました。

浄土教と阿弥陀信仰

〔二九〕段に、『往生要集』という本の名前が出てきます。この『往生要集』は、どの『方丈記』にも草庵に持ち込まれたものとして書かれていて、『方丈記』の信仰あるいは思想といったようなものを考える場合に、たいへん重要な意味を持っているように思います。

『方丈記』は、平安時代の浄土教という宗教・信仰の影響を強く受けています。もともとは仏教では、人間はどこから来るのか、死んだあと人間の魂はどこに行くのか、世界はどういうふうにして始まったのか、そういうことはいくら考えてもいくら勉強しても人間の頭でわかることではないから考えても無駄だ、考えても解決できないことだから心を煩わせるよりいまの生活を正しなさいと、釈迦は教えたわけです。これは経典に釈迦の言葉として伝えられています。

有名な話ですけれども、釈迦の譬《たと》えに、ある狩人《かりうど》が何者かが射た矢に当たって瀕死《ひんし》の状態に陥った。その時に周りの人が心配をして集まってきて、何とかして助けようと思った。その狩人が自分の背中に当たった矢はいったい誰が射たのか、それからどういう方向から飛んできて、どれぐらいの深さで自分の体に突き刺さっているか、矢にはどんな毒が塗ってあるか、そういうことを明らかにしたうえでなければ、矢は抜いてはいけないと言った。ところがその死にかかっている狩人にとっていちばん大事なことは、背中に刺さっている矢をまず抜くことだ。人間の魂がどこから来てどこへ行くのかとか、世界はどうして始まって、世界はどのような終末を迎えるであろうかといったようなことを考えることは、その狩人の背中に刺さっている矢を誰が放ったものであって、矢にどんな毒が塗ってあるかというようなことを確かめなければ抜かせないと言ったのと同じだ。まずは矢を抜くことが大事なので、人間は考えてもわからないようなことをいくら考えても、それは無駄だというのに等しい。まずは毎日毎日の生活を正しくして、自分自身の悩みや苦しみを無くしていくように努力すべきであると、釈迦は教えたということになっているわけです。ヨーロッパの近代の思想家の中にもこれ以上考えても人間にわからないことだという線をはっきりさせて、人間が考えてわかることから着実に考えていこうとした哲学者がいます。ですから死んだあと、極楽に生まれ変わるとか、地獄に落ちるとかいったようなことは仏教が始まった時には、仏教の考えの中には含まれていなかったわけです。

ところが釈迦が亡くなって何百年も経って、インドのいろいろな人たちの間に仏教が入っていくようになり、インドのさまざまな宗教が仏教の中に取り込まれていきました。インドの人たちが持っていた宗教観念のようなものや、さまざまな信仰の対象になっていた神々が、だんだん仏教の中に取り込まれて、崇拝・礼拝の対象になる仏・菩薩というのがどんどん増えていったわけです。大乗仏教という段階になりますと、そういうものが多くなり、銀河系の星のようにたくさんの世界が宇宙にはあって、それぞれの世界を主宰している仏様がいて、その一つ一つの世界がみんな個性を持っているということになりました。

「薬師如来という仏は、自分の世界では病気がない世界を実現したいと考えて、浄瑠璃《じょうるり》浄土《じょうど》という浄土をつくった」「阿弥陀如来は、人間の悩みや苦しみがない極楽世界というものをつくりたいと考えた」というようなかたちで、たくさんの世界が仏教の中に取り込まれました。地球もその中の一つの世界で、堪え忍ぶことが多い世界だ。そして、空にあるたくさんの世界へ人間が死後生まれかわることができるという教えが、大乗仏教の段階になって出てきました。釈迦の仏教からだいたい四、五百年くらい経ってから、そういう考え方が仏教の中に入ってきたわけです。

空の星はたくさんありますから、人間が死んだあとに生まれかわる世界は、ほとんど無限に近くたくさんあることになるわけですけれども、こういう仏国土はすべて仏の国ですから、この地上よりはずっと理想的な世界なのです。そういう仏の国のことを浄土と言いました。ある地方のある部族はどの浄土を信じているといったようなかたちになったわけですけれども、中国に大乗仏教が伝わってきて、それがまた朝鮮や日本に伝わってくる間に、だんだん整理されていきまして、日本人が受け入れた浄土、仏とその仏の国土というのは、そんなに多くはありません。薬師如来の薬師浄土とか、阿弥陀如来の極楽浄土とか、それから弥勒菩薩《みろくぼさつ》の兜率天《とそつてん》とかいろいろな浄土があるのですが、数はずっと少なくなりました。その中でも日本人にたいへん好まれた浄土が、極楽浄土だったのです。

浄土は数かぎりなくあるのに、どうも極楽だけが浮かび上がってしまった。地獄も、たくさんの空の星と同じくらいの種類がインドでは考えられたのですが、これも非常に単純化されて一種類の地獄が日本人の信仰の中に受け入れられました。どうしてこういうふうに単純化されてしまったのかについては、たぶん日本神話の中で黄泉国《よみのくに》と葦原《あしはら》の中《なか》つ国《くに》と高天原《たかまがはら》という三つの世界を日本人は考えていたわけですから、そこに仏教がかぶさっていって、浄土といえば極楽のこととなり、地獄も非常に単純化されて、地下の暗い地獄のイメージというものになっていったのではないかと言う人もいます。私もそんな気がします。

死んだあと浄土に生まれかわる、仏の国に生まれかわるという宗教的な考え方を簡単に全部一緒にして浄土教と言います。浄土のうち、極楽の主宰者が阿弥陀仏ということであって、極楽信仰とか阿弥陀信仰のみが、浄土教というわけではないのです。薬師の浄土を信ずるのも、兜率天を信ずるのも、観音《かんのん》の浄土を信ずるのも、浄土教です。いろいろな種類の浄土があります。それをみんな言葉どおりの説明でいえば浄土教というものに入るわけです。けれども何度も言うとおり、日本では阿弥陀如来の極楽浄土が、浄土の代名詞のようになりました。ですから浄土教と言えば、それは阿弥陀信仰のことだ、極楽へ生まれかわりたいと願うことだ、としても間違いないようなかたちになりました。薬師の浄土は、地球を平面みたいなものとして捉えた場合に、東のほうへ東のほうへと行った東の果てにある。西の端、西のほうへ行って、西の彼方十万億土というところに阿弥陀の極楽浄土がある。阿弥陀浄土教の信者にとっては西の方向はたいへん聖なる方向ということになりました。

天台浄土教と円仁

死んだあと阿弥陀如来の慈悲にすがって極楽に迎えられたい、極楽に救いとってもらいたいという信仰が、日本では奈良時代ごろからでてきました。それが平安時代になって盛んになりました。古い時代から奈良にあった寺の中でも、さまざまな浄土教が発達しまして、中には阿弥陀如来を信じ、阿弥陀の仏像を刻んで毎日それを礼拝する人というのがいました。平安時代に入って、比叡山の中でも阿弥陀信仰を持つ人がだんだん多くなっていきました。これは比叡山で発達した浄土教ですから、一般に私たち日本の文学や思想について考えているものは、天台浄土教と言っています。天台浄土教というのは最澄《さいちょう》の時にはそれほどはっきりしていなかったのですけれども、最澄が死んで五〇年ぐらい経ってから、比叡山に持ち込まれました。そういう信仰を比叡山に大きく取り込んだのは、円仁《えんにん》という人物であったということになっています。

円仁は中国に留学して、たいへん詳しい旅行記（『入唐求法巡礼行記《につとうぐほうじゆんれいこうき》』）を残しました。稀にみる克明《こくめい》な旅行記ですから、日本と中国の国際交流の記録として高い価値を持っています。

その円仁が中国から帰ってきまして、比叡山に常行三昧《じようぎようざんまい》という修行方法を持ち込みました。三昧というのは、サミータというサンスクリットの当て字ですけれども、「何とか三昧」という言い方はいまでも日本語で普通に使われています。精神をそれに集中する、全部それに没頭する、そういうことを三昧と言います。常行三昧という修行方法を比叡山に取り込んで、それを専門に行う常行三昧堂というお堂を比叡山の東塔に建てました。その後、西塔にも横川《よかわ》にも常行三昧堂が建てられ、比叡山の仏教修行の中でかなり重要なものの一つと考えられるようになりました。常行三昧というのはどういうものかというと、読んで字のとおりで歩き回るわけですね。常行三昧堂というお堂の中でやる場合には、休みなくお堂の中を歩き回る。真四角のお堂を建てまして、真ん中の部分に須弥壇《しゆみだん》があって阿弥陀如来が安置されています。行者はこれを真四角に絶え間なく歩き回るわけです。正面に来た時に膝を屈して阿弥陀如来を礼拝する。簡単にいうと阿弥陀如来を賛美する歌をうたい続け、経文《きようもん》を唱え続けながら、この中をぐるぐる歩き回るのです。

精神を統一するためにはいろんな方法がありまして、たとえば単純な作業を延々と続けていくと雑念《ざつねん》がだんだんなくなっていって、普通の雑念に関わるような思考能力が消えていって何かが残る。経文や呪文《じゅもん》を唱え続けるとか、単純な動作を続ける、あるいは群集心理みたいに、たくさんの人間が集まって一緒に何かをやる。そうするとその精神状態が日常的でない状態になって、普段見ることができないものを見たり、普段やることができないような体験をしたりすることができるわけです。常行三昧というのは、薄暗いお堂の中を絶えずぐるぐる——わずかな睡眠と、食事の時は休むわけですけれども——、ただひたすら歩き回って礼拝を続ける。それをやってるうちにだんだん精神状態が異常な状態になって、阿弥陀如来が自分に何かを語りかけたり、阿弥陀如来が動いたり、極楽の様を見たりすることができる。そういう、精神統一をし、日常を超えたものを体験する一つの方法として、常行三昧というのを円仁が取り入れました。

これが比叡山における浄土教のたいへん重要な要素になりました。阿弥陀如来に向けて自分自身の心を集中していって、阿弥陀如来の国に生まれかわることを願う信仰が比叡山で発達したわけです。十世紀の末ごろと申しますと摂関政治というのが終わりに近づき始め、藤原氏の栄華《えいが》に翳《かげ》りが見え、平安時代の貴族社会が少々行き詰まりを見せてきて、中級・下級の貴族たちはだんだん将来に対して明るい見通しが持てなくなります。平安時代の物語文学や日記文学の作者はみんなそういう精神的な状態の中で、中級・下級の貴族の出身の文人・知識人が浄土信仰に傾き、その娘たちの中から物語文学や日記文学の作者が出ました。十世紀の終わりごろから、浄土教が貴族社会に広まって行きました。

4　信仰結社と『往生要集』

貴族社会の知識人の中に、死後いつか浄土に生まれかわることを願う信仰結社ができました。その中でたいへん有名な信仰結社に勧学会《かんがくえ》がありました。

勧学会と二十五三昧会

平安時代の貴族たちが真面目に律令《りつりよう》の学問を勉強をしようと思ったら、大学《だいがく》というのに入ります。大学寮《だいがくりよう》というのがありまして、そこへ入って中国の古典を勉強するわけですが、藤原氏など勢力のある貴族は、大学よりも自分自身で私立の学校をつくって、一族の子弟を集めて寄宿舎に入れ教育をしていました。『源氏物語』の中に、光源氏《ひかるげんじ》と葵《あおい》の上《うえ》を母親として生まれた長男に夕霧《ゆうぎり》という人物がいます。それが真面目一方で、あんまり融通《ゆうずう》がきかない。それで光源氏も気心がしれない息子だと思っている。それが子供の時に大学寮に入れられるのです。お祖母さんが、あんな大学に入れてかわいそうだ、こんな身分の高い家に生まれたのだから家庭教師でも付けてもっと自由に勉強させてやったらいいのにと言い、夕霧にいつも同情して甘やかそうとする。夕霧は大学で真面目一方で通してそれなりの成績を上げるというような場面があります。

貴族は、普通は大学や大学寮へ入って中国の古典を読んだり、漢文を書いたりする知識や技術を身につけました。大学寮で勉強をしていた学生《がくしよう》の中で有志が集まって浄土教の研究会・勉強会をつくりました。かなりの人数が集まったようですけれども、自分たちだけでは専門の知識が不足しているものですから、比叡山の横川の坊さんで浄土教に詳しい人を、その集まりの指導者に迎えました。横川の坊さんの中にもそういうことに関心を持っている人が少なくありませんでしたから、一緒になって勧学会という念仏結社をつくりました。この勧学会という念仏結社は、念仏信仰を持っていたグループです。その勧学会の集まりの記録が残っており、どういうことをやったかとたどることができるので、実態が相当詳しくわかります。

だいたい三月と九月の十五日（十五日というのは、インドや仏教の世界では聖なる日なのです）の満月の日にお寺に集まって、いちばん最初に集まった人たちがまず『法華経』の講義を受ける。『法華経』のどこか一節一段を読んで詳しく講義を受けるわけです。講義が済みますとその日読んだ『法華経』の中の場面や『法華経』の言葉を取り込んで、いわば一種の文学的・学問的な遊びなのですけれども、その『法華経』の心を詩に読んだり、『法華経』の伝説や説話を取り込んだ文章を書いたりしました。お互いにそれを競い合って、批評しあい、酒盛りになる。夜に入ってから今度は念仏をして、ひたすら極楽の世界に思いをいたして、死後極楽に生まれることを願う。徹夜して明け方に及んで解散をする。そういう勧学会というのをやっていたわけです。その勧学会の中心人物が、実は『方丈記』とたいへん関係の深い慶滋保胤《よししげのやすたね》という人物でした。

慶滋保胤を、長明がどこまで自分自身の同族として意識していたか確かめることができないのですが、保胤が上賀茂《かみがも》の賀茂氏の一族だったことは確かです。平安時代中期の代表的な知識人貴族、文学者です。漢文の本がよく読め、美しい漢詩や漢文を書くことができた。和歌もつくりましたけれども、詩や漢文において当代の名人といわれた人物です。この慶滋保胤が『池亭記《ちていき》』という短い文章を書いており、これが『方丈記』の下敷きになっています。長明よりも一五〇年ぐらい前にいた慶滋保胤が、自分が住んでいる京都の都がどういうふうに荒れ果ててきたか、自分は池の傍らに小さな東屋《あずまや》のようなものを建ててそこで本を読んだり詩をつくったりしている、ということを書いた文章があるわけです。この一部分を下敷きにしながら百何十年後の時代の精神でもって、その一部を翻案し、漢文ではなくて和漢混淆文《わかんこんこうぶん》という文章に書き換えたのが『方丈記』だと言っても差し支えありません。

この慶滋保胤は、集まって『法華経』の講義を聴いて、つまり何か思想的な勉強会をして、そして詩をつくってお互いに批評しあって楽しんでいました。仲間はみんな同じような境遇や同じようなものの考えの人たちですから、たいへん仲のいい集まりで、それで春と秋にそういう集会をするのを楽しみにしている。夜になって何となく極楽への憧れをお互いに語り合って徹夜する。そういうことをやっていたのですが、それでは満足できなくなって、出家をして寂心《じゃくしん》と名乗りました。寂心になって京都で生活するのをやめて、比叡山の横川《よかわ》というところで暮らすようになりました。慶滋保胤という人が仲間から外れてしまったあと、それが理由かどうかよくわからないんですが、勧学会という念仏結社は解散せざるをえないような状態になったらしいのです。

ちょうど慶滋保胤が出家して寂心という坊さんになってしまったころに、今度は横川に坊さんたちを中心にして勧学会よりはもっと本格的な念仏の結社が現れました。横川にも小さな寺みたいなもの、あるいは現代風にいういろいろなカレッジにあたるものが並んでいまして、その横川にたくさんあったお堂の中に首楞厳院《しゅりょうごんいん》という建物がありました。そこの坊さんたちの有志が集まって二十五三昧会《にじゅうござんまいえ》という念仏結社をつくりました。どうもこの寂心という人がその中で重要な役割を果たしたようです。二十五三昧会に関しては、そういう念仏結社をつくった時の集会の趣意書みたいなものが残っています。二十五三昧会起請といいます。それから二十五三昧会式といって、自分たちはどういう趣旨で集まっていて、どういうことをやるのだということを箇条書きにした、いまでいうと集会の規則のようなものも残っています。これは勧学会に比べると求道的と言うのでしょうか、信仰心が強くて、勧学会は文学的な遊び半分だったのですけれども、こちらはだんだん宗教臭くなりました。

今度は春三月と秋九月の十五日に集まるだけではなくて、毎月十五日に集会を開いたのです。詩をつくったり文章を書いたりするような遊びの部分は全部止めてしまって、みんなでひたすら念仏をして極楽のことを討論し語り明かすようなかたちになっていきました。

『往生要集』

『往生要集』を書いた源信《げんしん》は、比叡山の横川の恵心院《えしんいん》という建物の中にいました。その恵心院にも勧学会の中から何人かは入ってきたわけですし、もともと勧学会を指導していたのも横川の阿弥陀信仰を持っていた坊さんですから、こういうグループは何らかのかたちで横川の僧侶の集団とつながりがありました。それで、簡単な言い方をすると『往生要集』が書かれた背景、あるいは源信が書いた目的の一つに、二十五三昧会の人たちの指導書として、あるいは二十五三昧会の人たちに理論的な土台を与えるために書かれたという色彩がたいへん強いわけです。勧学会というものが貴族社会でも非常に盛んに活動しながら、その中のもっと本格的な部分が二十五三昧会に発展していったという変化を源信が知っていて、あるいは源信自身もそういうグループの指導者の一人であって、勉強していくための理論的な根拠を与えるために、または指導書・参考書・テキストとして『往生要集』という本が書かれたということになります。

『往生要集』は、書かれて間もなくから貴族社会で広く読まれるようになりました。平安時代の後期の浄土教の主流になったのです。比叡山にもいろいろな何々院というのがあって、さまざまな浄土教の考え方があったのですが、横川の恵心院源信や二十五三昧会の人たちがまとめた浄土教というのが、平安時代末の貴族社会の浄土教の主流になったわけです。平安時代から鎌倉時代の文学作品にも、『往生要集』はたいへん大きな影響を与えました。鴨長明は、方丈の草庵に『往生要集』だけは持って行きました。『往生要集』を下敷きにして説話集を編纂するとか、『往生要集』の考え方に深く影響を受けて『栄華物語《えいがものがたり》』という本が書かれているとか、あるいは『往生要集』のいろんな部分を和歌に読むことが流行したとか、その影響は数えきれないくらいあるわけです。

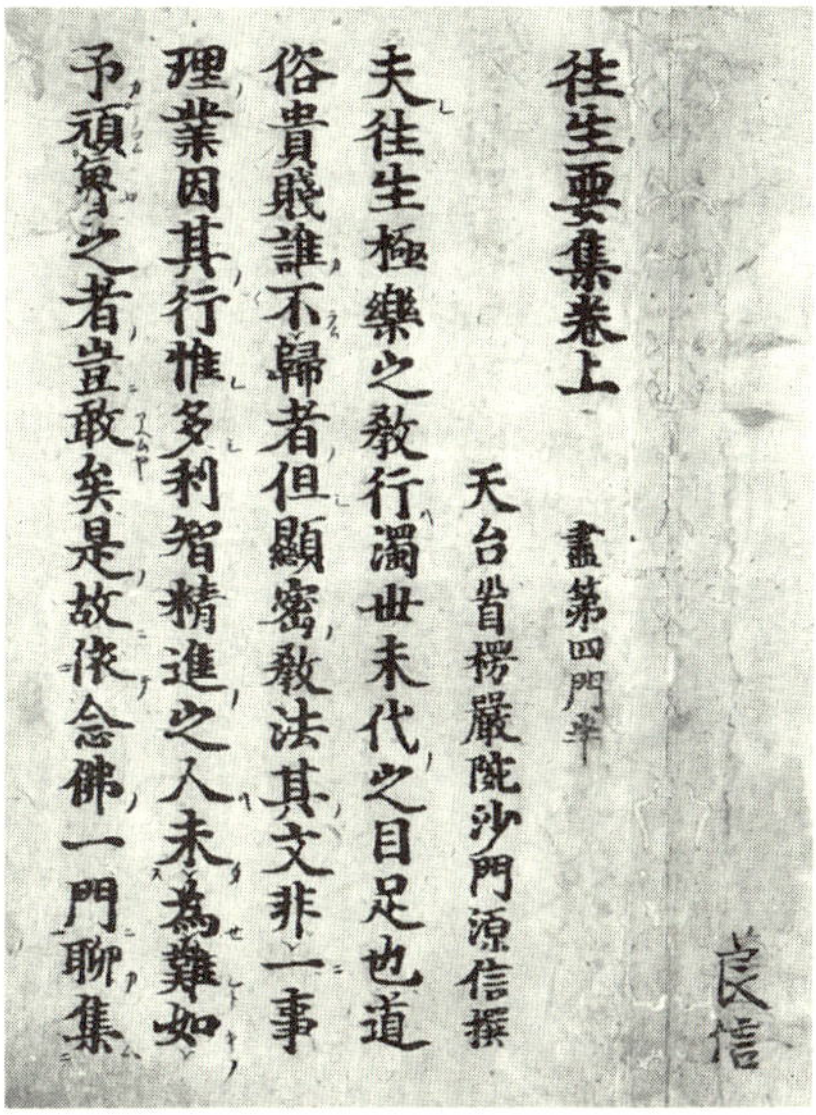
往生要集巻上
盡第四門半
天台首楞嚴院沙門源信撰
夫往生極樂之教行濁世末代之目足也道
俗貴賤誰不歸者但顯密教法其文非一事
理業因其行惟多利智精進之人未爲難如
予頑魯之者豈敢矣是故依念佛一門聊集
良信

図23『往生要集』
（建長5年版，龍谷大学大宮図書館所蔵）

『往生要集』は、大きく分けると一〇の部分から成り立っています。

大文第一厭離穢土《おんりえど》というのがいちばん最初で、この世の中がいかに罪と汚れに満ち満ちているかということをみんなにわからせるためにいちばんひどい地獄の説明から始めます。それに対して、大文第二欣求《ごんぐ》浄土《じょうど》というのがでてきます。地獄の恐ろしさをさんざん述べてみんなを脅迫したあとで、今度は極楽がいかに美しいところであるか、極楽がいかに喜びと楽しみに満ちているかというのを書いたのが大文第二です。それから大文第三極楽証拠。これは極楽浄土というのはいろいろあるけれども、その中でどの浄土が最高の浄土であるかということを説明している部分です。さまざまな仏国土の中で極楽が最も優れているということを、もう一度確認する。それが大文第三です。それから大文の第四が正修念仏《しょうしゅねんぶつ》というところです。極楽のことをどうして知ることができるか、極楽とわれわれ一人一人の人間がどういうふうにして極楽と関係を結ぶことができるかという、ここの部分が『往生要集』、浄土教のいちばん中心の部分になるわけです。念仏というのが極楽と人間との関係を結ぶ最大の問題なのです。念仏を助ける補助的な方法を助念《じょねん》といいますが、それについて解説をしているのが大文の第五です。大文の第六のところで、別時念仏という特別の時に行う念仏について書きます。毎日毎日平常心でもって行う念仏ではなくて、いちばん大事な臨終《りんじゅう》の行儀、この世の命を終わる時の作法です。死ぬ時にどういう念仏ならば極楽にやすらかに行くことができるか、これもやっぱり大きな関心事で、そのことを詳しく書いているのが大文の第六です。それから第七は念仏の利益ということについて、念仏をやることによって実際にどういう結果が得られるか、どういう精神の平安が得られるか、いろいろな問題がそこに書いてあります。それから大文の第八は念仏の証拠。仏教徒が仏教の修行をするいろいろな方法があるのですが、その中で念仏はどういう位置にあって、どんな意味を持っているかということを、もう一度確認する。大文の第九は、極楽に生まれかわるためのさまざまな方法——念仏以外にも方法があるのですけれども——、それについての懇切丁寧《こんせつていねい》な解説をして、その中で念仏というのがやっぱり大事なのだということを教えるように書かれています。最後の大文第十問答料簡《もんどうりょうけん》というのは、以上述べてきたことを、今度は問いと答えで懇切丁寧に解説している部分です。問う何々、答う何々、と、次々にいろんな質問がでてきて、それに答えていくというかたちで大文第十というのが書かれています。

『往生要集』というと、いちばん最初の大文第一厭離穢土というところがたいへん印象が強烈なものですから、よく引用されます。地獄の恐ろしさがリアルに迫力のある文章で述べられています。ダンテの神曲に比すべきものだというような人たちも少なくありません。地獄の種類がずうっと説明してあります。等活《とうかつ》地獄・黒縄《こくじょう》地獄・叫喚《きょうかん》・大叫喚・阿鼻《あび》地獄。地獄は六道《ろくどう》思想の中でいちばん恐ろしい世界なのですが、その上に餓鬼道《がきどう》というのがあり、その上に畜生道《ちくしょうどう》というのがあり、修羅道《しゅらどう》というのがあって、下からずうっといって、第五層目の世界が人間、つまりわれわれの世界です。それを人道《にんどう》と言います。それから、その上に天というのがあります。これは天国の天や浄土の天ではなくて、何とか天というのがいる、人間の世界よりはもう一つ上の世界。しかしそれもやっぱり争いが渦巻《うずま》いている世界であって、救いと安楽の境地ではないのです。それで大文第二で、今度は極楽の説明がずうっと書いてあります。極楽がどういう世界であるかと、たいへんリアルに書かれている。大文の第一と第二が非常に対照的に配置されており、地獄の恐ろしさと極楽の美しさというのが際立《きわだ》たされているわけです。

大文第四が宗教としての浄土教の中心になるわけですけれども、極楽に生まれかわるために人は何をなすべきか、それには念仏こそいちばん大事だという話になります。

『往生要集』の念仏

念仏というのは、これは読んで字のとおり、念というのは思うという意味ですから、仏を思うこと、それが念仏なのです。仏を思う、仏を念ずる、これにはさまざまな方法があります。心の中に思い描くるのも念仏だし、仏に供養していろんなものを供えるのも念仏というわけです。仏の名前を呼び続けるのもそうだし、それから思い描きながら仏像を刻んだりするのもそうだし、お寺を建てて仏像を安置するのも念仏だし、仏に供養していろんなものを供えるのも念仏というわけです。仏の名前を呼び続ける念仏というのが、いちばん簡単だ。だから阿弥陀如来は自分を頼りにしている人ならみんな救いとってやろうと考えて、自分自身の救いの平等を保証するためには、どんな人でもできるいちばんやさしい方法で自分と人間との関係を結びたいというように考えた。阿弥陀如来が絶対の慈悲ですべての人を平等に救いたいと考えたとすれば、口に出して南無阿弥陀仏という名前を呼ぶという、誰にでもできることに応《こた》えることが大切だ。とにかく阿弥陀如来のことを一瞬間でも思って阿弥陀如来の名前を称えた、そういう人をみんなもれることなく救いとってやりたい。そういう念仏のことを口称の念仏といいました。後にこれだけが念仏ということになったわけです。「こうしょう」とか「くしょう」とか、あるいは称《しょう》名念仏《みょうねんぶつ》というふうにいいますけれども、「南無阿弥陀仏」と名前を称える、もっと簡単には「なんまいだあ」と言うのが念仏だという話になったのですが、それは鎌倉時代に法然《ほうねん》の浄土教が生まれてからあとの話です。法然や親鸞《しんらん》や一遍《いっぺん》は、名前を称える称名念仏のことを、念仏の中でいちばん大事なものなのだと言いました。ほかのことは特別の人にしかできない念仏だから、そんなもので救われるというのでは不平等になって差別が生じるから、それは本質的なものではないと考えたわけです。

しかし『往生要集』の世界での念仏は、観念《かんねん》の念仏といって、仏をいろいろ考えることをいうのです。大文第四正修念仏では、初めに、仏を礼拝《らいはい》することにはいったいどういう意味があるのか、礼拝とは何かということが書いてあります。その次に賛歎《さんだん》というのがあります。次に仏を口で讃えることがあげられています。キリスト教などで言うと、賛美歌《さんびか》を歌うことなのです。歌を歌って阿弥陀如来を讃美する。

それから第三に作願《さがん》があります。これは自分自身が仏に対して何を願うかということを自覚する。心でもって仏と自分との関係をいろいろ確かめる、それが作願です。その中がまた細かく分かれています。第四番目に観察《かんざつ》があります。これが念仏の中心です。仏のことを観察するわけです。第五番目が廻向《えこう》といって、念仏をどうやって仏にさし向けて、仏と自分との関係を結ぶか、以上が念仏の内容です。ここが『往生要集』という本の中の本論の部分です。

別相観

観察は、別相観《べっそうかん》と惣相観《そうそうかん》と雑略観《ぞうりゃくかん》というのに分かれています。別相観とは、目に見えない仏を見る方法なのですが、四二ぐらいの要点に分けて仏を瞑想《めいそう》します。お経にそういうことが細かく書いてありますから、仏の頭の形はどんな形をしているか、毎日毎日それを考え続けるわけです。仏の目はどんな、鼻はどんな形をしているか、顎《あご》はどんな形をしているかというようなことを一つ一つ分けて、目を瞑《つむ》って、今日は仏の左の目の形というのを思い浮かべる訓練をする。何日も何日も続けるわけです。それが終わると、今度は右の目に移る、今度は鼻の形に移る、口許《くちもと》のあたりを思い描く。それを何日も何日も続けていくうちに、目を瞑ると決まって同じパターンの仏がすうっと浮かんでくるようになるのです。仏の世界というのは本当は人間の目には見えないし、あるかないのかわからないのですけれども、細かく細かくそういう訓練をして、毎日毎日仏の世界を一生懸命心の中で思い描く訓練をしているうちに、目を瞑れば本当に同じ形のものがすぐに浮かんでくるようになる。そうすると本当に仏というものが実在するのだという確信を持つことができるようになるわけです。日本の文化では、こういうのは得意でないというか、あまり発達しなかった。非常に単純化してしまって、簡単にしてしまうほうが日本人はどうも得意だったように思います。ところがこの阿弥陀浄土教という宗教だけは特殊でして、そういう細かなことを、部分部分に分けて思い描く、目に見えない世界を想像する、想像の世界で組み立てていくという訓練を徹底的にやったわけです。これらを背景にして、浄土教美術と言われる、極楽の世界を実際のイメージで現す美術や建築が生まれました。

もう少し、別相観を見ておきます。第一は仏の蓮華座《れんげざ》を感ずるものである。仏は蓮華の蓮台の上に座っています。その蓮台が、どんなふうになっているかということは細かくお経に説明がしてありますので、蓮台の姿を思い描くわけです。それが蓮台観というものになります。第二に頭の項上の肉髻《にっけい》である。仏というのは頭の上にもう一つお椀を被《かぶ》ったような格好になっていて、その部分を肉髻と言います。肉髻がどういうものであるかということが細かく説明してあります。「すなわち肉髻の項上に大光明あり。千の色彩をそなえ、その色は一つごとに八万四千の枝に分かれ、その枝の一つ一つの中に八万四千の化《け》仏《ぶつ》がある。化仏の頂上にもまたこのような光を放ち、この光があいついで上方無限の世界にいたれば、その上方界には化菩薩《けぼさつ》があり」云々というのがあります。それから中の段にいって、仏の頭頂に八万四〇〇〇本の頭髪がある。すべて上向きに生え、なびいて右回りに渦巻いて長く、抜け落ちも乱れもしない。そういう毛が仏の頭に生えている。一つ一つが渦巻いていますから、それを仏像の現し方でいうと螺髪《らほつ》といいます。

それから第三にその髪の生え際には五〇〇〇の光があり、あい交錯しているが、それぞれに分明であるというようなことが書いてあります。それから、第四には耳が厚く広く長くて、丸くもりあがった形をしている。第五は額《ひたい》は広く平らで、その形はまことに立派である。第六に額の輪郭《りんかく》は円満で艶《つや》やかに柔和であり、端正で爽やかなことは秋の月のごとくである。二つの眉のくっきりと清らかなことは天庭の弓にも似、その色は紺瑠璃《こんるり》の光を持っていてめでたいこと比類がない。第七に眉間《みけん》の白毫《びゃくごう》は……、というふうに続くわけです。仏を具体的に、どういうふうにして思い描いていたのかわかります。『往生要集』はそういう訓練をするための指導書なのです。

それで仏像の図が描いてあります。仏の部分図を考えて、頭のてっぺんはどんな形をしているか、額は、目は、鼻は、口許はどんな形か、歯並びはどうか、舌はどんな形をしているか、首はどうか、肩はどうか、胸のあたりはどうか……と、上から順々に思い描くわけです。それから今度は下から順々に上のほうへあがっていくというような訓練をする。それを何べんも繰り返す。つまりそれが別相観なのです。

そして、別相観の次に惣相観というのがあります。今度はそんなに部分的に分けていくのではなくて、総合的に、阿弥陀如来というのは全体としてどんなものかと、直観的にイメージする訓練が惣相観です。最後に雑略観というのがあり、それの補足のような観法がある。

こういうのが、つまり貴族社会の念仏なのです。勧学会や二十五三昧会の人たちも、長明も、もちろんそういうことをやっていたわけです。

5　草庵と周辺

草庵の環境

方丈の草庵が建っている環境の説明が〔三〇〕段です。

〔三〇〕その所のさまをいはば、南に懸樋《かけい》あり。岩を立てて、水を溜《た》めたり。林、軒《のき》近かければ、爪木《つまぎ》を拾ふに乏《とも》しからず。名を外山《とやま》といふ。まさきのかづら、跡を埋《うず》めり。谷しげけれど、西晴《は》れたり。観念のたより、無《な》きにしもあらず。春は、藤波を見る。紫雲のごとくして、西方に匂《にお》ふ。夏は、郭公《ほととぎす》を聞く。語《かた》らふごとに、死出の山路《やまじ》を契《ちぎ》る。秋は、ひぐらしの声、耳に満てり。うつせみの世を悲しむかと聞こゆ。冬は、雪をあはれぶ。積《つも》り消ゆるさま、罪障《ざいしょう》にたとへつべし。もし、念仏ものうく、読経《どくきょう》まめならぬ時は、みづから休み、みづから怠《おこた》る。さまたぐる人もなく、また、恥《は》づべき人もなし。ことさらに、無言《むごん》をせざれども、独り居れば、口業《くぎょう》を修めつべし、必ず禁戒を守るとしもなくとも、境界《きょうがい》なければ、何につけてか破《やぶ》らん。もし、跡《あと》の白波《しらなみ》に、この身を寄する朝《あした》には、岡の屋にゆきかふ船を眺めて、満沙弥《まんしゃみ》が風情を盗《ぬす》み、もし、桂《かつら》の風、葉を鳴らす夕には、潯陽《じんよう》の江を思ひやりて、源都督《げんととく》の行ひを習ふ。もし、余興あれば、しばしば松の韻《ひびき》に秋風楽《しゅうふうらく》をたぐへ、水の音に流泉《りゅうせん》の曲をあやつる。芸はこれ拙《つた》なけれども、人の耳を喜ばしめんとにはあらず。独《ひと》り調《しら》べ、独り詠《えい》じて、みづから情《こころ》を養《やしな》ふばかりなり。

これは方丈の外側のほうへ目を向けていって、方丈の生活がどんなものかということを説明している部分です。〔三一〕段に入ると、今度はもう少し建物の外へ出ていって、周りを歩き回るというかたちになります。

この〔三〇〕段は非常に技巧的な部分で、掛詞《かけことば》などによってつなぎ合わされているような部分です。みんな一つ一つの言葉に何かの出典があって、その一つ一つの言葉から有名な詩や和歌を連想させる。そういうのをうまく組み合わせた腕の見せどころといったような文章になっています。前に方丈の草庵の復元図、絵で描いたらこんな形になるのではないかという図を見ました。南に筧《かけい》があって、湧き水を引いているというわけです。「岩を立てて、水を溜めたり」を、具体的な絵で描いてみたら、筧があって水が流れているということになるだろう。

「林、軒近かければ、爪木を拾ふに乏しからず。名を外山といふ」。すぐ傍らまで林が迫っているというか、もともと山林の中にあるわけですから、薪《たきぎ》を拾うには何の不便もない。薪はいくらでも拾ってこられる。食べ物を煮炊《にた》きする薪は簡単に手に入れることができる。この「外山」というのは、どうも具体的な山の名前ではないようです。いちばん最後の、「時に、建暦の二年、弥生のつごもりごろ、桑門《そうもん》の蓮胤《れんいん》、外山の庵にして、これを記す」の、蓮胤というのは、長明の出家名です。どうも慶滋保胤《よししげのやすたね》の連想で、蓮胤という名前を付けたのではないかという人もいます。「外山の庵にして」とあって、ここにも外山という言葉が出てきます。しかし実際に、中世の荘園文書などを見ても外山という地名は見つからないので、日野の後ろ山、日野の法界寺の外側の山という程度の意味ではないだろうかという注釈が多いようです。それで、その周りは要するに日野の法界寺の裏山、外側の山である。「まさきのかづら、跡を埋めり」と、いろいろ蔦葛《つたかずら》、八重葎《やえむぐら》が生い茂っていて、道も定かでないような状態になっている。「谷しげけれど、西晴れたり」は、東側は山が高くなっていて見通しはきかない。前の地図で見ていただければ、だいたいの地形をおわかりのはずですが、西側は開けています。山の西側の麓に方丈を建てましたから、西側は晴れているというのは、西側は見晴らしがきくという意味ですね。だから「観念のたより、無きにしもあらず」と、つまり極楽世界を思い描く西の山に沈む入り日をじっと見つめることができるわけです。光が弱くなっていく太陽を見つめていると、太陽の中に極楽が見えるという信仰がありました。経典の中にもそういう書き方をしている部分があります。それで西側は見晴らしが良いので、極楽の世界を望み見、思い描く修行をするには不便ではない。「たより、無きにしもあらず」というわけです。

春夏秋冬

それからその次は、「春は……、夏は……、秋は……、冬は……」という、日本のこういう文学の決まりごとです。ご存じの方も多いと思いますけれども、道元《どうげん》に「春は花夏ほととぎす秋は月冬雪降りて涼しかりける」という歌があります。長明の文章もこの歌とまったく同じで、「春は花」と、春は藤の花を見る。いよいよ臨終の時に、極楽から阿弥陀如来が聖衆《しょうじゅ》というのでしょうか、二五の菩薩を引き連れて、紫の雲に乗って迎えにきてくれるということが経典に書いてあります。紫の雲がたなびいたというようなことは説話の中にもしょっちゅう出てきます。ですから、藤の花の色を、極楽からの迎えの紫の雲というのに掛けているわけです。春の藤の花は、遠くから見ると、紫の雲のように見える。それは「西方に匂ふ」。西方というのは極楽ですね。極楽の世界がこっちにうつってくる。あるいはこっちの紫の雲、霞のように見える藤の花が極楽へも伝わっていくような、そういう感じです。

「夏は、郭公を聞く」。郭公は、異名を死出《しで》の田長《たおさ》と言います。どうして死出の田長と言うのか、どうも日本語の語源というのはわからないのが多くて困りますけれども、歌などでホトトギスのことを死出の田長と言うのです。それからの連想で「死出の山路」、魂がこの世に暇《いとま》を告げてあの世に行く時に道案内をしてくれる、その鳥がホトトギスだというような信仰というのでしょうか、歌の中にはそういう言葉の遊びに近いようなものがたくさんあります。それで、死出の山路を案内するホトトギス。ホトトギスの鳴き声はあんまり美しくて楽しいという声じゃありませんから、血を吐くといった連想もあるわけですけれども、ホトトギスの声を聞いて自分自身がホトトギスと呼びかうたびに、自分が死ぬ時に極楽へ案内してくれよという、そういう約束を交わすというわけです。

「秋は、ひぐらしの声、耳に満てり。うつせみの世を悲しむかと聞こゆ」。秋はヒグラシの声が聞こえる。それが耳に満ちていて、それはうつせみのこの世のはかなさ、短さ、無常を悲しんでいるように聞こえる。普通ならば秋は月なのですが、先ほどの道元の歌を下敷きにして、良寛《りょうかん》という江戸時代末の坊さんが「かたみとて何のこさん春は花夏ほととぎす秋は紅葉」という歌を詠みました。自分が死んだあと、この世に残していく自分のかたみは春の花と夏のホトトギスの声と秋の紅葉の葉っぱだ。それを見たら、自分のかたみと思って偲《しの》んでほしいといったような、そういう歌です。みんなこういう日本の歌の中で繰り返し取り上げられたパターンです。

「冬は、雪をあはれぶ」とは、雪に心を動かされる。「積り消ゆるさま、罪障にたとへつべし」。雪が積もったり消えたりする様は、自分自身の罪が一部分は仏の力によって消されたり、また人間の煩悩《ぼんのう》によって罪が重ねられたりする様を思わせるというわけです。

念仏と無言戒

「もし、念仏ものうく、読経まめならぬ時は、みづから休み、みづから怠る」。簗瀬先生の注を見ると、「南無阿弥陀仏と仏名をとなえるのがおっくうであったり、お経を読むのに身がはいらないような時には」となっています。いろいろな『方丈記』の注釈を見ると、念仏をこのようにわざわざ解釈したものが多いのですが、私はどうもここで言っている念仏というのは称名の念仏ではないだろうと思います。どちらかといえばさっき申し上げたような観念の念仏なのです。仏を部分部分に分解して、そのイメージを浮かばせるような訓練をし、そのうちにそういう世界は本当に実在しているように思えてくる。そういうのを観念の念仏とか観想の念仏と言います。もともと念仏というのはそういうものだったのです。それを「なんまいだあ」というふうにしてしまったのは法然や親鸞という人の宗教改革ですから、ここでの長明の念仏は西のほうに向かって目を瞑って修行をすることを言っているのだろうと思います。そのほうが『往生要集』を持ち込んでいることと辻褄《つじつま》が合うように思うのです。この箇所の意味は、そういう仏の世界を思い描くというのが何となく面倒臭《めんどうくさ》く気力がない、ということだと思います。それから読経《どきょう》というのは、やっぱり『法華経』を読むことだと思います。勧学会などの系譜ですね。ですから、『法華経』を声を出して読むことは何となく気が進まないというか、そういうことは怠《なま》け心がついたら、それは「みづから休み、みづから怠る。さまたぐる人もなく、また、恥づべき人もなし」、邪魔する人もいない。また今日怠けてごまかしてしまったら一緒に住んでいる同室の人に恥ずかしいとか、馬鹿にされるんじゃないかとか、軽んぜられるんじゃないかということに気を回す必要もない。

「ことさらに、無言をせざれども、独り居れば、口業を修めつべし」。無言戒というのがありまして、独り静かに瞑想して精神を統一するために言葉を発しない、それを無言の行といいます。あえて無言の行とか、無言の戒律を守るとかいうことを言わなくたって、独りでいるんだから、ものを言う相手もいないし、自ずから無言の行をしているようなものだというわけです。口業というのは口の働き。言葉を発して仏と一体になるとか、そういうのが口業なのですけれども、口を慎み、言葉を慎んで修行をするのです。

「必ず禁戒を守るとしもなくとも、境界なければ、何につけてか破らん」。仏道修行のいろいろな戒律をいちいち守ろう守ろうと努力しなくたって、山林に閑居して独り孤独でいれば、自《おの》ずから仏の心にかなう。原始仏教の経典ですと、サイの角《つの》という比喩《ひゆ》がしょっちゅう出てきまして、山林に独居して人と交わるな、サイの角のように独り行け、サイの角のように独《ひと》りして歩め、と繰り返し出てくるのです。独りで山林の中で孤独に耐えるのが仏教修行の根本で、それは戒律などの中にもいろいろなかたちで出てきます。ですから、独りで人里《ひとざと》離れた方丈の草庵に住んでいれば、それだけで戒律にしたがって生活するというのに近いという話です。

満沙弥の歌

「もし、跡の白波に、この身を寄する朝《あした》には、岡の屋にゆきかふ船を眺めて、満沙弥《まんしやみ》が風情を盗み」。ここから何かやたらに美文調の部分なのですが、いま言ってきたところを、今度は非常に文学的な掛詞《かけことば》をいっぱい重ねて、言葉の遊びを行います。『方丈記』にはこういう部分があるから、文学になれるというわけですけれども、思想・信仰と、文学との関係を、どこでどういうふうに捉えるかというのは、なかなかややこしい問題だと思います。

満沙弥とは、沙弥満誓《しやみまんぜい》といって、ちょっと仏教的な無常観に近いような心境を詠んだ歌が『万葉集《まんようしゆう》』にありまして、万葉の歌人の中で無常を詠んだ人としてたいへん有名です。それで、「跡の白波」という言葉は、沙弥満誓の歌の言葉を引用しているわけです。それから岡の屋というのは、日野の辺りからずうっと南下していき、六地蔵の先の辺りで宇治川の湿地帯に出ますと、その近くが岡屋というところです。岡の屋が方丈の草庵から見えるわけではないのですが、宇治川の交通の要衝《ようしよう》といってもいいと思います。図13の地図を見ていただくと、出てきます。日野からもう一つ山を越えるような格好になりますが、木幡《こばた》というところがあって、それから岡屋《おかのや》、槇島《まきしま》というところを通って宇治に行きます。この辺りはかなり湿地帯で、水上交通のようなものが盛んだった場所です。地図の下の端のほうに、それは出ています。方丈の草庵が建っていた場所から比較的近いところで、舟を眺めることができる場所が岡屋ですから、言葉の遊びで岡屋という地名を引いてきて、それで沙弥満誓の歌を生かしているということになります。

「もし、桂の風、葉を鳴らす夕には、潯陽の江を思ひやりて、源都督《げんととく》の行ひを習ふ」。ここのところは、かなり手のこんだ文章で、角川文庫の注には、「桂《かつら》を吹く風が葉音を立てる夕には、白楽天《はくらくてん》が潯陽江《じんようこう》で琵琶の音を聞いた故事を連想し、桂大納言経信《つねのぶ》をまねて、琵琶を弾奏する」とあります。満沙弥のたいへん有名な歌「世の中を何にたとへん朝びらきこぎ去にし船の跡なきごとし」は『万葉集』巻三に出てくる歌ですが、これを平安朝風に詠むと『拾遺集《しゅういしゅう》』に出てくる歌「世中を何にたとへん朝ぼらけ漕ぎ行く舟の跡の白浪」となります。船のいちばん後ろに乗って波を見ていると、誰でもこういう感じを持つでしょう。それを歌ったわけですね。それがここの下敷きになっている。

白楽天の琵琶行と桂の風

それから、潯陽江という川がありまして、白楽天がそこに流謫《るたく》されていた。罪を受けてそこへ追放されていたのです。ある日、白楽天は潯陽江で船に乗っていましたが、船に乗っている人が琵琶を弾《ひ》いていて、その音がたいへん美しくて去りがたく、その船に近づいていって声をかけました。真っ暗な暗闇の中、水上の船で琵琶を弾いていた人は実は女性で、白楽天の船が近づいていっていろいろ問いかけて話をすると、その女性が自分の身の上話を切々と訴える。それを書いたのが、有名な白楽天の琵琶行という詩です。琵琶行は、長恨歌《ちょうごんか》という玄宗皇帝《げんそうこうてい》と楊貴妃《ようきひ》の恋を歌った詩とならんで、白楽天の長編の詩の中で双璧と言われ、日本でもたいへん広く読まれました。

琵琶行という詩は、

潯陽江頭《ほとり》、夜、客を送る。楓葉荻花《ふうようてきか》、秋、瑟瑟《しつしつ》。主人は馬を下り、客は船に在り。酒を挙げて飲まんと欲するに、管絃無し。酔ひて歓をなさず、惨としてまさに別れんとす。別時茫茫《ぼうぼう》として、江月を浸す。忽ちに聞く、水上琵琶の声。主人帰るを忘れ、客発せず。声を尋ねて暗《やみ》に問ふ。弾く者は誰ぞ。琵琶の声停り、語らんと欲して遅し。

と、書き出してあり、白楽天と琵琶を弾いていた女性との話というのが、実際に長い詩で歌われているわけです。琵琶の連想なんですね。琵琶行の「潯陽江頭、夜、客を送る。楓葉荻花……」という「楓」はカエデなんですけれども、これが平安時代の訓だと「かつら」と読みます。そういう訓があったのです。「楓」を「かつら」と読んで、『方丈記』〔三〇〕段は「桂の風」というふうに言います。この「かつら」というのも、月桂樹《げっけいじゅ》のようなものが「かつら」であったり、日本では何か大きな桂の材木で作った碁盤《ごばん》だとかを「かつら」と言ったり、中国では桂花《けいか》というと木犀《もくせい》のことだったり——木犀の花を入れたお酒とか木犀の花を乾したのをお菓子に入れたりかけたりしますけれども——、同じ字でも、その内容はまるっきり違うことが多いです。それで、琵琶行の序の楓葉の楓という字を「かつら」と読んで、それで京都の桂川というところに住んでいた琵琶の名手源都督（源経信）へと連想を発展させるわけです。

さっきの地図を見ていただくとわかりますが、京都の西のほうを流れていく川が桂川《かつらがわ》です。そこに桂という地名があります。桂川のほとりにある桂離宮は有名ですが、この辺りに源経信という伝説的な琵琶の名人が住んでいました。それで源経信の一派を桂流といいました。ですから、「桂の風」と言って、琵琶行を連想させておいて、それから桂に住んでいた桂大納言源経信、源都督を連想させます。都督《とく》というのは大宰帥《だざいのそつ》の唐名《とうみょう》で、中国風にきどっていう呼び方です。参議《さんぎ》のことを宰相《さいしょう》と言ったり、中《ちゅう》納言《なごん》のことを黄門《こうもん》と言ったりするのは、中国風の言い方です。水戸黄門の黄門も、中国の官職名をきどっているわけです。漢詩文などを作る時には、そういう言い方を日本人はしました。

「跡の白波に、この身を寄する朝には……」という文章は、沙弥満誓の歌を下敷きに使って、それから桂川、潯陽江、源都督、というようなものを次々に連想させるということになります。「源都督の行ひを習ふ」というのは、簡単に言えば、気が向いたら琵琶を弾いてみるということです。「もし、余興あれば、しばしば松の韻に秋風楽をたぐへ」の、秋風楽とは、ある注釈書によれば、琴の曲だと書いてあります。また、ある音楽の楽書によれば、箏の曲だと言います。秋風楽という名曲があって、松風の音に秋風楽を弾いてみたいような気分になる。「流泉の曲」も、やっぱり名曲ですね。それで「流泉の曲をあやつる」。だから、松風や川の流れ、せせらぎの音を、きどって音楽のほうの連想に持っていったということです。「芸はこれ拙なけれども、人の耳を喜ばしめんとにはあらず。独り調べ、独り詠じて、みづから情を養ふばかりなり」という話になります。

琵琶の名手

長明は非常に音楽の造詣《ぞうけい》が深かったということになっています。長明の伝記を簗瀬先生が角川文庫『方丈記』の解説にまとめておられます。

長明は、音楽がすきであった。楽所　預《がくしょのあずかり》に、中原有安《ありやす》という人があった。琵琶・笛・太鼓《たいこ》・箏《そう》の名手として聞こえた楽壇の実力者であった。長明はこの有安について、琵琶を学び、秘曲の中の楊真《ようしん》操《そう》までを伝授されたらしい。有安はまた歌人でもあった。千載集《せんざいしゅう》に一首のっており、私が今までに蒐集《しゅうしゅう》した歌は、計九首にすぎないが、寒玉集《かんぎょくしゅう》という私撰和歌集も撰したらしいので、和歌についても、一応の見識をもっていた人と思われる。無名抄《むみょうしょう》に故筑州として、長明が敬愛の念をもって、その教訓をしるしているところから察すると、長明は、この人にかわいがられ、いろいろと人生上の問題についても指導されたのではないかと思う。この有安は、建久六年（一一九五）から後、数年の間に没したらしい。有安の死後、長明が賀茂において、琵琶の秘曲づくしということを行い、伝授されていない啄木《たくぼく》を弾奏して、物議をかもしたということが、文机談《ぶんきだん》に出ている

と述べられています。『無名抄』というのは鴨長明が書いた歌論の本で、「啄木」というのは秘曲で、『文机談』というのは鎌倉時代に書かれた琵琶の本です。

この話は長明の伝説として中世後期の説話集にも出てきますが、ついつい興にのって弾いてはならない秘曲、伝授されず免許皆伝《めんきょかいでん》になっていない曲を弾いてしまった。それが後鳥羽上皇に言いつけられて、後鳥羽上皇の不興《ふきょう》をかった。それで、長明はまったく立場を失って、それが後に遁世《とんせ》するもとになったとか、賀茂の河合《ただす》の禰宜《ねぎ》の職を得るのに失敗した原因になったとか、いろんな話があとになって尾ひれをつけて出てくるわけです。鴨長明が琵琶がうまかったとすれば、琵琶や音楽に堪能《たんのう》な知識を一応はここでひけらかしているというか、『方丈記』の中に記入しているということになります。

長明の出かけたところ

〔三一〕また、ふもとに一つの柴の庵《いおり》あり。すなはち、この山守《やまもり》が居る所なり。かしこに、小童《こわらわ》あり。時時来《ときどききた》りて、あひ訪《とぶら》ふ。もし、つれづれなる時は、これを友として、遊行《ゆぎょう》す。かれは十歳、これは六十《むそじ》。その齢《よわい》、ことのほかなれど、心を慰《なぐさ》むる事、

これ同じ。或は茅花《つばな》を抜き、岩梨《いわなし》をとり、零余子《ぬかご》をもり、芹《せり》をつむ。或はすそわの田居《たい》にいたりて、落穂《おちぼ》を拾ひて、穂組《ほぐみ》をつくる。もし、日うららかなれば、峰によぢのぼりて、はるかに故郷《ふるさと》の空を望み、木幡山《こはたやま》・伏見《ふしみ》の里・鳥羽《とば》・羽束師《はつかし》を見る。勝地《しょうち》は主《ぬし》なければ、心を慰《なぐさ》むるに障《さわ》りなし。歩み煩《わずら》ひなく、心遠く至《いた》る時は、これより峰つづき、炭山《すみやま》を越え、笠取《かさとり》を過ぎて、或は石間《いわま》に詣《もう》で、或は石山《いしやま》を拝《おが》む。もしはまた、粟津《あわづ》の原を分けつつ、蟬歌《せみうた》の翁が跡《あと》を訪ひ、田上河《たなかみがわ》を渡りて、猿丸大夫《さるまろもうちぎみ》が墓を尋ぬ。帰るさには、をりにつけつつ、桜を狩《か》り、紅葉《もみじ》をもとめ、蕨《わらび》を折り、木の実を拾ひて、かつは仏に奉り、かつは家土産《いえづと》とす。もし、夜しづかなれば、窓の月に故人をしのび、猿の声に袖をうるほす。草むらの蛍《ほたる》は、遠く槇《まき》の島の篝火《かがりび》にまがひ、暁《あかつき》の雨は、おのづから、木の葉吹く嵐に似たり。山鳥のほろほろと鳴くを聞きても、父か母かと疑ひ、峰の鹿《かせぎ》の近く馴《な》れたるにつけても、世に遠ざかるほどを知る。或はまた、埋《うず》み火をかきおこして、老《おい》の寝覚《ねざめ》の友とす。恐しき山ならねば、梟《ふくろう》の声をあはれむにつけても、山中の景気《けいき》、折《おり》につけて、尽《つ》くる事《こと》なし。いはんや、深く思ひ、深く知らん人の為《ため》には、これにしも限《かぎ》るべからず。

外山の草庵と言うように、日野の法界寺の裏山をかなり入っていったところに、長明は草庵を建てたのですが、もう少し人里に近づいていったところに、もう一つ建物があり、「この山守が居る所なり」と、山番というか、山を管理しているというか、あるいは長明みたいな知識人隠者ではないのでしょうけど、半分世をすねたような人間が住んでいる。「かしこに、小童あり」、子供がいる。もし、退屈で天気がよければ、十歳の童子を友としてあっちこっち散歩する。「かれは十歳、これは六十。その齢、ことのほかなれど、心を慰むる事、これ同じ」。どっちも自然とともに生きて、一緒に何か食べられるものを集めたり、花を見たりしていれば、子供は子供なりに、自分は自分なりに楽しい。

「茅花を抜き、岩梨をとり、零余子をもり、芹をつむ」以下は、草庵から出て、どんなことをして時を過ごしているかという説明部分です。近所に子供がいて、その子供を連れて気が向けばいろいろ外歩きをする。茅花以下は、いまで言うと山菜ですね。茅花はいまではそう八百屋には売ってないかもしれませんけれども、岩梨とか零余子とかは昔は拾ったものなんでしょうが、いまはずいぶん高い値段で八百屋にも売られています。山の芋の小さな玉のような子を集めたり、芹を摘んだり、季節に応じて自然のもので食べられるものを集める。あるいはもうちょっと山里に近いところに行って、刈り入れのすんだ田んぼで落ち穂を拾うこともやるというのですね。もし、天気がよくて見通しがよいような日には、はるかに京都の町を望む。「峰によぢのぼりて」というのは、日野の裏山一帯のことのようです。この辺りはそんなに高い山はないのですが、四、五百メートルくらいの山は醍醐寺の裏手のほうにあり、そういうところに登れば、はるかに京都の町が望めるということです。木幡の山や伏見の里や鳥羽や羽束師のほうも見ることができる。東山の山脈を越えていった向こう側のような、景色のいい場所は、別に地主が見張っているわけでもないから、心を慰めるのは自由だ。「歩み煩ひなく、心遠く至る時は」、脚が達者でどこでも行けそうな、そういう気分のする時にはさらに峰続きに炭山を越えて笠取を過ぎる。石間に詣でて石山を拝む。あるいは粟津の原を分けながら、もっと遠くへ行ったり、山に登ったりすることがあるというわけです。

　さっきの地図で見ていただくとわかるんですが、昔の人は達者というのでしょうか、日帰りみたいな状態で遠いところまで行っているようです。長明の草庵から、炭山という日野の裏山を越えると、笠取という小さな山間の盆地があります。京都の中でこんなところがあるかと思えるような、イノシシが出たりする周りから隔絶された村なのですが、いま行ってもかなり古い生活風習みたいなものが残っています。その笠取を越えてもうひと山、向こうへ上がっていくと、岩間寺《いわまじ》というのがあります。西国三十三ヶ所巡礼の十二番の札所です。それから醍醐寺の裏山の上醍醐というのが十一番の札所です。尾根づたいにずうっと下って行くと、石山寺というところへ出ます。石山寺には、紫式部が籠もって琵琶湖に映る月を眺めていた時に『源氏物語』の構想が浮かんだという伝説があり、紫式部が『源氏物語』を書いた場所と伝えるところに東屋みたいな建物が建っています。真言宗のたいへん古いお寺です。『源氏物語湖月抄《こげつしょう》』という古い注釈書は、その石山から琵琶湖の月を眺めたという故事にちなんで付けられた名前です。石山からもうちょっと北のほうへ行くと粟津《あわづ》というところがあります。ここは木曾義仲《きそよしなか》が討ち死にした場所です。義仲寺《ぎちゅうじ》というお寺があって「木曾殿と背中あわせの寒さかな」という芭蕉の句で有名な場所です。その辺りまで気が向けば長明は出歩いたと書いてあります。

観音信仰

炭山・笠取・岩間と、尾根づたいにずうっと歩いていって、そして石山寺に参る。岩間寺、それから笠取山の項上にある上醍醐寺、それから石山寺、これはいまもみんな西国巡礼《さいごくじゅんれい》の札所の一つです。平安時代の末ごろから観音様を拝むという観音信仰が貴族社会に広まりまして、霊《れい》験《げん》あらたかな観音様を順々にお参りすることが盛んに行われるようになりました。長谷寺の観音とか、いろいろ有名な観音があります。鎌倉時代に入って――『方丈記』よりももう少しあとだと思いますけれども――、霊験あらたかな観音様を、一番の熊野《くまの》から始まって三三まで巡礼して歩くということが盛んになりました。

観音というのは、観世音菩薩のことを書いたお経によりますと、三三の数だけ姿を変えるというように書いてあります。いちばん中心の観音、観音そのもののことを聖観音《しょうかんのん》といいます。あとは千手《せんじゅ》観音とか、馬頭《ばとう》観音とか、いろんな種類の観音様がありまして、三三というのが観音の変身の数なんです。三三というのは観音信仰の聖数《せいすう》（聖なる数）なのですが、それにちなんで三三ヵ所の観音を拝むというのが鎌倉時代に盛んになります。たくさんの人がそういう遠隔地の巡礼に出かけたわけです。

関東では坂東三十三ヵ所とか、三三と三三をあわせて、もう一つあわせて一〇〇ヵ所にするために、秩父《ちちぶ》の観音霊場は三四になっていきます。関東地方でも中世末から近世にかけて、そういう観音霊場を巡礼することが盛んになりました。巡礼というと四国八十八ヵ所というのも有名ですけれども、鎌倉時代に入ってある程度人の移動が自由になり、遠いところまで霊験あらたかな仏像を拝みに旅をするということが盛んになります。室町時代になると、それがもっと庶民の間にも広がっていきまして、いまでいう旅行会社のようなものができ、そういうのを御師《おし》と言います。伊勢の御師とか熊野の御師とかは特に有名で、だいたい自分の営業の地盤を持っており、その営業の縄張りを霞《かすみ》といいます。しょっちゅうそこを回って、お伊勢様や熊野や観音霊場巡りなどに出かけて行く旅行者を募《つの》って組織をして、案内人になるわけです。大きな御師になると自分で旅館みたいなものも経営していまして、参詣者をそこへ泊めるということにもなります。みんな団体で旅に出かけて、目的地に行くまでは精進潔斎《しょうじんけっさい》というか、いろんな禁欲の条件がありまして、してはいけないことがたくさんあります。目的地に着いて目指す観音様や神様を拝むと、その晩は精進落《しょうじんおとし》というので、ドンチャン騒ぎをする。日本人の団体旅行の原型というのは、そういうふうにして中世の終わりごろにできたわけです。人がたくさん集まる門前町《もんぜんまち》には、目的を果たした人たちが無礼講《ぶれいこう》で大騒ぎをするための遊びの場所が必ず付いていることになります。ここに出てくる岩間・石山、それから笠取の山とかは、『方丈記』の時代からちょっと下れば、そういう巡礼の人たちがどんどんやって来るような場所になりました。

蟬丸と猿丸大夫

それから地図で、東北のほうにいきますと、蟬丸《せみまる》が隠れていたという逢坂山《おうさかやま》の遺跡があります。蟬歌が巧みだったので蟬丸と言った。また琵琶の音楽にもすぐれていたということになっています。蟬丸は正体不明の伝説上の人物で、いろんな説があって本当はどういう人物だったのかはよくわかりません。しかし、平安時代の終わりから中世にかけては、醍醐天皇の皇子であったが目が見えなかったために疎《うと》んぜられて、世捨て人のような生涯を送ったという伝説が一般に広まります。謡曲《ようきょく》の主人公にもなって、逆髪《さかがみ》という蟬丸の姉と、その二人が主人公になっている曲がありますす。蟬丸は、能《のう》の舞台に登場する時には零落《れいらく》した身の上の人物なのですが、元は醍醐天皇の皇子で、高貴の生まれだけれども、いま現在の姿は昔を偲《しの》ぶよすがもないというか、見る影もありません。そういう人物は能にはよく登場しますけれども、こういう役割を演ずることはたいへんむずかしいとされていて、乞食のような姿に見えながら実はどこかに気品を漂わせていなくてはならず、蟬丸も駆け出しの役者には演ずることができないたいへんむずかしい曲の一つとされています。

『新古今集《しんこきんしゅう》』に、蟬丸の歌としては広く知られていた歌で、蟬丸が逢坂山で落ちぶれた姿をしていて、何とかしてもっと人里近いところ、都へ来ないかというふうに誘われたのに対して、「世の中はとてもかくても同じこと（過ごしてむ）宮もわら屋もはてしなければ」と答えた歌があります。宮というのは宮殿ですね。藁屋《わらや》というのは方丈の庵のようなものだと思います。結局、いろいろ欲をいえばきりがないので、それはよくよく考えてみれば、どんなところに住んだって同じことだ。そういう歌をもって答えて、都に戻ることを拒絶したという前後の説話がくっついた歌が『新古今集』のほか、『和漢朗詠集《わかんろうえいしゅう》』にも出ています。また、蝉丸の歌としては、百人一首に「これやこの行くも帰るもわかれてはしるもしらぬも逢坂の関」とありまして、この二つがよく知られた歌だと思います。長明にとっては、琵琶のほうからいっても、歌のほうからいっても、身の上からいっても、先輩にあたるという、あるいは先人として尊敬するにたる人物として「蝉歌の翁の跡を訪ひ」ということになります。

それから田上河を渡って「猿丸大夫が墓を尋ぬ」。この猿丸大夫《さるまるだゆう》というのも、伝説上の歌人です。三十六歌仙の一人で「奥山に紅葉ふみわけ鳴く鹿の声きくときぞ秋はかなしき」という歌が百人一首にあります。そういう歌や琵琶の尊敬すべき先人、貴族社会で華やかに暮らしたというような人ではない、そういう先人たちの跡を訪ねることもまた楽しいというわけです。それから帰り道に桜を眺めたり、紅葉の美しさに足を止めたり、あるいは蕨を採ったり木の実を拾ったりして帰る。蕨や木の実を仏に奉ったり、持って帰って、それを食料にするというわけです。まあ、自分の生活を細かく説明しているというよりは、簡単な文章のあやでもって生活の一端を示しているということだと思います。蕨というのは、ここでは蕨の芽のようなものを食べることを言っているのだと思いますけれども、澱粉《でんぷん》を取る重要な原料でもあるわけです。蕨餅《わらびもち》などはそうです。蕨から澱粉を取ったあと繊維が残りまして、その繊維で縄を作ります。蕨縄《わらびなわ》と言います。昔、植木屋さんが竹垣を結んだり、木の枝を引っ張ったりするのに使う上等の縄は、みんな蕨縄でした。蕨の縄は丈夫で、いまでも京都などの由緒のある庭で使ってある縄は蕨縄のようです。東京の雑貨屋や園芸屋で売っているのは、みんな墨を塗った代用品の棕櫚縄《しゅろなわ》です。

このあたりの言葉の裏にはみんな出典があります。「月に故人をしのび」は「三五夜中新月の色、二千里外故人の心」とか、「猿の声に袖をうるほす」は李白《りはく》の詩だとか、『万葉集』の歌、『古今集』の歌など、みんな下敷きがあって、それと響きあうというか、そういうものの連想を前提にした文章です。「暁の雨は、おのづから、木の葉吹く嵐に似たり。山鳥のほろほろと鳴くを聞きても、父か母かと疑ひ」も、「山鳥のほろほろと鳴く声きけば父かとぞ思ふ母かと思ふ」という『万葉集』に出ている行基《ぎょうき》の歌を下敷きにしています。ずいぶん広く知られていたらしくて、これを元歌にした本歌取りの歌がいくつもあります。「山鳥のほろほろと鳴く声きけば」という歌は、この前の「春は花夏ほととぎす秋は月冬雪ふりて涼しかりけり」という歌と並べて、日本人の自然観をよく表している歌だということになっています。それがここにも引かれているわけです。

鹿の声を聞く。鹿の声というのはたいへん寂しいもののようですけれども、鹿の声を聞いて、それから鹿が傍らまでやってくる。それで鹿が自分をそう警戒もしなくて近くまでやってくるというようなことにつけても、自分がいかに人間社会から遠ざかっているかということが思いあわされる。それで方丈の草庵の中に独りたたずんでいるような格好になって、方丈の草庵の生活がおよそどんなものかということの説明を終えます。

6　草庵の生活と心境

〔三一〕段ではもう少し自分自身の草庵の生活の心境を発展させて述べていきます。それが〔三二〕、〔三三〕段と、だんだんだんだん調子があがっていって、最後に〔三五〕、〔三六〕段の締めくくりを迎えることになります。ここで〔三二〕段を、ざっと見ておくことにします。

家は誰のために作るか

〔三二〕おほかた、この所に住《す》みはじめし時は、あからさまと思ひしかども、今すでに、五年《いつとせ》を経たり。仮《かり》の庵も、やや故郷《ふるさと》となりて、軒《のき》に朽葉《くちば》深く、土居《つちい》に苔《こけ》むせり。おのづから、事の便《たよ》りに都《みやこ》を聞けば、この山に籠《こも》り居て後、やんごとなき人の隠《かく》れ給へるも、あまた聞こゆ。まして、その数ならぬ類《たぐい》、尽してこれを知るべからず。たびたびの炎上《えんしょう》にほろびたる家、また、いくそばくぞ。ただ、仮の庵のみのどけくして、おそれなし。ほど狭《せば》しといへども、夜臥《ふ》す床《ゆか》あり、昼居る座あり。一身を宿すに、不足なし。寄居《ごうな》は小さき貝を好む。これ、事知れるによりてなり。鶚《みさご》は荒磯《あらいそ》に居る。すなはち、人を恐るるが故なり。われまた、かくのごとし。事を知り、世を知れゝば、願はず、走《はし》らず。ただ、静かなるを望《のぞ》みとし、愁《うれ》へ無きを楽しみとす。すべて、世の人の栖《すみか》を造るならひ、必ずしも、事の為にせず。或は妻子・眷属《けんぞく》の為に造り、或は親昵《しんじつ》・朋友《ほうゆう》の為に造る。或は主君・師匠および財宝・牛馬の為にさへ、これを造る。われ今、身の為に結べり。人の為に造らず。故《ゆえ》いかんとなれば、今の世の習《なら》ひ、この身の有様《ありさま》、ともなふべき人もなく、頼《たの》むべき奴もなし。たとひ、広く造れりとも、誰《たれ》を宿し、誰をかすゑん。

だいたいここに住んで、初めは仮にちょっとだけいるんだと思ってやってきたけれども、いつの間にか五年経ってしまった。仮の一時しのぎの草庵も自分の住処になって、故郷になった。軒に積もった枯れ葉も幾重にも重なって、あるいは家を建てた時の土台にも苔がむすようになった。それで五年の間のことなのですが、「事の便りに都を聞けば」、都のことをいろいろと何かのついでに伝わってくる噂《うわさ》に注意してみると、身分の高い人、いまを時めいていた人たちで、すでに鬼籍《きせき》に入った人もたくさんいることがわかる。どんな人がその間に死んだかというと、土御門通親《つちみかどみちちか》・九条良経《くじょうよしつね》・九条兼実《かねざね》・皇太后忻《きん》子《し》・八条院《はちじょういん》など、鴨長明の同時代人なのです。それぞれみんな歴史の概説に名前が出てくる貴族社会の重要人物ですけれども、わずか五年の間にたくさんの人がこの世を去った。それで、有名な人が死ねば、こんな山里にもことのついでに伝わってくることはあるけれども、数ならぬ、そういう人々の噂にならないような人で、自分の知っていた人、かつていろんなところで接触のあった人たちで亡くなった人の数は数えきれないくらいになるだろう。

「たびたびの炎上にほろびたる家、また、いくそばくぞ」。何度もの火事で燃えてしまった家、かつて自分がその傍らを通ったり、そびえている甍《いらか》を見上げたりしたような家で、もうすでに焼けてしまってなくなったものも、どれぐらいの数にのぼるであろうか。そんなものに比べてみると、こういう日野山の奥に建てた仮の宿だけが長閑《のどか》で恐れがない。軒を接しているわけではないので、火事で焼けたりするような心配はない。「ほど狭しといへども、夜臥す床あり」と、全体はたいへん狭い、一丈四方の広さしかない、三メートル四方の建物なのですが、夜露をしのぐ、そういう床はある。「昼居る座あり。一身を宿すに、不足なし」。そこで露命をつないでいくというのでしょうか、雨風をしのぐのには何の不足もない。「寄居《ごうな》は小さき貝を好む」。ヤドカリは自分の身にあった小さな貝を好む。体が少し大きくなると、前の貝を捨てて自分の体にあった貝に移っていくわけです。自分の体いっぱいの小さな貝を好んで、それを宿りにしている。「これ、事知れるによりてなり。鶚《みさご》は荒磯に居る」。ミサゴという鳥は波がしょっちゅう寄せては砕けるような、そういう岩だらけの荒磯にいる。「すなはち、人を恐るるが故なり」。そういうところは波がくるたびに飛び立ったりなんかして、落ちつかないところであるけれども、そこにいれば人間から襲われる心配がないからである。自分もそれと同じだ。ヤドカリのように自分の一身をようやく横たえることのできるような小さな住まいに住んでいる。世の中の人と交わって心を煩《わずら》わすのが厭だから、だからミサゴが荒磯にいるように、寂しい山里に独りで暮らしている。

そういうものごとの理を知り、世の中がいったいどんなものかということを自分なりに知っているので、過大な分を超えたようなことを願ったり、あるいは何らかの欲望のために走り回ったり、人と競争をしたり、そういうことはしない。ただ山林の静寂《せいじゃく》な、そういう境涯《きょうがい》を望みとし理想としている。火事で焼けるのではないか、持っている財産を盗人に取られるのではないか、そういう心配がない、あるいは隣近所の人といさかいをしたりするような心の煩いがないのを楽しみとしているというわけです。

「すべて、世の人の栖を造るならひ」、そこでもう一度考えてみると、すべて世間に生きている人びとが、住処を造るのは、何のためかというと、「必ずしも、事の為にせず」。これは、安住を保つためにしないということです。ここで、角川文庫の補注を見れば、おわかりだと思いますが、「事を知り、世を知れゝば」、あるいは「必ずしも、事の為にせず」、それから前のほうにも出てくるのですが、「寄居は小さき貝を好む。これ、事知れるによりてなり」と、「事」という字がずっと出てきまして、これが古本系の『方丈記』の別な本では、「身」という字に書き換えてあることが多いのです。それで、『方丈記』の教科書や他の文庫本や一般に出回っている古典全集でも、「身を知り、世を知れゝば」と、身のほどを知って、世の中がどういうものかということを知っていればと理解しますし、その次も「世の人の栖を造るならひ、必ずしも、身の為にせず」と、読みます。確かにそう読むほうがわかりがいい。ある時期に「事」という字を「身」という字に置き換えたらしいのです。あるいは、この大福光寺本『方丈記』の筆者があわてて書いて、そこを全部「事」という字に書いたのかもしれません。それはわかりません。角川文庫の校訂をやった簗瀬一雄さんは、神田秀夫という国文学者の説をとって、「事」というのでも意味がわかる、だから原典のとおり「事」で良いのではないかという説のようです。「世の人の栖を造るならひ、必ずしも、事の為にせず」の事というのは、この世で生きていくというのでしょうか、世間の人が考えているような世事というのでしょうか、安住を保つことというように、角川文庫の補注には書いてあります。生きていくためのさまざまなことを指している。「事を知り」というのも、いろいろ世の中のつまらぬこととか何とかという意味にとれば、事という字でも意味が通じるし、そのほうがいいのではないかというわけです。何度も言いますけれども「必ずしも、身の為にせず」といってしまうほうが、すっと意味が簡単にとおってしまう。いったい、世の中の人間があくせくして住処を造るというのは、何のためだろうか。それはただ一身の安住のためというのでしょうか、自分だけの生活のために造る、自分自身の肉体と何かのためにやるのではない。身のためにといえば、自分自身のためにということになってしまいますから、簡単です。

「或は妻子《さいし》・眷属《けんぞく》の為に」家を建てる。さんざん苦労して住処を造る。そういう営みは、自分自身のためだけではなくて、あるいは妻子・眷属のためだ。妻や子供や一族の人たちのために世間の人は家を造るのだ。「或は親昵・朋友の為に造る」と、親しくしている人たちを迎えたり、そういう人たちと一緒に住むために造る。あるいは自分のため、家族のためというのならまだ話はわかるけれども、それ以外に考えていくと、主君のためにあくせく苦心して家を造る人もいる。あるいは歌や琵琶や、その他さまざまな師匠のために造る人もいる。あるいは自分が持っている金銀宝玉《きんぎんほうぎょく》の類、その財宝を盗まれないように、火事で焼けないように蔵を建てる。あるいはそういう財宝を陳列《ちんれつ》して人に見せるために建物を建てる人もいる。さらに牛馬のためにさえ、これを造る。世間の人が家を建てるというのは、いったい何のためにやるかということをあらためて考えてみると、いろいろ余計な目的のために家を建てる人が多いのだ。ところが自分はいま自分自身のため、自分一身のために、この方丈の草庵を建てたのであって、「人の為に造らず。故いかんとなれば、今の世の習ひ、この身の有様、ともなふべき人もなく、頼むべき奴もなし。たとひ、広く造れりとも、誰を宿し、誰をかすゑん」。どうして、そういうことを言うのかというと、自分の身の上、自分の境遇から考えてみて、自分は天涯孤独《てんがいこどく》の身であって一緒に暮らす人もいない。それから自分が使用している使用人もいない。下僕のような者と一緒に住んでいるわけでもない。だから、広く造って、二人、三人、一〇人というふうに住めるような大きい家をもし建てたとしても、誰をそこに住ませて、誰にいてもらって一緒に暮らそうとするのだろうか。だから、自分の方丈の草庵はまったく独りのために建てて、自分の一身を宿すにたるだけの広さがあれば、それで充分である。そういうことをここで言います。それでそんなことをいったあとで、もう少しその心境を説明するわけです。

ここまで読んでくると、『方丈記』の方丈の生活のイメージがわいてくると思うのですが、しかしよく考えてみると、こういう暮らしをしながらどうやって生活していたのかということはいっさい書いてありませんから、何で収入を得て、着るものや食べるものをどうやって得ていたのだろうかということになると、『方丈記』だけではまったくわかりません。たぶん長明は落ちぶれたとはいえ、鴨氏の一族ですから、何らかの同族のつながりがあって、支援してくれる人もいて、ある程度の仕送りを受けながら、こういう優雅な暮らしをしていたに違いないということになるわけです。その点は資料がなくてよくわからないのです。

遁世者

独りで人里離れた山里に住んでいる人のことを、遁世者《とんせいしゃ》といいます。「とんせいしゃ」というように言うと、ちょっと立派に聞こえて、「とんぜもの」と言うと、何となくいかがわしい怪《あや》しげな人間のように聞こえますけれども、鎌倉時代には「とんせいしゃ」という発音のほうがどっちかというと多かったようで、南北朝から室町時代になると、だいたいこの三字は「とんぜもの」と発音したようです。それでその遁世というのがどんなものかということについて、少しふれておきたいと思います。

よく国文学者の間では隠者《いんじゃ》という言葉を使い、「平安時代の文学は女房《にょうぼう》文学であって、日本の中世の文学は隠者によって担われていた」と、隠者による文学のことを隠者文学という。しかし中世では実際には隠者という言葉はほとんど出てきません。隠者というのは中国の言葉で、中国の漢詩文では隠者という言葉はよく使われるのですが、日本では鴨長明のような人、あるいは西行法師《さいぎょうほうし》のような人や、『徒《つれ》然草《づれぐさ》』を書いた兼好《けんこう》法師のような人たちのことを隠者と言ってはいないのです。隠者という言葉を好んで使いだした最初の人は松尾芭蕉《まつおばしょう》だといって良いと思います。江戸時代に入って、中国風な知識教養が一般に広まり、漢詩文に親しみを持つ知識人が古代とは違ってまた増えてくると、世捨て人のような者を隠者と言うことがだんだん多くなってきます。遁世者よりも、隠者のほうが何となく格好がいいように思われるのでしょう。ですから中世の隠者文学とか草庵《そうあん》の隠者とかという言葉が、国文学史や国文学関係の本の表題になったりしているわけです。

遁世がいったいどんなものなのかということですが、たいへんわかりにくい。何とかして説明しようと思っても、いつも籠の網の目から遁世者というのは逃げだしてしまって、うまい具合に取り押さえることのできない厄介《やっかい》な存在です。世を逃れる、世間を捨てるとか、世間から逃れ出た人間のことを遁世というふうに言います。われわれが住んでいるこの世俗の世界のことを現世というふうに言います。みんなが集まって、いがみ合ったり競争しあったり、一緒に何かやったりしている、そういう現世の生活を拒否するというのでしょうか、それから抜け出して外にいる人間が簡単に言うと遁世者です。

現世を拒否するのは、現世の約束や現世の秩序の外に出てしまってアウトローになることです。そういう人間はどうして出てくるかということを考えてみます。まず宗教的な筋で考えていくと、一つは呪《じゅ》術者《じゅっしゃ》という、日本でも民間の宗教者にはそういう加持祈禱《かじきとう》のおまじないをやって病気を治したり、雨を降らせたり、いろいろな魔術をやる人が社会にたくさんいます。現代でもそういう人は身の回りにたくさんいるわけです。

その呪術をやる人には、いろいろなタイプがあるのですが、世間の普通の人よりも特別の力を持っているということを認めさせなければなりません。特別な力を持っていて、その呪術の力でもって悪魔を退散させたり、良い結果を招いたりするわけですから、普通の人間とは違う力を持っていることを世間の人に納得させるためにいちばん簡単な方法は、呪術者が普通の人間のやらないような生活をして、特別な力をそこで得てきたという説明をするのが普通です。ですから何年間、山の中に籠もっていて、五《ご》穀《こく》をいっさい食べなかった。柚子《ゆず》や木の実などを食べてそれで無言の行《ぎょう》を続けて、行を積んだ人だ。そういう人が山から出てくると、みんなが有り難がって、その人は特別な霊力を持っていると村里に住んでいる人間は信じます。

特に日本で、中世に広く力を持っていた山伏《やまぶし》というのは、人里でしばらく活動をしていると、だんだんそういう有り難みや霊力が薄れていきますから、半年ぐらい人里にいた後は、また山へ入っていくということになります。人里に住んでいる巫女《ふじょ》と夫婦になっていて、人里へ下りてくるとその巫女が山伏のいろいろな霊験・霊力を取り次ぎをする。しばらく村里にいてみんなと顔馴染《なじ》みになってしまうと、また半年山へ籠もる。一年山に籠もって半年人里へ出てくるといったようなことが普通のあり方で、物語の中などにもそういう行者《ぎょうじゃ》はたくさん出てきます。

山に入らないで、われわれの傍らで暮らしていても、とうてい普通の人間にはやれないような荒行をやったり、禁欲を守ったり、そういうことによって特別の力を獲得しているというかたちになる。それが呪術的なまじないをやる行者たちの特性になっています。こういう人たちはある期間、人里離れて山に籠もるのですから、世俗から遠ざかるわけです。岩屋で暮らすとか洞穴で寝起きするとかして、鹿などと友達になって、果ては鹿の言葉を聞き分けるようになった行者がいるとか、峰から峰へ飛び渡ることができたとか、そういうさまざまな伝説を広めたうえで、民間で活動することになります。呪術的な行者が現世の外にあって、遁世者みたいな生活をすることがたくさんあるから、世の中にいる人のほうから見ると、それは一種の遁世者・隠者のように見えることがあります。隠者・遁世者であったから有り難いというわけです。

出家者

遁世者とか隠者とかはみんなこういう系統の人たちばかりだったわけではなくて、正統な仏教信仰を受け継いで遁世者と呼ばれるような暮らしをする人がでてきます。一つは、仏教にはさまざまな戒律がありますから、その戒律を厳重に守って暮らしていると、世俗の人と同じような暮らしをするわけにはいかないわけです。だからそれを出家《しゅつけ》というように言います。妻子と一緒に暮らしていると、聖なるもの、悟りの境地に思いをいたす心が乱れる。だから家族や財産や、そういうものをいっさい持ってはならない。それが出家の条件です。そのほかに出家にはもっとさまざまな制限がありますから、そういう戒律や禁欲を守っていくと結果的に世の中の普通の暮らしはできないことになり、これは遁世というかたちになります。本来、出家というのは、遁世と同じことだった。それで、遁世した出家者が、仏教のもともとのかたちでいうと、山林に独りで暮らし、ある時期に集まって一緒に修行をするのです。修行をする場所がだんだん固定化して、建物が建つと、それが修道院みたいなかたちになっていって、寺院の起源になるというわけです。

初めはみんな山林に孤独で住んでいて、ある一定期間集団で修行をする時だけに集まっていたわけですけれども、集まる場所がちゃんとできて、そこへ出家者が集まるようになって教団ができ僧団ができると、それが寺というものになります。そういう出家した人たちが集まっている場所のことを「サンガ」と言い、これに「僧伽」という字を当てました。僧伽というのは、出家した人たちが集まる場所、集まっている集団です。あとで「伽」の字が落ちてしまって、「僧」というのが、そこにいる人のことを指す言葉になりました。

こういう場合には、本来は出家すれば遁世になる、世捨て人になるというのは当たり前の話なのですが、日本では出家することが仏教の建前《たてまえ》どおりにいきませんでした。日本では最初から出家することを国家が管理して、出家した僧侶は国が定めた寺院で生活をし国家の役に立つ修行をしなければならない。国家からの身分証明書を持って寺院にいる僧侶は、国家の許可なしに寺院の外に出ることを禁じられていました。寺院の外に出て庶民と接触することも禁止されていたわけです。律令の中に僧尼令《そうにりよう》というのがありまして、この僧尼令というのは僧と尼を厳しく取り締まるための国家の法律です。それにはそういうことが厳重に書かれています。

インドや中国の仏教信者の修行には、乞食《こつじき》の行《ぎよう》というのがありまして、仏教の坊さんは自分で物を生産してはいけないのです。自分で物を生産すると、自分で作った物に対して執着の念が起こる。そうするといろいろ囚われて雑念を生ずるから、物を作ることに参加してはならない。インドでも仏教というのは農民などの間にはなかなか入らなかったわけで、わりに裕福な商人の間に初期の仏教は信者を広げていきました。物を作るということは良くないというか、出家者には禁止されているわけです。それではどうやって生きていくかということになりますが、出家した人は乞食の行をします。托鉢《たくはつ》というのがそれで、一日町を歩いて、そして自分が一日生きていくために必要な物を恵んでもらうわけです。恵んでくれた人に感謝をする。一日に余る以上の物をもらってはいけないという規則もあり、翌日に持ち越すほどの物をもらうことは禁止されていて、必要最小限の物をもらって、くれた人に感謝しながら修行を続ける。これが仏教の僧の生活のあり方の一つです。教団や仏教を支持する在家《ざいけ》の信者がいろいろな寄付をしてくれて、僧院の生活が成り立っているわけですけれども、僧は一定の期間は必ず托鉢の行に出ます。仏教の原則で、そういうことが決まっているわけですから、奈良時代でも東大寺とか西大寺とか薬師寺とかにいた坊さんは、建前から言うと寺の外へ出て乞食の行をしなくてはいけないわけです。国家もそれは認めざるをえない。その場合には、何月何日にどの道からどの道を歩くという、細かい道のりまで国家に届け出て、許可をもらった道だけを歩く。時間から距離から全部決められて、そこで乞食をするといったようなかたちでしか、日本の僧には仏教者としての生活ができませんでした。

出家者として遁世しても、これでは遁世にならない。まあ特殊な国家公務員になったようなものですから、本当の仏教のお経や本を読んでいるうちに、もうちょっと理想に近い仏教者として生きたいと思ったら、これは外へ出なくてはいけない。それで寺の外へもう一度出る。いわば再出家、二重出家ということになります。出家しても出家になりませんから、もう一度寺から出ることによって、本来の遁世のかたちになる。そういう人が奈良時代の終わりごろからぽつぽつ出はじめまして、それで平安時代の半ばにはかなりの数にのぼったようです。

それからもう一つ、出家者というのは、国家が毎年決まった定員だけ身分証明書を発行するわけですから、僧侶になりたくても簡単になれない。そこで国家の監督がちょっと緩《ゆる》むと、自分勝手に坊さんになってしまう人たちが増えてきました。そういう人のことを私度僧《しどそう》と言います。出家得度《しゅつけとくど》の「度」ですけれども、度とか度縁《どえん》とか度牒《どちょう》とかいうのが、国が発行する坊さんの身分証明書です。これを持っていなければ、何か活動した時にすぐ取り締まりの対象になる。なかなか数も少ないし、普通の人間はそう簡単に坊さんになれないものですから、坊さんになって修行をしたいと思ったら、勝手に坊さんになるしかないのです。これはまあいいほうなんですけど、普通は僧侶になると課役《かえき》を免除されるとか、いろいろな特典があったものですから、勝手に自分で坊さんになるわけです。私度僧を集めて集団みたいなのをつくる人も出てきました。これは国家が認めているお寺に入っている坊さんとは違って、その外にいるわけです。それで二重出家した連中と自分勝手に僧侶になった私度僧とが、ある部分では境目がなくなってしまう。

そういう、国家からみると、不法の僧侶が平安時代の中ごろになるとかなり増えてきました。そういう人が遁世者というものの中にかなりいたことになります。その人たちの中にどんな信仰を持っている人たちがいたのか、どういう信仰の結果、現世拒否をするようになるのかということを少しだけ説明しておきたいと思います。

現世否定と隠者

神や仏の性格が非常にはっきりしていて、その宗教を信じる人に、「何をしなさい」「こういう働きをしなさい」ときちんと命令してくれるような宗教というのがあります。そういう宗教の場合には、人間は神の手足になって行動し、その活動はみんな神の指示を受けている、あるいは神によって正当化されている、ということになります。人間は神の手足になって神の御心を受け継いで現世の悪と闘う、たとえばそういう宗教の場合には、人間の現世での行動は非常に積極化されます。神様の手足になって働かなければならない、現世の悪を根絶《こんぜつ》しなくてはならない、闘わなくてはいけないからです。神様が人間に対して何を望んでいるかということが非常にはっきりわかって説明できるような宗教の場合には、そうなります。

ところが、仏とか神とかが、人間にはとうてい計り知ることができなくて、何を望んでいるのか人間には簡単にわからないという宗教もあります。何をしなさい、こういうことをしてはいけません、今日は何をする、明日は何をなすべきか、ということをいちいち神様が命令してくれない宗教があります。仏教というのは、全体的にそういう傾向がたいへん強いわけです。そうすると仏が何を望んでいるか良くわからない。極楽はこんなに美しいところですよとか、薬師《やくし》様の浄土に行ったら病気はありませんよ、ということはわかっているけど、お薬師様は命令を下してくれませんし、自分の悩みや、どういう道を選んだらいいかということに対して、阿弥陀や薬師はそう簡単には答えてくれないわけです。そういうことは、わからないという建前になっています。そうすると、自分自身を無にして、その仏様のことばかり思い続け、念じ続けるようになります。そうするとある時、自分自身の中に阿弥陀如来や薬師如来が宿ったり、観音様がふっと降りてきて自分と一体化したりする。禅なんかでもそうです。ひたすらそれを待つということになります。神様や仏様に心を集中させて熱心にそのことばかり考え続けて、何か神様の言葉を聞いたり、神様が自分と一体化したり、自分のところへ降りてくるのを毎日毎日待ち続ける。待ち続けている間に、どんな美しい着物を着ようかとか、どんなおいしいものを食べようかとか、隣の奴をどうやってへこましてやろうかとかいうことを考えていれば、それはその間、仏のことを考えていないわけですから、逆に人間の営みをできるだけ排除していって、静かに瞑想《めいそう》することが、そういう宗教の場合には非常に重視されることになります。静かに瞑想して、自分の心を虚しくして、自分自身の計らいを空っぽにしていく、そうすると仏が現れる。

宗教体験ですから、普通の言葉ではそう簡単に説明できないことになっていますけれども、この瞑想ということが非常に重要視される宗教ですと、世俗の営みというのはみんな瞑想を妨げることになるわけです。静かに神仏に心を集中させる。それはまあ一日一時間座禅《ざぜん》しなさいと、時間で折り合いをつければいいのですが、だんだん度が高じていくと、できるだけ瞑想しているほうがいいですから、瞑想することと世俗的な生活が相反するのです。神仏のことを思い続けて、それと一体になる。あるいは自分は極楽に行きたい行きたいということを念じ続けることによって、この世の中に未練がないということを何かのかたちで仏様にわかってもらいたいと思う。そのためにはこの世の中の営みをできるだけ削っていこう、最小限に減らしていこうというかたちになるわけです。もっともそこは、日常生活との関係がありますから、お金があって生活にゆとりのある人はそういうことができるけど、あくせく一日中働いていなくては食べるものが得られないような人はなかなかできない。そういうあくせく働かなければならない人は救われないから、そういう人を救うために法然《ほうねん》や親鸞《しんらん》が一生のうちにいっぺんでも「南無阿弥陀仏」と口で称《とな》えれば救われる、称えなくても心で思っただけでも同じなんだ、一万遍称えても百万遍称えても一遍と同じことだ、というふうに言い出すわけです。それはあとの話で、普通は一万遍称えたほうがいい。毎日毎日、『往生要集』のとおり、仏の左の目はどうなっているだろうかと考える。そのうちに固定したイメージが脳裏に焼きつけられるという訓練をずうっと続けていくと、目を瞑《つむ》ると実際に仏がいるように見えるわけです。そういう仏がほんとにいて、そこへ行きたいと思う。行きたいという気持ちをどうやって表すかというと、この世の中のことを厭《いと》い捨てるのです。嫌うことによって、向こうへ生まれるという願いが切なることを示します。

こういう宗教の場合には、瞑想したり、観念の念仏、観想の念仏などをやりとげようと思うと、世俗の務めはできるだけ捨てていかなくてはいけない。そうするとそれは結果的に遁世みたいなことになります。隠者であることがいちばん良いわけです。山の中に籠もって人と交わらずに、毎日毎日何万遍の念仏を称え続けたり、何万遍も『法華経』読誦や写経をしたりします。死んでしまっても、山の中にしゃれこうべが残っていて、不思議に『法華経』を読む声が聞こえるから行ってみたら、しゃれこうべに舌だけついていて称える読経の声が聞こえたという説話が、『法華験記《ほっけげんき》』とか『今昔物語集《こんじゃくものがたりしゅう》』の中にあります。ですから、そういうかたちで行に熱中していくと、結果的に遁世になるわけです。平安時代の末には、そういう人たちがいるらしいという噂が貴族の間にぽつぽつ伝わってくるようになりました。これが遁世者の原型みたいなものなのです。こういう宗教だと、いちばん理想のかたちは、世の中のことを全部捨てて、生きながら屍《しかばね》のごとくただ浄土のみを思い焦がれるという話になるわけです。

こういう場合でも、神様は何を望んでいるか、自分に何を命令するかということが非常にはっきりわかっていて、その行動の対象が世間の悪などになった場合には、現世の中の行動は積極的なものになります。悪を滅ぼすために行動することが神から受けた使命だという話になります。ところが、そういう矯正《きょうせい》しなくてはいけない悪が自分の外にあるのではなくて、自分の心の中にある悪を滅ぼす、押さえつける、それを神様が望んでいるというように考えていくと、行動は積極化しない場合があるのです。自分の内面の悪ばかりが対象になる場合、周囲から見ると、一見隠者のようなかたちになることもあります。ですから、隠者になる場合というのは、いろいろあると思うのです。『方丈記』のような遁世とどういう関係があるかというのは、あとで考えてみたいと思います。

仏教は日本人にとって外来の宗教ですから、これは普通に考えられているほど日本人にわかりやすかったとか、わかったとかいうものでないように私は思います。仏教の経典というのは確かに読みにくい。日本人は、お経を日本語に翻訳することを、仏教が入って以来千何百年の間しませんでした。仏教のお経が、普通われわれが使っているような日本語に翻訳されるようになったのは明治以後の話で、それもぽつぽつですから、仏教のお経が大量にわれわれが普通に読めるような日本語に翻訳されるようになったのは、ここ三〇年くらいです。最近は岩波文庫とか、その他いろいろなところで大乗仏典のシリーズがありますから、お経を現代語で読んだり意味をくみ取ったりできるようになりました。しかし不思議に日本人は、仏教が六世紀の中ごろに入って以来、二、三十年前まで仏教のお経は全部漢文のままで読んでいたわけです。お経は棒読みにしましたし、返り点をつけて読むこともありましたが、普通の日本人にその意味を理解することは無理でした。

僧と知識人

昔の考え方だと、子供というのは、成年式をとおらなければ人格なんか認められない。昔だとだいたい十五歳ですけれども、元服《げんぷく》とか裳着《もぎ》とか、成年式があります。その時に男になるか、女になるか、僧になるか、尼になるかといったような選択が行われるわけです。普通は男と女になって、世俗で活動する。特殊な人間が七、八歳ぐらいでお寺に入って、小僧さんでさんざん修行をして、読み書きを覚えて、それから男や女になるのもいるんですけれども、その中で特別な人間が十五歳の時に出家得度《しゅつけとくど》して僧か尼になる。仏教の原則では二十歳以下の人間は出家できないことになっていますけれども、そこも日本的にいつの間にかいい加減になりまして、普通は十五歳で出家します。一度、世俗の世界に出た人間が、挫折《ざせつ》したとか失恋したとか、親が死んで後見《こうけん》がいなくなったとか言って、世をはかなんで出家の側に入ってくる場合があります。そういうのは入道《にゅうどう》というのです。もともと十五歳で出家したプロの坊さんと異なり、途中から入ってきた、いわばアマチュアの長明みたいに五十歳の時に何か世の中が厭になって出家の社会へ入ってきた人間は本格的な僧侶ではないのです。

一旦俗人になってから出家の世界に入ってきたのは、アマチュアの坊さんです。お寺の中で重要な役職に就いたり、仏教の言葉で自分の思想を表現したり、お経の注釈書を書いたりというようなことには、七、八歳でお寺へ入って一生懸命修行して、十五歳の時に出家して、なお勉強を積んでという長い修行の期間が必要です。三十歳ぐらいになってようやくそういうことができるようになるという、長い長い専門的な修行の期間がないことには、プロの坊さんとしてはどうも活動できなかったようです。

お寺の世界というのも非常に複雑ですから、お寺の中で雑役《ざつえき》ばかりやってる坊さんもいますし、渉外関係ばかりやってる人もいれば、お寺の荘園から税金を集める係の坊さんももちろんいます。いろんな僧侶がいるのですが、僧侶として思想的・宗教的な修行をしている側面ではかなりはっきりした区別があったようです。中途からお寺に入ってきたのでは、なかなか本格的な僧侶としては活動できない。それぐらい仏教というのは、どうも難しかったようです。やはり外来の宗教ですから、書かれている経典はそう簡単に日本人に読めるようなものではない。特別な人間だけが長い修行を経てようやくそれを読むことができる。あるいは仏教の言葉を自由自在にあやつって自分自身の思想を語ることができるようになる。そういう人たちが、一旦寺に入った後に、寺から抜け出すとか、比叡山でも横川みたいなところに入ってひっそり修行しているとかいうのは一種の遁世者だろうということになります。

ところが、もう少し枠を広げて考えてみると、一つの社会が成り立っていくためには、ルールというのがあるわけです。法律や秩序や道徳によって社会生活が成り立っています。ところが、いつもその外にはみ出している人間というのがいるわけです。アウトローというのでしょうか、秩序の中で暮らすのが厭になって、外へ出ていこうとする人間はいつの時代にもいます。遁世者みたいなのもそうなのですが、そればかりではなくて、漂泊してあっちこっち動いている遊行の芸人や職人みたいな人たちも、国家の秩序の外で暮らしていました。世の中の秩序がわりにきちんと整ってて、世の中が非常に安定している時には、その中にいる人間は自分たちが所属している社会の秩序というのが正と信じていますから、外にいる人間をある場合には無視したり、外に出ていこうとする人間を秩序の中に引き戻そうとしたりするわけですね。矯正してこっち側へ連れ戻して、そして自分たちの秩序や道徳を安泰にさせていこうという考えをみんな持っていることになります。

ところが、世の中の道徳とか秩序とかが怪しくなって、世の中に生きている人がみんなそういうことに対して確たる自信がなくなる時期が歴史の中には何度も出てきます。そうすると外へ出ていっている人間、アウトローに対して、お前は間違っているからこっちへ帰ってこいとか、首に縄を付けてもこっちまで引き戻すとかといったような、そういう力が非常に弱くなるわけです。しかも、世の中にいる特殊な知識人は、自分は外へ出ていってアウトローにはなれないけれども、本当はアウトローになりたい。あるいはアウトローのようなのが、もしかすると本当の人間の生き方かもしれない、と考えるようになります。そうするとまさに鴨長明のような落ちぶれかかった下級貴族のような者には、外へ出ている人間が一種の理想像みたいに見えるわけです。実際に外に出ている人間がどんな暮らし方をしているかといったことには関心が向かず、むしろ自分もああいう暮らしがしてみたい、それこそ本当の人間のあり方ではないか、というふうに考えてしまうことになります。世の中が混乱して価値観が変動する時期には、いつもそういうことが起こるわけです。

鴨長明みたいな人間は、さきほど言ったように正式のプロの僧侶ではありません。プロの僧侶が再出家というかたちで遁世したものとは考えられない。むしろ知識人として、そういうものに憧れたわけです。知識人はどうしてそういうものに憧れる傾向があるか説明します。鴨長明は和歌でもって身をたてたいと考えました。和歌で身をたてるためには、それが職業となりますから、世間の人を感心させるような、そういう歌をしょっちゅうつくっていなければならない。あっと世間の人を驚かせるような新しい歌をいつもつくることが必要です。これは職業歌人にとってはたいへんな負担なのです。藤原定家みたいな人も、しょっちゅう神経衰弱みたいになって、気が狂うばかりに苦心惨憺《くしんさんたん》しました。ようやくこれで新しい歌ができたと思って発表したら、定家の今度の歌は達磨《だるま》歌といわれて、意味不明というのでみんなにたいへん評判が悪い。それでがっかりして、それから何ヵ月もスランプに陥って歌が一首もつくれないという状態になったりします。

職業歌人長明

鴨長明も職業歌人なのです。いつも優れた歌をつくるというのは人間にとって不可能ですから、スランプに陥った時に非常に自己嫌悪に陥る。職業歌人というのは、歌の先生ですから、『万葉集』以来の遺産に全部通じてなければだめだ。誰かが昔の歌を盗用したら、すぐに盗作であることを見破るだけの知識がなければ、職業歌人としては成り立たないわけです。歌合わせにおいて、両方に分かれて出された歌を、どっちが優れているか判定するのも、職業歌人の仕事の一つです。席上で出された歌を、こっちが優れていると、みんなを納得させるだけの理由づけをその場でしなければならない。それからこれは何を下敷きにしていて、どうも創作というよりは盗作に近いというようなことをその場で見抜けなかったら、それは職業歌人として勤まらないわけです。歌の遺産というのは何世紀にもわたって積み重ねられてきた貴族社会の遺産です。たとえば琵琶にしても、芸の道には限りがありませんから、そういう限りのないものと、自分というものをいつも対決させていなくてはならない。歌の限りない伝統の中で、始終思い知らされているわけです。やっぱり自分は小さな存在で、非力だ。しかも和歌とか琵琶とかは専門的にだんだん高度になればなるほど、日常生活からは乖離《かいり》する。日常の生活には何の役にもたたないことになる。芸術はそういうものでしょうから、だから芸術至上主義などという言い方でもって裏づけていないと自分を支えることができないわけです。歌でも琵琶でもだんだん修行を積んでいって、高度になればなるほどそれは世間の人とは関係ない特殊な専門領域になります。

芸道も進めていくと、どこかで遁世的な、この世の中とは関係ない、自分の深い芸の道は世の中の人にはわかってもらえないというような考え方を持つようになるのです。ですから、ある意味でそういう文化的な営みというのは、どこかで遁世みたいなものとつながっている面がある。一歩間違うと、みんな遁世者になりかねないような心境を持っているわけです。

長明もやっぱり、そういう中で生きていました。しかも歌で築き上げた人間関係を利用して就職したいと思った。そしてそれが裏切られた。やっぱり歌の道は現世で生きていくうえで何の役にも立たなかったというのが、長明の場合に自分自身でもって実証されたわけです。歌はやっぱり世の中の生活とは別だ。もちろん長明自身は勅撰集《ちょくせんしゅう》の中にも自分の歌が選ばれた歌人ですから、たいへんな誇りも自信も持っていたでしょうけれども、しかしやっぱり歌の伝統に対して、自分が無力で小さな存在だということはいつも考えざるをえなかった。そうすると、長明のような人間は、伝説上のいろいろな説話集などにあるような、再出家して山の中で暮らして、いろいろな伝説を残している隠者を、だんだん自分で理想化していくことになります。できれば自分もそういう生活を送ってみたいものだ。それが理想だ。鴨長明は『発心集《ほっしんしゅう》』という説話集を書いているのですが、その中にはそういう人間の話が山のように集められています。鴨長明はそういう人の話をたくさん集めながら、世の中を捨てて暮らしている生き方を、何となくだんだんと理想化していったのです。

『方丈記』の遁世思想

厳しい戒律があるから戒律を守る結果として遁世になっている。瞑想の行に励むから、当人は一生懸命瞑想をやってるけれども、周りの人から見たら結果的には遁世になってる。あるいは自分自身の心の中の悪を克服しようと思って、一生懸命自分自身で孤独に努力していると、世間の人から見ると非常に内向的・内面的な人間になって、世間の人との接触を絶ってしまって遁世者のようにみえる。

長明のこの『方丈記』の遁世というのは、以上のようなタイプのいずれでもありません。呪術者のようなかたちでの現世拒否でもない。それでは、いったいどういうのかということになるのですが、結論から言いますと、遁世することが目的になっているのです。結果として遁世になったのじゃなくて、世を捨てるということそれ自身が自己目的になってしまっている。それで、世を捨てるために一生懸命努力する。努力の過程でもって自分を慰める。それが『方丈記』の遁世のかたちだと思うのです。だから結果としてなったのではなくて、遁世が目的になった。日本人は仏教がわからなかったから、世を逃れる、世を捨てるということが仏教の修行の仕方だ、戒律なんかではなくて、できるだけ世の中を一歩でも逃れて一歩でも関わりを薄くできれば、それだけ何か仏の道に近づいたのだというように、普通のアマチュアの仏教者は考えたわけです。その自己目的化してしまった遁世というのが、『方丈記』の遁世思想だと私は思うのです。

そうすると、この世の中は厭《いや》だ厭だというふうに思い込み、厭だと思い込むことによって、考えようによっては方丈の生活は幸福なのだなぁというように長明は思うわけです。『方丈記』の記述は、それの連続なのです。本当は遁世というのはこの世の中で全部捨ててしまわなくてはいけない。極端な言い方をすると終わりはやっぱり自殺してしまわなくちゃいけないという話になります。ですから、インドの仏教では、悟りというか救われるということは、生きたままで救われるか死ななきゃダメかと、仏教のごく早い時期から論争があります。本当は徹底的に遁世したら、この世の中で生きていけないはずですから、どこかで適当にごまかしている遁世者というのがたくさんいるわけですね。しかし長明の遁世はそういうのではないのです。一歩一歩少しずつ遁世して、それを毎日毎日少しずつ努力しながら、今日はこれを逃れた、その心境を省みて、考えようによってはこれも幸福である、というかたちになっているように思うのです。

「身の乞匃《こつがい》になれる事を恥《は》づといへども」と、乞食のように見られるのは恥ずかしいけれども、でも考えようによっては私はそれに満足している。全体の言い方はいつもそうなんです。私は神様と一緒にいて、神様が守ってくださいますから最高に幸福ですという言い方は『方丈記』の中にはいっさいない。ないところが、日本人の伝統的な思想や好みにぴったりあっている面があるのだと思うのです。

7　知識人の処世論

〔三二〕段あたりは処世論というのでしょうか、処世術というのでしょうか、そういう種類の話が出てきます。

宗教的自然観と人間関係

〔三三〕それ、人の友とあるものは、富めるを尊《たつと》み、懇《ねんごろ》なるを先《さき》とす。必ずしも、情《なさけ》あると、すなほなるとをば愛せず。ただ、糸竹《しちく》・花月《かげつ》を友とせんにはしかじ。人の奴《やつこ》たるものは、賞罰《しょうばつ》はなはだしく、恩顧《おんこ》あつきを先とす。さらに、はぐくみあはれむと、安く静かなるとをば願はず。ただ、わが身を奴婢《ぬひ》とするにはしかず。いかが奴婢とするとならば、もし、なすべき事あれば、すなはち、おのが身を使《つか》ふ。たゆからずしもあらねど、人を従《したが》へ、人を顧《かえりみ》るよりやすし。もし、歩《あり》くべき事あれば、みづから歩む。苦しといへども、馬・鞍《くら》・牛・車と、心を悩ますにはしかず。今、一身《いつしん》を分ちて、二つの用をなす。手の奴《やつこ》、足の乗物、よくわが心にかなへり。身、心の苦しみを知れれば、苦しむ時は休めつ、まめなれば、使ふ。使ふとても、たびたび過《す》ぐさず。ものうしとても、心を動かす事なし。いかにいはんや、常に歩き、常に働くは、養性なるべし。なんぞ、いたづらに休み居らん。人を悩ます、罪業《ざいごう》なり。いかが、他の力を借《か》るべき。衣食の類《たぐい》、また同じ。藤《ふじ》の衣、麻の衾《ふすま》、得《う》るにしたがひて、肌《はだえ》をかくし、野辺のおはぎ、峰の木《こ》の実《み》、僅《わず》かに命をつぐばかりなり。人に交はらざれば、姿を恥《は》づる悔いもなし。糧《かて》ともしければ、おろそかなる報《ほう》をあまくす。すべて、かやうの楽しみ、富める人に対して、いふにはあらず。ただ、わが身一つにとりて、昔と今とをなぞらふるばかりなり。

とかくに人の世は住みにくい、人の世が住みにくければ人のいないところへ行くのがいちばんいいのだけれどもなかなかそうはいかない、だからどうするか、というのは夏目漱石《なつめそうせき》の『草枕《くさまくら》』の書き出しです。人間の世の中は、人間にとってたいへん住みにくくて煩《わずら》わしく、穢《けが》れた欲望などに満ち満ちていて、できればそういうところから離れて暮らしたい。人間の世の中が仮のものであって、濁《にご》りや穢れに満ちているということを知っていて、そのことを充分心得て暮らすということが必要だ。これが、日本の知識人の処世論というのでしょうか、世の中でどういうふうに生きていくかという議論や考え方の中に強く流れています。

この世の中が穢れていると思えば思うほど、独り草庵で閑居する、静かに孤独で自由に暮らすということが願わしくなる。そこのところはなんとなくぐるぐる回りの循環です。人の世は住みにくくて穢れている。ところが草木は毎年美しい花をつけ、鳥は美しい声で囀《さえず》る。人間がそういう自然の美しさに触れることによって逆に人の世の醜《みにく》さがわかる。そういう関係になるわけです。ありのままの人間に猛威をふるう自然――地震が起これば一挙に生活の基盤も何も失われてしまうし、洪水ですべてのものが押し流されてしまう――、そういう自然ではなくて、人間の世の醜さの中で苦しんだ人が触れることによって救われるような自然を特に取り出して、それを何となく花鳥風月《かちょうふうげつ》とか山水《さんすい》とかというようなかたちで考えるのが日本人の自然観の一つの特徴だと前に申しました。

風景を絵に描くことは、日本の美術史の中ではほかの国よりもかなり古くから一つの伝統になっているわけですが、日本人が絵に描く自然の風景というのは、いわゆる大和絵風《やまとえふう》という特別のパターンだけでして、日本人は島国で海と接して暮らしているのに、広々とした海などを絵に描くということはほとんどなかった。日本人が描く自然は、ある一定の額縁《がくぶち》で切り取られた自然でしかなかったわけで、そういう自然が人の世の中で疲れてしまった人間の心を慰めてくれる。あるいは洗い清めてくれる。自然に触れることによって、何となく生きる力を回復することができるように日本人が思い込んでいる。そういう関係があるわけです。『方丈記』の自然の見方というのも、そういう日本人の宗教的自然観というのでしょうか、日本人が思い込んでいる自然の美しさ、長閑《のどか》さといったようなものを背景にしていると思います。〔三三〕〔三四〕段のあたりに、そういうことが集中的に出てきます。

「人の友とあるものは、富めるを尊み」。人間が友達だというふうに考える場合に、どういう人を友とするかというと、それはお金持ちをチヤホヤする。角川文庫の注に「懇《ねんごろ》なる」というのは「表面的に愛想のよい者とまず親しくなる」とあります。「必ずしも、情あると、すなほなるとをば愛せず」。必ずしも心細やかで、心清らかな人を友とするとは限らないというのでしょうか。このあたりは、『徒然草』の兼好《けんこう》法師ぐらいになると、もうちょっとシニカルになりまして、友達にするのには医者がいいとか、物をくれる人がいいとかいったようなのを箇条書きにしたりもします。これも一種の皮肉な見方だといえると思います。だから「ただ、糸竹、花月を友とせんにはしかじ」。「糸」というのは糸で絃楽器ですね。「竹」というのは管楽器です。横笛・縦笛いろいろあります。それから「花月」というのは自然ですね。花や月や鳥や、そういういわゆる花鳥風月といったようなものを友とするのが、だからいちばん無難でいいのだ。

いくら落ちぶれたとはいえ、長明は貴族社会の一員だったわけで、そんなに位は高くなくてもかなり豊かな生活をしていたのですから、全部身の回りのことを自分でやるような下層の出身ではありません。生きていくうえでいろんな使用人を使って、いろんなものをやらせて暮らしをする経験を持っているわけですね。「人の奴たるものは、賞罰はなはだしく、恩顧《おんこ》あつきを先とす」と、人に使われている人間は賞与が特別に多くて恩恵をたくさん受けられるような経済的に得なほうになびく。だいたい人を使う人間と、使われる人間との関係というのは、そういうものを基本にして成り立っているのであって、「はぐくみあはれむと、安く静かなるとをば願はず」と、いろいろ身の周りに配慮してくれて、心細やかな情けをかけてくれるとか、あるいはその関係が平静・平穏であるということを第一に考えるわけではない。そこで「ただ、わが身を奴婢《ぬひ》とするにはしかず。いかが奴婢とするならば、もし、なすべき事あれば、すなはち、おのが身を使ふ」ということになります。結局、人を使って、人の世話になれば、そこでいろいろ心遣いも気配りも必要になるし、それが負担になれば心の自由を確保することができないので、それで自分でいっさい身の周りの仕事をやるのがいちばん気楽なのだというわけです。ここは一種の文飾というのでしょうか、自分のことは自分でするということを、もっともらしく文章にしているだけの話です。どういうふうにして自分の身を奴婢とするかといえば、やらなくてはいけないことがあったら、全部自分でやればいいのだ、と述べます。「たゆからずしもあらねど、人を従へ、人を顧るよりやすし」。食べ物を拾い集めてきたり、調理をしたり、あるいは洗濯をしたり、草庵の破れたのを取り繕《つくろ》ったり、そういうことをするのはやっぱり面倒臭いというか、面倒で厄介なことであるけれども、人に頼んでいろいろ気を使って気配りをするよりは、それははるかに簡単なことだというわけです。

「もし、歩くべき事あれば、みづから歩む。苦しといへども、馬・鞍・牛・車と、心を悩ますにはしかず」。もし歩く必要があれば、自分で歩けばいい。遠い道のりを歩くのは、疲れるし足も痛むけれども、馬を用意して馬に鞍を置いて馬に乗る、あるいは牛をひいてきてその牛に牛車をつける、馬や牛を飼育していて鞍や車を用意するといったような、そういう煩わしいことを考えれば、どんな遠いところでも独りで歩いていくほうがはるかに心やすいことではあるというわけです。「今、一身を分ちて、二つの用をなす」。一つの体を分けて、二つの用をするのだ。「手の奴、足の乗物」、これも何というのでしょうか、二つの用という言い方をして、手が奴婢の役割を果たしていろんな雑用・雑役《ざつえき》をやる。足は乗り物の代わりをするということです。その二つの用を自らの身体でやることが、「よくわが心にかなへり」と、すべて囚われなく、自由で暮らしたいという自分の心にかなっているというわけです。

「身、心の苦しみを知れれば、苦しむ時は休めつ、まめなれば、使ふ。使ふとても、たびたび過ぐさず。ものうしとても、心を動かす事なし」。自分の体や自分の心だから、ほどほどその使い方は自ずから決まるというわけです。人に使われれば、その使用人との関係で身体の調子が悪くても働かされるなど、いろんな事が起こるけれども、身と心、つまり二つの用というのが全部自分自身の一体のことですから、苦しければ休むし、活動するのに不便がなければ——「まめなれば」とは活動的であればという意味でしょうか——、そういう時には働けばいい。使うとしても、それはそんなに使いすぎということは起こらないし、何となく気が進まず怠《なま》けたいと考えても、そういう時には怠ければいいのであって、気兼ねやそういう心を動かす必要はないのだ。何度も言いますけれども、自分のことは自分でするというってしまえばそれだけのことを、こういうように書いています。

「いかにいはんや、常に歩き、常に働くは、養性《ようじょう》なるべし」。「養性」を、いま普通に使うような養生というふうに考えて、常に歩き常に働くことが健康のもとになるといったような注を付けている『方丈記』の注釈書もあるけれども、それはちょっと何か現代の健康法みたいな話で理に勝った注釈であろうから、だから角川文庫の注釈者簗瀬さんは「天性を養っていくことになるであろう」という解釈をつけています。常に歩いて、常に働くというのは、それは人間の本性であろうから、それに従って生きていくというのが自然なのだという言い方だと思います。「なんぞ、いたづらに休み居らん。人を悩ます、罪業なり。いかが、他の力を借るべき」。どうして、いたずらに休んだり居たりすることが起こるのだろうか。そういう種類のことを考えるのは、人を悩ます罪業のもとなのだ。他人の力を借りる必要はないので、おのが身を奴婢として人と関わりなく生きていくというのがいい。

草庵の人生観

ここまでは、身の周りのいろんな雑事の話ですが、その次に、今度は着る物のことに話が移っていきます。「衣食の類、また同じ」と、着る物や食べ物についても同じことなのであって、いろんな葛《くず》や蔦《つた》の類、木の皮で衣を作る、と述べます。中世では、楮《こうぞ》とか葛とかの繊維で衣類を作ることが一般でした。木綿《もめん》が一般の普通の庶民の衣料になるのは近世に入ってからです。絹や麻は貴族などが着たもので、庶民は藤の衣といったようなものを着ていたわけです。それで「麻の衾《ふすま》」と、麻布で織った夜着のような厚手の衣を着て寝ていました。そういうものは「得るにしたがひて、肌《はだえ》をかくし、野辺のおはぎ」、これは山菜《さんさい》というのでしょうか、近くで採れる自然のもの、野草のようなものを採ってきて、露命をつなぐというわけです。「おはぎ」は「よめな」のようなものだというのが、角川文庫の注に出ています。「人に交はらざれば、姿を恥づる悔いもなし」。世間の人と接して顔を見られたり、姿を見られたりすることはないのだから、だからボロボロの藤の衣を着ていても、あるいは粗末な食べ物を食べてやせ衰えていても、そういう姿を恥じるという思いもしないですむ。「糧ともしければ、おろそかなる報をあまくす」。もともと食糧がたいへん不足しているので、「おろそかな」、つまりたいへん質素な粗末なものであっても、「報」というのは何というのでしょうか、自分に自然から与えられたものが甘く感じられる。「すべて、かやうの楽しみ」、いま述べてきたような独り暮らしがいちばん気楽だ。うるさい人間の顔なんか見ないで、どんな暮らしをしていようとそれは自分勝手なので、これぐらい気楽なことはない。そういう楽しみは「富める人に対して、いふにはあらず。ただ、わが身一つにとりて、昔と今とをなぞらふるばかりなり」。京都の都のたましきの甍《いらか》をならべていまを時めいている人たちに対して、自分の境遇・境涯とを対比してあえて自分はこんな日野の山里に閉じ籠もって暮らしているけれども楽しい、というふうに言うのではない。ただ自分のわが身一つにとって、百倍とか何とかといったような広い家に住んでいた昔の自分の境遇と、いまとを比べてみて、こういうことを実感し考えるのだというわけです。

以上が〔三三〕段です。草庵で暮らしている人間の身の処し方というのでしょうか、人生論みたいなものが、ここで述べられていることは、先ほどから何度も繰り返して言ったとおりです。

流布本の追加の文章

その次に〔三三＊〕がありまして、これは流布本系統の諸本にある数行の文章なのですけれども、古本「方丈記」はこの文章を落としています。文章をずっと通して読むとこの一節はないほうがどうも通りがいい。作品の緊密な構成からいっても、この三行分はあとの人が勝手に付け加えた文章でしょう。古典にはこういう後人の挿入というのはたくさんあるわけで、『方丈記』だけの話ではありません。広本、古本系といわれる『方丈記』にはここの部分がないのですが、流布本系の「方丈記」の諸本を見ていくと、この五行分の挿入の仕方がいろいろありまして、全部ずうっと本文につなげて書いてある本もある。ところが、そうではなくてこの部分を別な紙に書いて貼りつけてある本もある。それから、書きたしてそれを欄外に書いてある本もある。写本のいろんな形態からも、この部分をある段階で誰かが書きたして、初めは貼りつけていたものが写本の時に欄外に写しとられ、その次の段階で本文の中に組み込まれてしまったのではないか。現在の写本の形態からいうと、そういう変化がうかがえる部分だと簗瀬さんは角川文庫の補注に書いています。

ただし、別な理由からこの部分は鴨長明が〔三三〕段の後半の部分あたりを書く時に二とおりの案があって、保留になってしまった文章ではないだろうかと考える研究者もいるという説明があります。ですけれども、これをずうっと読んでいくとやはりなくてもいいというか、この部分が入っていると何となく全体の緊張がここでちょっと切れてしまう感じがあります。〔三三〕段も〔三四〕段もわりに具体的なものを持ち出してきて書いているのに対して、この挿入部分というのは何となく抽象的な古典の言葉をいろいろ引いて作り上げた文章ですから、ちょっと異質な感じもします。そういう挿入句を〔三三〕と〔三四〕の間に挿《はさ》むことによって何か気分の転換というのでしょうか、ある種のそういうポーズを置いて、〔三四〕に入ったんだという解釈もこじつければ成り立たないでもないですが、古本の大福光寺本にはここはないわけですから、最近の『方丈記』の原典としてはこれが入ってない本が一般に出回っていると思います。

その〔三三＊〕は次のとおりです。

〔三三＊〕おほかた、世をのがれ、身を捨《す》てしより、恨《うら》みもなく、恐れもなし。命は天運にまかせて、惜《おし》まず、いとはず。身は浮雲《ふうん》《うきぐも》になずらへて、頼《たの》まず、まだしとせず。一期の楽しみは、うたたねの枕の上にきはまり、生涯の望みは、をりをりの美景に残れり。

白楽天《はくらくてん》の詩であるとか、あるいは『論語《ろんご》』の文章であるとか、『和漢朗詠集《わかんろうえいしゅう》』の一節であるとか、いろんな下敷きを持っている語句を連ねて、こういう部分が書かれているというわけです。全体の雰囲気は読めばわかるでしょう。世を逃れて身を捨てたのだから、いまさら世の中を恨んでみてもはじまらないし、財産も何もないのだから失うものは何もないので恐れることもない。命は天運にまかせて惜しまず、いとわず。身は浮雲になずらえて、成り行き任せだ。「一期の楽しみは、うたたねの枕の上にきはまり、生涯の望みは、をりをりの美景に残れり」。いまにして自分の一生を回顧《かいこ》してみると、そういう心境であるというわけです。

自己満足の世界

〔三四〕それ、三界《さんかい》は、ただ心一つなり。心、もし安《やす》からずは、象馬《ぞうめ》・七珍《しっちん》もよしなく、宮殿《きゅうでん》・楼閣《ろうかく》も望みなし。今、さびしきすまひ、一間《ひとま》の庵《いおり》、みづからこれを愛す。おのづから都に出でて、身の乞匃《こつがい》になれる事を恥《は》づといへども、帰りてここに居る時は、他の俗塵《ぞくじん》に馳《は》する事をあはれむ。もし、人このいへる事を疑《うたが》はば、魚と鳥との有様を見よ。魚は、水に飽かず。魚にあらざれば、その心を知らず。鳥は、林を願ふ。鳥にあらざれば、その心を知らず。閑居《かんきょ》の気味《きび》も、また同じ。住《す》まずして、誰《だれ》かさとらん。

これが、閑居の内容をずうっと述べてきたところの結論というか、結びの言葉になります。三界は、欲界《よくかい》・色界《しきかい》・無色界《むしきかい》と、人間の命が次々に流転していく世界のことを言います。「三界は、ただ心一つなり」とは、角川文庫の注に簡単な意味が書いてありますけれども、人間が住んでいる、人間の命が漂っている世界というのは、心の持ちよう次第でどうにでも見えるという意味です。次の世に生まれ変わる、その生まれ変わり方も、すべて決まっていく。もとは『華厳経《けごんきょう》』の言葉のようですけれども、そういう命題みたいなものをいちばん最初に持ち出します。人間がこの世で生きていて、次々に流転《るてん》していくというのは、みんな人間の心が何にもないところに映し出した幻、映像のようなものである。また、自分自身の運命も、結局のところは心というものが作りだしていくのだというのが、いちばん最初の一句です。それで、心が安らかでなければ、あるいは心がそういう平安な満足を得ていなければ、象や馬、七珍《しっちん》も何の意味もない。象馬、七珍というのは、人間の宝物を表現する場合に使う慣用句で、仏教の経典にはよく出てきます。七珍あるいは七宝《しっぽう》と言ったりします。七珍というのは何かというのも、お経には、金銀《こんごん》・瑠璃《るり》・玻璃《はり》・車渠《しゃこ》・瑪瑙《めのう》とか、いろいろなあげ方があります。象というのはインドでは重要な動物で、象に乗って戦争に行ったり、象にいろんな荷物を引かせたりするほか、帝王の乗り物でもあるわけです。馬も、宝物を乗せる車や運ぶ車を引く動物です。ありとあらゆる宝も心が安らかでなければ何の意味もない。宮殿や楼閣に住んでも、心の平安がなければ望みが達せられないから、宮殿・楼閣というのも良いものとは思われないだろうということです。

いま自分は日野の山奥の方丈の寂しき住まいの中で、一〇尺四方の庵に住んでいて、「みづからこれを愛す」と、そこでの生活に満足している。「おのづから都に出でて、身の乞匃になれる事を恥づといへども」と、時々は都に出かけていって、都の人々の目に自分の身をさらす時には自分が乞食同然のようなみすぼらしいなりをしていることを恥ずかしいと思う。そういう心の動きを感ずるわけですね。だから、方丈の草庵で暮らしている自分の姿を都の人にさらすことは恥ずかしいけれども、「帰りてこに居る時は、他の俗塵《ぞくじん》に馳《は》する事をあはれむ」。何かの仕事があって、都に出ていかなければ手に入れることのできないいろいろな品物もある。歌を書きたいと思ったら歌を書く紙が必要だとか、筆がいるとか墨がいるとか、完全に乞食のような暮らしをしているわけではなくて、折り琴・つぎ琵琶で音楽を楽しんだり、歌をつくったり、本を読んだりしているわけです。必要な品物は都へ出ていって手に入れなければならないのです。あるいは都へ出ていって物乞いをして、何か生活に必要な食べ物や着るものなどを得ることもないわけではないと思います。

都に出かけ、帰ってきて、方丈の草庵にいる時は「他の俗塵に馳する事をあはれむ」と、世間の人々の中であくせくと駆け回って苦労して一生をすり減らしているような生活をしている人たちをあわれだと考える。しかし、自分はいま述べてきたような心境なのだけれども、そうはいっても、都で俗人の中で暮らしている人はその生活が当たり前なので、山林に独りで暮らすなどということはなかなか決心もつかないし、できることではない。だから、自分がそういうことをいくら言っても信じてくれないだろうというわけです。

「もし、人このいへる事を疑はば、魚と鳥との有様を見よ。魚は、水に飽かず」。もし、自分が言うことを疑わしいと思うならば、魚と鳥の有り様を考えてみてほしい。これは、中国の古典の『荘子《そうじ》』という本の中にある譬えを下敷きにしているようです。魚は水の中に住んでいて、魚にとっては水というのは人間の空気みたいなものだ。人間は水の中に入れば窒息死して死んでしまうわけです。けれども水の中が自分の住処だというふうに考えている魚のことは、魚にあらざれば、その心を知ることはできない。「鳥は、林を願ふ。鳥にあらざれば、その心を知らず」。林の中に住んでいる鳥がどうして林の中に住んでいるかということは鳥でなければわからない。方丈の草庵で独り孤独で暮らしている。それがたいへん長閑であるという、そういう自分の信条も同じことなので住まない人にはわかりっこない。方丈の草庵で暮らしている自分の心境は以上のとおりで、住まない人にはいくら言ったってなかなかわかってはもらえないだろう。それは仕方のないことだと言うのです。こういうふうに言っておいて、果たしてそういう自己満足だけでいいのだろうかというのが、最後ということになります。

㊄ さまざまな『方丈記』と『池亭記』

1 「略本方丈記」と「広本方丈記」

話は変わりますが、ここで「略本《りやくほん》方丈記」について考えておきたいと思います。「略本方丈記」には大事な本が二つあります。長享本《ちようきようぼん》と延徳本《えんとくぼん》という二種類の本です。延徳本は、長享本と流布本《るふぼん》系統の『方丈記』の中間形態と考えてもいいようなところがあります。折り琴・つぎ琵琶《びわ》というのが延徳本にはあるけれども、長享本のほうにはない。長享本のほうが「略本方丈記」らしい本です。この長享本『方丈記』を見ますと、自己弁明・自己弁解というのでしょうか、言い訳みたいな回路を通って自分の言いたいことを言うというようなかたちになっていない。そういう傾向がいちばん強い本です。

長享本『方丈記』

「ゆく河のながれはたえずして、しかも、もとの水にあらず。よどみにうかぶうたかたのかつきえかつむすびて、ひさしくとゞまることなし」は、「広本《こうほん》方丈記」とほぼ同じ文章です。広本は、「よどみにうかぶうたかたの」ではなくて「うたかたは」になっています。少しずつ字句の違いがありますが、どうも「広本方丈記」のほうが文学的に流麗《りゆうれい》であるように思います。

「よの中にあるひとのすみかも」も、広本は「世の中にある、人と栖《すみか》と、またかくのごとし」というふうになっています。広本では、人間それ自身も、あるいは人間の住処も、と述べることで、無常《むじょう》を意味していることになっているのですが、長享本では「よの中にあるひとのすみかも、また、かくのごとし」となっています。

略本と広本の比較

長享本『方丈記』は、基本的には「広本方丈記」の中から五つの不思議の部分を落として、前後をつなげるかたちになります。短い文章ですから部分ごとに細かく比較してみて、どっちが文学的かと、それぞれご自身で考えていただきたいと思うのですが、一般に、「略本方丈記」は文学的にはダメだということになっています。どうダメかということを論証したり証拠をあげたりすることは、できないことはないでしょうけれども、そうは思わないといわれれば、それまでの話です。ただ全体的にみて、いわゆる世間に流布している『方丈記』のほうが文章も美しくて、文学的な掛詞《かけことば》や、下敷きになっている詩文の世界も広いというような感じはわかっていただけるかと思います。

『方丈記』は広く読まれて、江戸時代に何種類も注釈書が出ました。最近の研究では、江戸時代というのは明治以後に考えられていたように、杓子定規《しゃくしじょうぎ》の厳重な身分制度が支配した社会ではなくて、かなり流動的で、藩や大名の力が及ばない部分があったらしいとわかっています。人々は、教科書や学校などで教えられているよりはずうっと自由に動けたし、藩や大名の支配に完全に組み込まれていたと考えないでもいいような人たちもたくさんいました。しかし、江戸時代には日本全体が三〇〇ぐらいの藩に分かれ、中世に比べるとずうっと細かな支配をしたわけです。農村も細かく調べあげて土地台帳をつくり、村々に住んでいる人口調査なども何度も繰り返し行いました。隠者《いんじゃ》というのが非常に居づらくなったのです。隠者というのがどれぐらい隠者だったのか、本当はよくわかりません。ですから大雑把《おおざっぱ》な話なのですが、平安時代の終わりや鎌倉時代に比べてみると、江戸時代の社会は隠者にとって非常に居づらかったわけです。政府の目がしょっちゅう細かいところまで行き届いていましたから、逆に江戸時代になると知識人が隠者に憧《あこが》れました。実際に隠者がいたこととは別に、観念の世界では隠者というのが知識人の憧れの的になったわけです。『方丈記』とか『徒然草《つれづれぐさ》』とかが江戸時代にたいへん広く読まれました。注釈書もたくさん出たわけです。松尾芭蕉《まつおばしょう》という人も隠者的な雰囲気を持っていましたし、そういう生活に憧れていました。ただ芭蕉自身は、そういうことが成り立たなくなるすれすれのころに生きていましたから、自分がいろいろ憧れて、前の世代、自分の親ぐらいまでだったらできたことが、自分の時代にはもうできなくなっていることを敏感に感じとって、旅の文章にそういうことを書き込みました。

図24　松尾芭蕉（森川許六筆）

　江戸時代に『方丈記』の注釈書は何種類も出ました。江戸時代に広く読まれた『方丈記』は、全部流布本系の『方丈記』です。文章が長い『方丈記』が江戸時代には広く読まれていました。もちろんずうっと短い本があることも江戸時代の研究者の眼には止まっていました。明治時代になり、古典の近代的な研究が始まった時に、略本と広本と二つあるけれども、いったいこれはどういう関係にあるのだろうかという議論が、『方丈記』の研究者の中で大きな問題になりました。組み合わせはそうたくさんはないわけで、一つは「略本方丈記」も「広本方丈記」も、鴨長明が書いたのだと考えた人たちがいます。現代でもそういう考え方を持っている人はありまして、講談社文庫の『方丈記』の注釈者川瀬一馬《かわせかずま》さんは、両方長明が書いたと考えたっていいじゃないか、どっちもたいして違いはない、基本的主旨は同じだ、だから「略本方丈記」のほうが草稿本《そうこう》で、いろいろ手を入れて文学的に完成したのが、それが「広本方丈記」であろうという、乱暴にいってしまうとそういう考え方です。しかし私は「略本方丈記」のほうは全体的に浄土教的な色彩がかなり強いと思います。前に申し上げたような整理の仕方でいうと、かなりはっきりした信仰を持っていて、その信仰を実践した結果、隠者的な生活になった。しいていえば「略本方丈記」はそういう傾向を持っています。「広本方丈記」のほうは、何か強固な強い信仰を持って、信仰生活をして、その結果人里から離れたところにしか住めないというかたちになったのではないのです。隠遁《いんとん》することそれ自体が目的になって、世の中は穢《けが》らわしいからできるだけ避けよう、独りで自然を友として、自然を友とすれば世の中の醜《みにく》さがもっともっとよくわかる、よくわかれば、もっと山奥で独りで暮らしたくなると。そういうところに「広本方丈記」はあります。しかし、まったく宗教性がないわけではありません。

広本は、仏教というものが何なのかよくわからなくて、世の中を捨てるようにひたすら努力することが仏の道を行うことだと考えているふしがあります。日本人の仏教理解の中には、かなりそういう部分があるのです。戒律《かいりつ》をきちんと守ることは日本仏教の中にはありません。たとえば仏教の基本的な戒《かい》は五つありまして、五戒というのですけれども、その五戒の中の一つにお酒を飲んではいけないというのがあります。しかし日本ではお酒を飲まなかったら、坊さんは職業的にやっていけません。普通の人よりも何倍もお酒が強い坊さんというのが普通でして、現代ではお葬式のすぐあとに法要《ほうよう》があって、そこでお酒を飲む。戒律なんか全然ないわけですね。昔からそういう点はありまして、戒律をきちんと守るようなことはなかなか日本人には理解されない。そうではなくて、世の中を穢らわしく思い、もっと別な世界があってそこへ行きたいと願い、世の中が穢らわしいということを自覚すれば極楽《ごくらく》・あの世を慕《した》わしく願わしいと思うようになる。願うためにはどうするかというと、できるだけ世を逃れ、一歩でも二歩でも世捨て人に近づいていく。実際に隠遁生活が難しければ、心の中だけでもそれを実践する。それが仏教徒になる道だというように考えたふしがあります。

略本と広本は別のもの

「広本方丈記」は、どうも以上のような傾向があります。ですから「広本方丈記」のほうは、草庵で長閑《のどか》な暮らしをして笛を吹いたり、琵琶を弾じたり、琴を爪弾《つまび》いたりして、そして花や鳥を友としていれば、それはたいへん長閑で、逆に世の中は、煩《わずら》わしい、穢らわしいというふうにだんだん思えてくるわけです。だから、方丈の中に琵琶や琴を持ち込んでいるわけですね。

「略本方丈記」は、草庵の中に折り琴・つぎ琵琶というのもない。和歌の本なども持ち込んでいません。『往生要集《おうじようようしゆう》』だけ持ち込んでいる。全体の雰囲気が非常に説教調です。ですから「略本方丈記」と「広本方丈記」は、私は同じ人間が書いたとは考えられないという意見です。全然信仰のレベルが別です。それは微妙な違いですから、説明を付け足さなければなりませんけれども、結論だけからいうと、私は同一人が書けるはずはないと思うのです。

そうすると、鴨長明自身が最初に「略本方丈記」を書いたのだけれども、五年経ち一〇年経つ間に、鴨長明自身の信仰が深まったというか、信仰が変化していったのだ。だから両方、鴨長明が書いたというふうに考えて差し支えないという意見があります。これも大正時代ぐらいからありまして、そういう考え方をとる人もいます。「成長の文学『方丈記』」という論文が昭和の初めごろにありまして、長明は「略本方丈記」のような心境だったんだけれども、最晩年——六十を過ぎたころ——になって、「広本方丈記」のような心境に達したのだ。両方使って長明自身の変化を確かめることができるという説なのです（小川寿一「成長の文学『方丈記』」『文学』二―一、一九三四年）。そういう読み方もあります。

それで、どっちが先にできたかという問題がその次にあるわけですね。これも決め手はないのですが、最近はそういうことをいろいろ論ずる人が少ないようで、略本と広本と比べてみると、広本のほうが文学的に優れている。それで国文学の人はやっぱり文学研究をやってるわけですから、「広本方丈記」を鴨長明の作だという前提でいろんなことを考えたいわけですね。長明は、歌人としては『無名抄《むみようしよう》』という歌論書を残し、また、『発心集《ほつしんしゆう》』という説話集も残すなど、文学史の上でかなり重要な人物です。和歌もたくさん残しました。鴨長明が書いた『方丈記』が文学的に優れているほうが、やっぱりそれは望ましく願わしいわけです。鴨長明が大福光寺本《だいふくこうじぼん》、「古本方丈記」のような『方丈記』を最初に書いたとします。あとで、誰かがその『方丈記』の中から抜粋《ばつすい》をして、それで「略本方丈記」を作った。いまは大部分の国文学者はこういうように考えていると思います。

ところが、それに対してもいろいろなことを言う人がいるのです。もとのものが文学的に優れていて、抜粋したほうが文学的にどうも文章が良くないということは、納得できないと言う人もいます。しかし、それは言葉や文章の感覚の鈍い人が抜粋すれば、こういうものになるのかもしれない。

「略本方丈記」のほうにも、方丈の生活は恥ずかしいが京の生活はうらやましくないという言い方はもちろんあります。あるのですが、「広本方丈記」に比べると、そういう部分が少し弱くて、全体は自分自身の信仰生活に対してかなり自信を持っているような雰囲気で書かれています。だから国文学者の間では鴨長明が「広本方丈記」を書いて、それが鎌倉時代の半ば過ぎにはかなり有名になった。それで、いろいろな隠遁的知識人の間で「広本方丈記」が読まれていた。室町時代になって、文章のあまりうまくない、長明のように鋭い言語感覚を持っていない布教師《ふきょうし》・説教僧《せっきょうそう》があらわれて、「広本方丈記」の名声を利用しようと思って、説教の宣伝文をつくって、それに『方丈記』という題をつけた。それが長享本『方丈記』であろうというように、考えられているわけです。略本と広本の関係については入り組んだ説があるのですが、乱暴な整理をすると以上のようになります。

私には、両方を長明が書いたとは考えられない。仏教理解からは、略本と広本の間にはかなりはっきりした落差があると思います。時代的にどっちが古いかと浄土教の歴史から言うと、「略本方丈記」のほうが一つ層が古い時代なのです。平安時代の末ごろの浄土教の雰囲気に近い。「広本方丈記」は鎌倉時代の前半くらいの浄土教の雰囲気に近いのですが、それは普通の仏教史の整理で言えることで、古いものがずうっとあとまで残っていたことや、貴族社会のある部分には平安時代中期くらいの浄土教の信仰が室町時代まで残っていたことが、いろいろなところで確かめられるわけですから、だからどっちが先かという議論にはならないのですが、全体的にはそう思っています。

『方丈記』の「記」

『方丈記』の読み方についての話は最初にしましたが、前半には五つの不思議《ふしぎ》が書いてあって、後半に方丈の話があります。『方丈記』の文学的な価値はどっちにあるだろうかという話が、四〇年ほど前にまたむしかえされまして、戦後の国文学者の間では、どちらかというと、五つの不思議を書いた部分のほうが迫力があるといって評価が高く、後半の方丈の生活を書いた部分は何となく退嬰的《たいえいてき》で、戦後のような民主主義と新日本建設の時代にわざわざそんなものを読まなくてもいいのではないかという見方が強かったのです。

ただ『方丈記』という題に注目してください。『方丈記』という題はやっぱり「方丈」の建物のことを書いているわけです。ですから鴨長明自身は、広い家に住んでいて最後は方丈に住むようになるまでを主題にして、この短編、散文詩のような文章を書いたに違いありません。したがって五つの不思議の部分が主題であったというふうには考えられないと、私は思っています。題名から考えて後半のほうに長明の主題があって、前半はそれを強調するために、序の部分を書いていて、そこが長くなっただけだと思います。

それを考えるもう一つ理由がありまして、『方丈記』の「記」というのは、漢文の文章の一つの形式なのです。記とか、あるいは辞《じ》とか、賦《ふ》とか、序とか、これはみんな漢文の文章の形式です。だいたい六朝ぐらいまでの間に、中国では詩と文章がたいへん吟味《ぎんみ》されて細かな形式ができました。中国には「唐宋八家文《とうそうはっかぶん》」など、そういう形式にのっとった漢詩文を集めた文集がいくつもあります。その文集の中には中国の人が書いた有名な文章があるのですが、何々の記というように書かれている文章をみると、ほとんどが建物や住居に関する文章だと思うのです。そうではないもののもちろんありますが、正式の文章でいうと、何々の記というのは、建物に関する文章のようです。

日本でも菅原道真《すがわらのみちざね》が『書斎記《しょさいき》』というのを書きました。それから昔の漢文では、『岳陽楼の記《がくようろう》』とか、『岳陽楼に登るの記』とか、それから、鴨長明自身が『方丈記』を書く時に下敷きにした『池亭記《ちていき》』というのがあります。それも広い池を持った庭の中に建っている小さな建物の記なのです。芭蕉も、中国の古典に対する知識が豊かだった人ですから、『柴門《さいもん》の辞』とか『銀河《ぎんが》の序』とか『幻住庵記《げんじゅうあんき》』とか、内容は俳文風の和文ですけれども、題名にはそういうのを付けています。『幻住庵記』とは、まさに幻住庵という建物の記です。『銀河の序』とか、『柴門の辞』とかを見ても、芭蕉の文章は漢詩文の作り方の正統な規則を守っているように思います。つまり何々の記というのは、圧倒的に建物の記が多いのです。

ですから長明という人はやっぱり漢詩文の世界に対してもたいへん豊かな知識を持っていた。ほんとうは漢文で書いてもよかったのですが、それを和漢混淆文《わかんこんこうぶん》で書いたところが『方丈記』の腕の見せどころみたいなものですから、『方丈記』はやっぱり全体が建物に主題を置いているというように見るべきだと思うのです。『池亭記』のように、建物に託して心境を述べる文章の形式が、何々の記なのです。もちろんそうではなく、世の中の漠然とした見聞録《けんぶんろく》みたいなものを「記」という場合もありますけれども、鴨長明の『方丈記』のいちばん最後は、「時に、建暦《けんりやく》の二年《ふたとせ》、弥生《やよい》のつごもりごろ、桑門《そうもん》の蓮胤《れんいん》、外山《とやま》の庵にして、これを記す」と終わっています。こういう、建暦二年、三月晦日、蓮胤これを記すという、書き止めの仕方は、和文の文脈・文章にはありません。年号をきちんと書いて、自分の名前を署名するのも、漢文の文章の作り方です。『方丈記』の全体の構想は、漢文で枠組みができていて、題名もそうなっていますから、建物に託して心境を述べたものだと私は思っているわけです。

こう考えると、五つの不思議を持っていない「略本方丈記」のほうが、『方丈記』という題に辻褄《つじつま》があう。余計な長い長い序の部分をわざわざくっつけて、それが前半と後半になるぐらいあるわけですから、『方丈記』のいちばん最初のかたちは、方丈のことだけを書いてあって、五つの不思議が加わったのはあとからではないかという理屈が成り立たないでもない。私はそのへんの解釈については、何年も前からぼんやり考えながら、きちんと主張するような結論を得るにいたっていません。

宗教と文学

私は日本の思想史を勉強していまして、日本人のものの考え方の歴史のようなことを考えております。そこには仏教とか儒教とかがたいへん強い影響を与えているということは否定できないわけで、文学の中にも仏教の影響をたいへん強く受けた文学がありますし、あるいは中国思想というのでしょうか、儒教の影響、中国の老荘《ろうそう》思想や神仙《しんせん》思想などの影響を受けた文学作品というのも、いろいろあると思います。

ところが、日本で日本文学の古典を考える時には、一般的に漢文で書かれたものは一応除外して、大和《やまと》言葉で書かれた古典を研究し、時代順に並べて日本文学史とか国文学史とかを考えます。それは良いとか悪いとかいう問題ではないのですが、儒教や仏教に対して、大和言葉で書かれたものの立場をたいへん強く主張してきました。そういう思想の流れは、江戸時代の半ば過ぎから国学が発達する中で生じました。『万葉集《まんようしゅう》』や『古今集《こきんしゅう》』や『源氏物語』や『新古今集』など和文の古典の研究を行い、江戸時代の後半にはたいへん研究が進みました。明治以後の現在にいたる日本文学研究・国文学研究は、その影響・伝統を強く受けているわけです。それは誰が何といおうと、厳然たる事実だと思います。

国学者は、漢心《からごころ》と言って、儒教的な精神をたいへん嫌いました。対して大和心というものの価値を発見して、自覚して強調するのが国学という学問の中心だったわけです。儒教とか漢心とか、外来思想というのをできるだけ排除していく。どこまで排除できるか、ほんとうはいろいろ難しいところなのですが、タマネギの皮を剝《は》ぐように儒教の影響、中国の影響、あるいは仏教の影響というのを、どんどん剝ぎ取っていくと最後に日本的なものが残るだろう。それは『古事記《こじき》』や『万葉集』の中にいちばんまとまったかたちで現れているのだというふうに国学者は考えました。江戸時代は儒教が国教のような時代でしたが、国学者は儒教をとても嫌ったわけです。同じように、仏教にもあまり高い価値を認めませんでした。国学者はさらにそれに外来思想というもう一つ大きなマイナス点をつけて、仏教の影響というものもできるだけ排除したかたちで、日本精神とか日本文学・国文学を考えようとしました。皇御国《すめらみくに》の文学というのを、そういう筋で考えようとしたわけです。

近代になっても、そういうものの考え方というのはいろいろなかたちで残り、日本文学の古典の中には仏教の影響を強く受けたものがたくさんあるわけですから、仏教文学といったような研究分野がたてられたり、仏教文学研究会という学会があったりいたします。特に中世の文学は仏教の影響が色濃く現れているわけですから当然そうなるのですが、宗教と文学というものを考える場合に、江戸時代からの伝統的な考え方では、宗教と文学というのを対立させて考える傾向がたいへん強いわけです。

たとえば、あまりいい例ではないかもしれませんけれども、紫式部《むらさきしきぶ》は『源氏物語』の作者であると同時に『紫式部日記』という、自分自身の内面をたいへん鋭く観察した日記文学も残しています。『紫式部日記』は、平安女流文学の代表的な作品の一つなのですが、その中で、紫式部が出家して尼になることにずいぶん心をひかれて迷う叙述が出てきます。紫式部がいろいろ迷って出家してしまおうか、そうすればこの世の中の煩《わずら》わしさとか、晩年の自分の生き方についていろいろ思い悩むこともなかろう、あるいは気持ちが整理されるだろうと心ひかれながら、ついにそれができないという、そういう心情を『紫式部日記』の中に書き綴《つづ》っています。仏教と文学とか、宗教と文学とかを考える時に、そういう場合などを引き合いにだして、あそこでもし紫式部が出家して尼さんになってしまっていたら、『紫式部日記』も生まれなかったし、『源氏物語』も書かれなかったかもしれない、出家することを思いとどまって俗人であり続けていろんなことを思ったり悩んだり迷ったりした結果『源氏物語』や『紫式部日記』ができたのだ、と論をたてて解釈をする人がたくさんいるわけです。仏教と文学というのが対立的に捉えられています。宗教の世界に入って悟りを求め、悟ってしまったら文学なんか成り立たない、世俗の人間としていろいろ思い悩んだ結果、文学になった、人間的な部分に支えられているからこそ『紫式部日記』や『源氏物語』が文学としての深みを持てた、というような説明をした平安時代の文学史、あるいは平安時代の物語や日記文学の解説書がたくさんあります。つまり、宗教の世界に入ってしまうと文学的でなくなる、宗教を拒否して世俗の人間であり続けたから文学を生むことができた、というように説明するわけです。

こういう説明の仕方というのは、江戸時代の中ごろ、十八世紀の終わりぐらいから、だんだん力を持つようになった国学的な文学の考え方、あるいは仏教の見方の影響が現在まで続いている一つの例ではないかと私は思っています。つまり宗教的なものというのでしょうか、宗教的な文章というのが非文学的、あるいはもっというと反文学的なものであるというふうに決めつけてしまう考え方が一方にあるわけです。しかし考えてみれば、阿弥陀如来なら阿弥陀如来に対して熱烈な信仰をもつような、純粋な信仰の心を美しい文章でわかりやすく率直《そっちょく》に書こうとする文章が、結果として、文学的にたいへん優れたものになりうることは否定できないと思うわけです。阿弥陀如来《あみだにょらい》が、あるいは『法華経《ほけきょう》』でもいいのですが、最高の仏であったり、最高の経典《きょうてん》であると信じるとします。それで阿弥陀如来や『法華経』のことをたいへん美しい言葉によって最高のものであることを褒《ほ》めたたえようと考えて、歌を作ったり文章を書いたりする。阿弥陀如来が最高の仏であり阿弥陀如来が主宰している極楽がすべての浄土の中で最も美しく最も理想的な国であることを一生懸命述べようとすれば、それが結果としてはたいへん適切な言葉と美しい文章を生み出すということになると思うのです。ですから宗教文学というか、宗教と文学というものの関係をもう少し別な観点から考えてみると、いろいろな見方ができるのではないかと私などはいつも思うのですが、国文学風の考え方ですと、何か悟ってしまったら人間的な悩みが消えてしまうから、そこからはいわゆる人間らしい文学というのは生まれてこないと考えてしまう傾向が強いように思います。

「略本方丈記」は、何か非常に僧侶的だ——職業的僧侶というのでしょうか——、職業的な説教者の口ぶりがたいへん色濃く出ています。だから文学的とはいえない、宗教的宣伝の文章であるから広本のほうがはるかに優れていて「略本方丈記」は文学として鑑賞するに値しない、という決めつけ方は、どうも論法として納得できないように思います。「略本方丈記」には、長享本と延徳本の二つがありまして、延徳本のほうが少し表現が柔らかな感じがしますけれども、それが文学的であるかないかというのは、文章や言葉の選択が適切であるかどうかということをきちんと考えてみなければ、そう簡単に議論はできないように思うのです。

2　『池亭記』を読む

『方丈記』のいよいよ最後の部分に入る前に、前から何度も引き合いに出してきた『池亭記《ちていき》』について、ざっと覗《のぞ》いておきたいと思います。

貴族の漢文修得

角川文庫本『方丈記』には、白楽天《はくらくてん》(白居易《はっきょい》)の『池上篇《ちじょうへん》』の短い序「池上篇并序」が収録されています。それから白楽天の『草堂記《そうどうき》』も収録されています。白楽天というのは唐の中期の詩人で、日本で特に人気のあった詩人です。白楽天の詩や文章を集めた『白氏文集《はくしもんじゅう》』という詩文集は、日本の平安時代の中期以降、貴族社会で必読の書とされていました。ですから、日本人が漢文で文章を書く時には白居易の文章はいたるところで引用されていまして、大きな影響を与えたわけです。

白楽天の書いた『池上篇』と『草堂記』の影響を強く受けて、平安時代の半ばを過ぎたころに、慶滋保胤《よししげのやすたね》という人が『池亭記』という文章を書きました。これが『方丈記』の下敷きになっています。『方丈記』は、この『池亭記』の内容を和漢混淆文《わかんこんこうぶん》で書き直して、鴨長明なりの解釈と心情を述べたものだといってもいい。『池亭記』のパロディーのような部分が『方丈記』の中にはたくさんあります。

古代の日本は、国家や社会の基本的な仕組みを、中国の律令《りつりょう》制度を輸入することによって成り立たせていましたから、貴族たちの知識・教養も全部中国の書物を読んだり学んだりすることによって成立していました。つまり漢字を読み書きできて、漢文を自由にあやつることができるというのが貴族の必要条件だったわけです。ですから、いろんな学校に入って、中国の文字の読み方を勉強し、中国の古典に関する知識を身につけようとしました。律令の大学でいいますと、五つの教科目がありました。明経《めいけい》道《どう》は儒教の経典を、つまり儒教の政治思想や道徳思想を学びます。「みょうぎょうどう」というような読み方をする場合もあります。それから実際に社会の秩序を維持していく、そういう律令社会の役人というのでしょうか、官僚という側面を貴族は持っているわけですから、そのためには律令の法律、いわゆる律と令について細かな知識を持っていることが必要です。法律解釈や、新しい法律を制定したり、その法文を書いたりする能力が貴族には必要なのです。そういう学問を修めるのが明法道《みょうぼうどう》という法律を専門にする学問です。

この他に、一般教育というか、基礎教育みたいなのものがあります。音《おん》というのは漢字の発音です。それから書《しょ》というのは漢字の書き方です。この書き方というのもたいへん厄介《やっかい》でして、中国からいろんな時代の書体が日本に入ってきます。新しい書体が入ってくると、政府がその書体を採用することになる。ですからただ、字の書き方というだけではなくて、専門的な知識も必要でした。それから算《さん》というのは、算術というか数学です。こういうのを基礎教育・一般教養として受けて、それから明経道・明法道の二つの専門に入ったわけです。

ところが、平安時代に入って少し経ちますと、もうこの二つはあまり人気がなくなりました。どうしてかと言うと、律令国家や律令制度を支えていくためには基本的な儒教精神や法律に関する知識が必要だったのですが、平安時代に入ってしばらくしますと貴族社会は家柄《いえがら》や門閥《もんばつ》で上位が占められてしまい、そんなに最上層の貴族は勉強しないようになりました。法律家あるいは儒学者といったような、特殊な職業的な専門家に任せておけばいいという考え方がだんだん平安時代の初期から中期にかけて強くなってきまして、普通の貴族は紀伝道《きでんどう》という学問を勉強するようになります。紀伝は中国の歴史です。『史記《しき》』や『漢書《かんじょ》』など、中国の歴史書を読んでいく。中国について広く浅く知るために歴史の勉強をすると中国の歴史の概略がわかる。中国の歴史上重要な人物についての知識が得られる。いろんな時代の制度や文物《ぶんぶつ》についても知識教養が増えるというわけで、歴史書を読むことが非常に盛んになる。

中国の漢詩文と日本の漢詩文

明経道・明法道は平安時代の半ばになると、さらに人気がなくなりまして、もっぱら文章道《もんじょうどう》という学問が盛んになりました。中国の歴史を読むことでもまだちょっと内容がかたすぎるので、文章を巧みに使って自分自身で漢文を書く時に、中国の文学作品について知っていると役に立つと考えられるようになったわけです。そのままその文章を鑑賞できて、あるいはその一句を暗誦《あんしょう》して節を付けて歌えば朗詠《ろうえい》になるように、内容が柔らかになっていきました。文章道の学問の中心的なテキストになったのが、白楽天の詩や文章だったわけです。唐代の有名な詩人の文章などをたくさん鑑賞して、自分も似たような文章を書く努力をする。

学問にはみんなそれぞれ専門がありまして、いまの大学でいうと教授に相当するのを博士《はかせ》といいました。算博士・書博士・音博士・明法博士・明経博士というのがいるわけです。その下に助教がいまして、それで大学寮《だいがくりょう》が成り立っていたのですけれども、この文章道の中心の文章博士というのが、漢詩文をあやつる学問の中心のような役割を果たすようになりました。文章博士になった人には、平安時代の後半でいうと代表的な漢詩文の作者で優れた歌人でもあった人物が何人もいるわけです。文章博士が、貴族社会で漢文の読み方を教えたり、有力な貴族の家に招かれて家庭教師になったり、貴族の子弟を自分の家にあずかって教育したりします。それで、『白氏文集』というのが代表的ないちばん人気のあったテキストなのですが、そのほかにもっと本格的な古典では、もっと古い時代の『文選《もんぜん》』という詩文集があります。『文選』は、中国の周から梁までの有名な詩文を集めたもの。それから、『文粋《ぶんすい》』という――日本風の読み方では「もんずい」になりますが――、これは唐の時代にできたので、後に『唐文粋』と呼ばれるようになりました。唐代の代表的詩人・文章家の詩文を集めて一〇〇巻からなる、とても大きな詩文集です。そういうものを日本人が一生懸命学んだわけです。

国家の正式な歴史というのは漢文で書かれていますし、法律も漢文で書かれています。法律の注釈書ももちろん漢文で書かれています。あるいは裁判の判決文・判例集もみんなきちんとした漢文で書かれていますし、貴族も自分で日記などを書く場合にも初めはちゃんとした漢文で書いていました。和文で書くものは非常に私的な消息《しょうそく》、たとえば身近な親しい人に贈り物のお礼を書くとか、四季の移り変わりなどの思いを込めた手紙を書くとか、そういう時に和文がだんだん使われるようになりましたけれども、正式な文章は漢文で書いていたわけです。平安時代の後期まではだいたいそういう状態でした。

ところが、漢文で日記などを書くうちに、漢文の文章が少しずつ日本風に崩れていきます。それを普通は和様漢文《わようかんぶん》と呼んでいますが、江戸時代の「被下度候」と書いて「くだされたくそうろう」と読むなど、これは漢文でもなんでもありませんから、中国人に読めといったらおそらく何のことかわからない。そういう日本語を漢字だけで書くような、そういう変則的な文章の書き方がだんだん生み出されていきます。その萌芽《ほうが》みたいなものは平安時代の中ごろから貴族の日記などには少しずつ出てくるようになります。しかし正式な貴族の日記はやっぱり仮名文字を入れずに、漢字だけで何とか体裁を整えていました。

中国には漢文で書かれた詩や文章を集めた詩文集がたくさんあるわけですですから、当然日本人もそういうものを真似《まね》してつくりたいと考えました。奈良時代の宮廷貴族の間で、『懐風藻《かいふうそう》』という漢詩文集ができました。平安時代の初めまで、天皇の命令でその時代の有名な文章家や政治家の文章を集めた詩文集が日本でも作られました。勅撰漢詩集《ちょくせんかんししゅう》と普通呼ばれています。また空海《くうかい》という人はたいへん漢文がよくできる人で、空海の漢文や詩を集めた大きな詩文集も編纂されました。『性霊集《しょうりょうしゅう》』がそれです。そのころは和歌というのは非常に私的なもので、宮廷の中央では和歌はそれほど重要視されていませんでした。『万葉集』でもそうですから、『万葉集』の文化圏と『懐風藻』に登場してくる詩人たちの文化圏とはかなりずれていました。

ところが平安時代になって、中国との関係がだんだんうすくなり始めまして、十世紀の初めに『古今集《こきんしゅう》』が成立するところで、今度は漢詩文を書くのではなくて、和歌をつくるということが宮廷サロンの貴族たちの社交術の中に取り入れられるようになりました。和歌が宮廷サロンの社交の文学になった。それが『古今集』以後の和歌です。

藤原明衡と『本朝文粋』

平安時代の半ば以後で、漢文がたいへんよくできた人は菅原道真《すがわらのみちざね》です。道真は、紀伝道や文章道を完成させた人としてたいへん重要な人物ですが、漢詩文に優れていました。道真の詩や文を集大成したものに『菅家文草《かんけぶんそう》』があります。『菅家後集《こうしゅう》』など、ほかにもありますが、『菅家文草』が代表的なものです。道真は十世紀の初めまで生きていた人物ですけれども、それから一〇〇年以上経ったところで、十一世紀の初めごろに藤原明衡《ふじわらのあきひら》という人物が出てきます。この人は摂関《せっかん》政治が栄えていた時代の終わりぐらいから院政《いんせい》期の境目ぐらいに活動した文章博士です。学者として貴族社会で知られた人物で、いくつもの文章を残しました。その中に、『新猿《しんさる》楽記《ごうき》』という本があります。平安時代中ごろの漂泊の芸能民が京都の町に現れて、滑稽《こっけい》や卑猥《ひわい》な芸で京都の町の人たちを喜ばせる。その演目や、どんな芸が人気を浴びているか、どんな出し物がいま貴族の間で人気があるかというようなことを、『新猿楽記』に書き残しました。演劇の歴史や芸能の歴史を研究する人にとってはたいへん貴重な文章です。

それで、その藤原明衡が『文粋』にならって、日本人が書いた漢詩・漢文を集めた——詩よりも漢文で書かれた短い文章が多いのですが——『本朝文粋《ほんちょうもんずい》』を編纂しました。これが平安時代の日本の漢文学の到達点というのでしょうか、水準を示すたいへん重要な古典になります。しかし、普通は日本の文学の歴史を研究する人は、大和言葉で書かれたものをまず第一にしますから、平安時代の漢文学の歴史などを研究した偉い学者は何人もいるのですが、一般にはあんまり知られていない。それほど広くは読まれていないわけです。『本朝文粋』も、あんまり一般に馴染《なじ》みのあるものではありません。むしろこれよりもうちょっと前にできた『和漢朗詠集《わかんろうえいしゅう》』は、短い漢詩の一句、それと同じような内容を歌っている和歌、それらを一つずつ対《つい》にして編纂したものなので、『和漢朗詠集』を暗誦していると、いろんな場面で気のきいた引用ができますし、朗々と歌って人気を博すこともできる。『和漢朗詠集』は、いろいろ漢詩漢文や和歌の有名な一節などを集めているわけですから、平安時代以降、貴族社会でたいへん広く読まれました。こういうのに比べると、あんまり広く読まれたものではないのですが、その

『本朝文粋』の中に『池亭記』が入っています。

慶滋保胤と長明

『池亭記』を書いた慶滋保胤という人物については、前に述べました。長明は鴨神社の神官の家に生まれたわけですが、慶滋保胤ももとは賀茂氏の出身です。「かも」といっても鴨ではなくて賀茂ですから、上賀茂の社家の家に生まれました。文章にたいへん巧みで平安時代中期の貴族社会で重んぜられた人です。『池亭記』は、いちばん最後をみますと「天元五載《てんげんごねん》、孟冬《もうとう》十月、家主《やぬし》保胤、自ら作り自ら書す」と書いてあります。この天元五載という年は西暦に直すと九八二年です。ですから大雑把《おおざっぱ》にいうと一五〇年ぐらいあとに、長明がこれをもとにして『方丈記』を書いたことになります。

『方丈記』の作者の長明が慶滋保胤に対して、同じ鴨（賀茂）氏の同族意識を持っていたかどうかということについては正確なことはわかりません。ただ、『方丈記』が『池亭記』を下敷きにしていることは明らかです。長明自身も慶滋保胤という人物についてたいへん深い関心を持っていたことは確かだろうと思います。保胤という人物は初めは賀茂氏を称していたのですけれども、あとで姓を変えて慶滋という姓を名乗るようになります。先ほど申しました紀伝とか文章とか、それから明経・明法というのが貴族社会の普通の身分の高い貴族たちが勉強する学問なのですが、それとちょっと微妙に性格の違った、もう一つ中国伝来の学問がありました。それが陰陽道《おんみょうどう》という学問です。これは、いま風に言えば宇宙論というか宇宙学みたいなもので、世界がどういうふうに動いているかという法則に関して、いろいろな古典を読み研究をする学問です。ごく簡単に言うと、占いのようなものなのです。現在もある、暦に関するさまざまな——いまでは迷信というように見られているようなものがありますけれども——、あういうものは陰陽道の系統の知識が、中世の終わりごろから江戸時代に変質して現在に伝わっているものです。

その陰陽道も貴族社会で重んぜられており、陰陽師《おんみょうじ》という独特の占い師が貴族社会にいまして、いろいろ吉日を占ったり暦に注釈をつけたりしていました。だいたいその陰陽師というのは、神主《かんぬし》というのでしょうか、神官の家と結びつきのある場合が多いのですが、賀茂保胤は陰陽道にかなり深く関心を持って勉強をして、賀茂の姓を捨てて慶滋と名字を換えました。いろんな文章を作って活躍をし、晩年になって書いたのが『池亭記』という文章です。

『池亭記』の前半には、京都の町の中で自分の好みにあった家を建てるにあたってどういう場所を求めるかといったようなことが書いてあります。後半に入って、自分が建てた家についての叙述がありま す。囲いの中にいろいろな小さな建物が並んでいて、そこでの生活に自分は満足している。しかし、これで満足してしまったのではダメなので云々というのが最後に出てきます。『方丈記』の後段に似たような文章がたくさん出てくるわけです。慶滋保胤はこの『池亭記』という文章の中で自分の家のことを詳しく説明したのですが、これを書いて四年後にとうとう出家してしまい、この『池亭記』に書かれているような生活を捨ててしまいました。出家して寂心《じゃく》と名乗るようになったあとは、二十五三昧会《にじゅうござんまいえ》などの宗教活動に熱心になって、源信僧都《げんしんそうず》の弟子のようになった。それは平安時代中ごろの浄土教の歴史の中で特筆すべきものだということは、前に『往生要集』の説明をした時に申し上げました。『往生要集』のような浄土教の概説書というのは、慶滋保胤のような人物を読者に想定して書いたものだと考えられています。

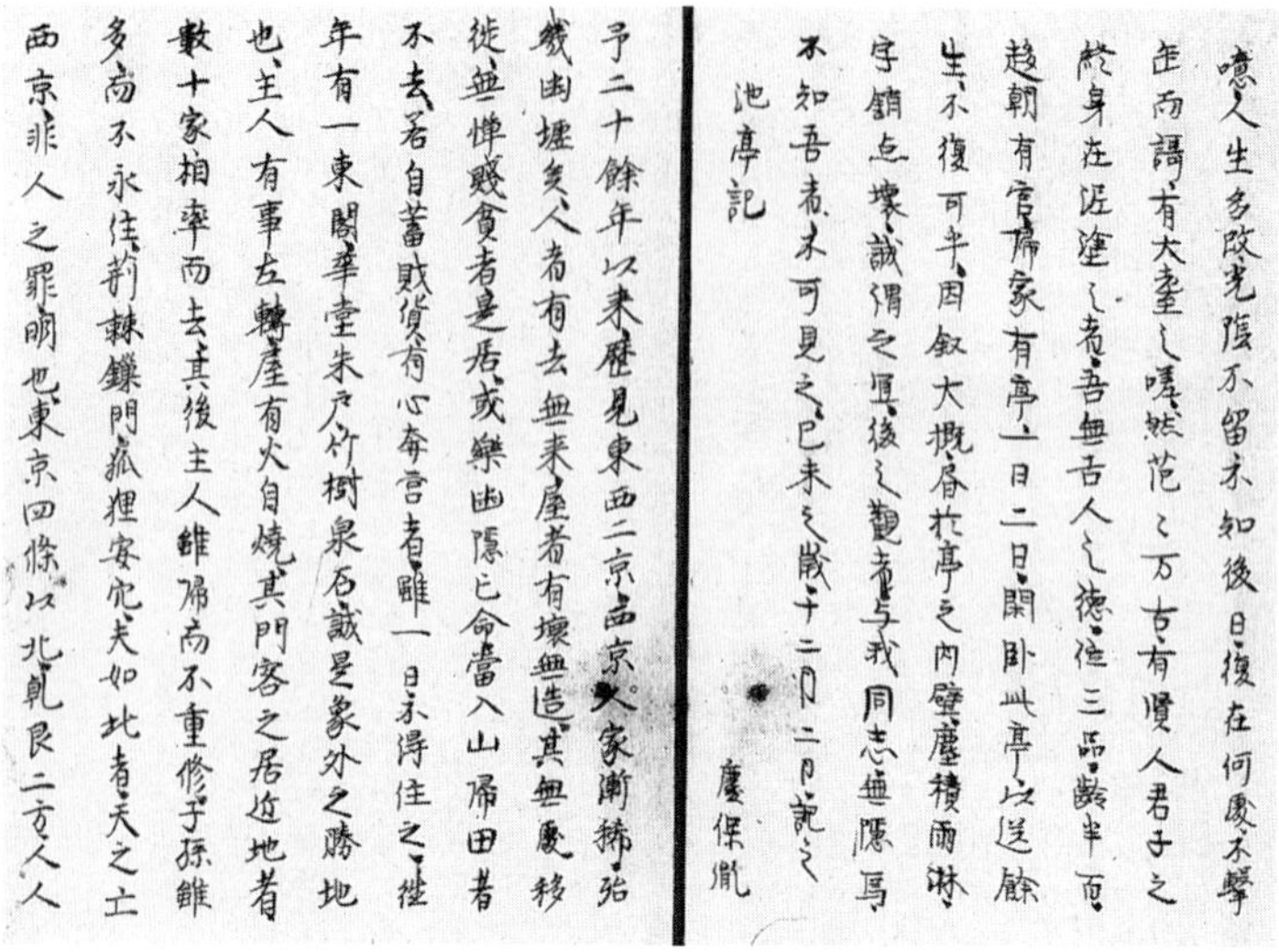

噫人生多故光陰不留未知後日復在何處不學
在而謂有大臺之嗟然範之万古有賢人君子之
終身在泥塗之者吾無吾人之徳位三品齢半百
趨朝有官帰家有亭〻日二日閑臥此亭以送餘
生不復可乎因叙大概昏於亭之内壁塵積雨淋
字銷点壊識謂之冥後之覧者与我同志無隠写
不知吾者未可見之已未之歳十二月二日記之
池亭記　慶保胤

予二十餘年以来歴見東西二京西京人家漸稀殆
幾幽墟矣人者有去無来屋者有壊無造其無処移
徙無憚賤貧者是居或楽幽隠亡命当入山帰田者
不去若自蓄財貨有心奔営者雖一日不得住之往
年有一東閣華堂朱戸竹樹泉石誠是象外之勝地
也主人有事左転屋有火自焼其門客之居近地者
数十家相率而去其後主人雖帰而不重修子孫雖
多而不永住荊棘鎖門狐狸安穴夫如此者天之亡
西京非人之罪明也東京四條以北乾艮二方人人

図25　『池亭記』（国立公文書館内閣文庫所蔵）

『池亭記』を読んでみます。岩波書店の「日本古典文学大系」は小島憲之《こじまのりゆき》氏の読みです。あるいは簗瀬《やなせ》さんの角川文庫の参考資料『池亭記』の読みと違うところがあるかもしれません。もしそういう場所が見つかったら、どっちが適当かそれぞれ考えていただきたいと思います。

『池亭記』の書き出し

『本朝文粋』の第一二巻に「記」という種類の文章ばかり集めた部分があり、その中に『池亭記』は入っています。記という文章は何か建物に関して書いた文章が多いように思われることは前に申し上げました。本文に入ります。

予《われ》二十余年以来《このかた》、東西の二京《にきょう》を歴《あまね》く見るに、西京《にしのきょう》は人家漸《ようや》くに稀《まれ》にして、殆《ほとほと》に幽墟《ゆうきょ》に幾《ちか》し。人は去ること有りて来《きた》ること無く、屋《いえ》は壊《やぶ》るること有りて造《つく》ること無し。其の移徙《いし》するに処《ところ》無く、賤貧《せんぴん》に憚《はばか》ること無き者《ひと》は是《ここ》れ居《お》り。或は幽隠亡命《ゆういんぼうめい》を楽しび、当《まさ》に山に入り田に帰るべき者は去らず。自ら財貨を蓄へ、奔営《ほんえい》に心有るが若き者は、一日《ひ》と雖《いえど》も住むことを得ず。

これが最初の書き出しです。京都の左京だけの地図を見て下さい（図14）。京都の町というのは碁盤《ごばん》の目のようになっています。京都の町の状態は、できて間もなくのころから、西の京というのは計画だけで、全然実質が造られませんでした。低湿地で、人が住むような場所ではなかった。あるいは全体を都市化するだけの必然性というのでしょうか、経済力とか、人口とか、そういうものがなかった。それで東側だけ栄えて、西側は平安時代を通じて少しずつ郊外へ貴族の別荘ができたりして、中世に商業活動が盛んになると京都の中心が商人の町になりますから、貴族はもっと外へ出ていくといったようなかたちになるわけです。

いちばん最初のところは、西の京を造って、最初はそこへ住んだ人もあったけれども、「人家漸く稀らにして、殆ど幽墟に幾し。人は去ること有りて来ること無く、屋は壊るること有りて造ること無し」。どこかへ移っていくようなところがなくて、どんな貧しい暮らしをしていても憚ることがないような人は、西の京にそれでも居残っている。あるいは隠者のようにひっそり暮らすのが好きな人、田園に住んで都市を嫌うような人は、西の京でもそのまま住んでいるような人もいる。しかし、いろいろ忙しく利益を得ようとしてあくせくしているような人は、西の京なんかに一日も住んでいられるものではない。

それが書き出しです。

往年《おうねん》一つの東閣《とうかく》有り。華堂朱戸《かどうしゅこ》、竹樹泉石《ちくじゅせんせき》、誠に是《こ》れ象外《しょうがい》の勝地《しょうち》なり。主人事有《あるじことあ》りて左転《さてん》し、屋《や》舎火有《かすあ》りて自《おのずか》ら焼く。其の門客《もんかく》の近地《きんち》に居る者数十家、相率《あいい》て去りぬ。其の後主人帰ると雖《いえど》も、重《かさ》ねて修《つくろ》はず。子孫多しと雖も、永く住まはず。荊棘門《けいきょくかど》を鎖《とざ》し、狐狸《こり》穴に安《やす》むず。夫《そ》れ此《かく》の如きは、天の西京《にしのきょう》を亡《ほろぼ》すなり、人の罪に非《あら》ざること明らかなり。

西の京はそういうわけで寂《さび》れる一方だ。それでも昔は立派な貴族の邸宅がなかったわけではない。なかなか立派な庭を造ったり、朱塗《しゅぬ》りの門などを構えたような家もあった。しかし、その家の主人が何か罪を被って左遷《させん》されてしまって、そのあとは家は寂れるにまかせて、かつての立派な家を建て直すようなこともなかった。主人が許されて都に帰ったけれどももう繕《つくろ》おうとすることもなく、子孫もそこには長く住まないで東の京か、東の京の郊外のほうへ移住していったというわけです。それで、「天の西京を亡すなり、人の罪に非ざること明らかなり」というような書き方をしています。これは人間が意図的にやったのではないので、自ずから地理的な立地や、そのほか社会的な背景もあって、西の京の運命というのは天命によったのであろうというわけです。

東《ひがし》京四条以北《きょうしじょうよりきた》、乾《いぬい》・艮《うしとら》の二方は、人々貴賤《きせん》と無く、多く群聚《ぐんしゅう》する所なり。高き家は門を比《なら》べ堂を連《つら》ね、少《ちい》さき屋《いえ》は壁を隔《へだ》て簷《のき》を接《つら》ぬ。東隣《とうりん》に火災有《あ》れば、西隣余炎《せいりんよえん》を免《のが》れず。南宅《なんたく》に盗賊《ぬすびと》有れば、北宅流矢《ほくたくながれや》を避《さ》り難《がた》し。南阮《なんげん》は貧しく北阮《ほくげん》は富めり。富める者《ひと》は未《いま》だ必《うたがた》にも徳《とく》有らず、貧しき者は亦猶《なお》し恥《はじ》有り。又勢家《せいか》に近づき微身《びしん》を容《い》るる者は、屋破《いえやぶ》れたりと雖《いえど》も葺《ふ》くことを得ず、垣壊《くず》れたりと雖も築くことを得ず。楽《たのしび》有れど大きに口を開きて咲《わら》ふこと能《あた》はず、哀《かなしび》有れど高く声を揚げて哭《な》くこと能はず。進退懼《しんたいおえり》有り、心神安《しんしんやす》からず。譬えば猶鳥雀《ちょうじゃく》の鷹鸇《ようせん》に近づくがごとし。何ぞ況《いわ》むや初め第宅《ていたく》を置き、転門戸《うたたもんこ》を広くするをや。小屋相并《しょうおくあいあわ》せられ、小人相訴《しょうじんあいうた》ふる者多し。宛《あたか》も子孫父母の国を去り、仙官人世《せんかんじんせい》の塵《ちり》に謫《おと》さるるが如し。其の尤《もと》も甚《はなは》だしき者は、或は狭き土を以ちて、一家の愚民《ぐみん》を滅ぼすに至る。或は東河《とうか》の畔《ほとり》に卜《うらな》ひて、若《も》し大水に遇《あ》ふときには、魚鼈《ぎょべつ》と伍《ともがら》となり、或は北野《ほくや》の中に住まひて、若し苦旱《くかん》有るときには、渇乏《かつぼう》すと雖《いえど》も水無し。彼の両京《りょうきょう》の中に、空閑《くうかん》の地《ところ》無きか。何ぞ其《そ》れ人心の強《おず》きこと甚《はなは》だしきや。

東の京の話に、今度は移っていきます。これは地図で見ていただければ、だいたいどのへんかというのはおわかりいただけると思います。四条より北のほうは、人家が密集して、人口稠密《ちゅうみつ》なところであるというわけです。

だんだん読んでいくと、何だか『方丈記』の文章のヒントになったような語句があちこち見えてくるはずです。軒を連ね、貧しき家の傍《かたわ》らにある者が恐れおののいて、弱い小鳥が強い鷹《たか》や鷲《わし》の傍らにいるようなものだとか、そういう譬《たと》えや文章は『方丈記』の中にすでにありました。これは東の京のほうの有り様を書いたところです。

且夫《またそ》れ河辺野外《やがい》、啻《ただ》に屋《いえ》を比《なら》べ戸を比べたるのみに非《あら》ず。兼復《また》田となり畠《はた》となる。老圃《ろうほ》は永《なが》く地《ところ》を得て畝《うね》を開き、老農《ろうのう》は便《すなわ》ち河を堰《せ》きて田に漑《そそ》ぐ。比年《ひねん》水有り、流溢《ながれあふ》れ堤《つつみ》絶ゆ。防河《ぼうか》の官《つかさ》、昨日其の功《こう》を称《たた》へられ、今日其の破《やぶれ》に任す。洛陽城《らくようじょう》の人、殆《ほとほと》に魚となるべきか。窃《ひそか》に格文《きゃくぶん》を見るに、鴨河の西は、唯崇親院《ただすうしんいん》の田を耕《たがや》すことのみを免《ゆる》し、自余《じよ》は皆悉《ことごと》くに禁断す。水害有るを以《も》ちてなり。加以《しかのみならず》東河北野《とうかほくや》は四郊《しこう》の一つなり。天子時《とき》を迎へたまふ場《にわ》にして、行幸《いでま》したまふ地《ところ》なり。人有りて縦《たと》ひ居らむと欲《おも》ひ耕さむと欲ふとも、有司《ゆうし》何ぞ禁《いさ》めざらむ制《とど》めざらむや。若《も》し庶人《しょじん》の遊戯《ゆうぎ》することを謂《い》はば、夏天納涼《かてんのうりょう》の客、已《すで》に小鮎《こあゆ》を漁《すなど》る涯《きし》無く、秋風遊猟《ゆうりょう》の士、又小鷹《こたか》を臂《ひじ》にする野無し。夫《そ》れ京の外は時《よりより》に争ひて住まひ、京の内は日《ひび》に陵遅《りょうち》す。彼の坊城《ぼうじょう》の南の面《つら》は、荒蕪眇々《こうぶびょうびょう》、秀麦離々《しゅうばくりり》たり。膏腴《こうゆ》を去りて墝埆《こうかく》に就《つ》く。是《こ》れ天の然《しか》らしむるか、将《はた》人の自《みずか》ら狂《くる》ひたるか。

次には京都の郊外のほうへ目を向けていって、そこでの生活のことを書いていています。西の京はダメだ、人の住むところではなくなっている。東の京はたくさん人がいすぎて、ここも心安らかに暮らせるようなそういう場所を求めることが難しい。「彼の両京の中に、空閑の地無きか。何ぞ其れ人心の強きこと甚だしきや」ということを書いて、その次にどこかに安らかに暮らせるような、そういう場所はないものだろうか。

それで東の京の外側、西の京の外側というのでしょうか、北のほうはそんなに低湿地じゃありませんから、そっちのほうへ目を移していく。そうすると、東の京の外側というと、まず鴨川に接しているわけですね。鴨川は前にも申しましたけれども、これはしょっちゅう氾濫《はんらん》するわけで、鴨川の水と叡山《えいざん》の法師とサイコロの目とは天子といえどもどうすることもできないと嘆かれたぐらい、しょっちゅう氾濫を起こしました。現在ではそういうことはなくなっていますけれども、近世でもしょっちゅう溢《あふ》れて、東の京極《きょうごく》の辺りは洪水にさらされていました。ですからそこへ田んぼを作っても長く安定して耕作をすることはできない。治水《ちすい》の役人は今日はうまくやったといって褒《ほ》められても翌日は洪水になってしまって、それで「破に任す」と書いてありますから、知らん顔をして見ているような状態だ。洛陽城というのは東の京のことを言うのですが、東の京に住んでいる人は「殆に魚となるべきか」。しょっちゅう水に浸かっているので、それを強調して魚と同じような生活を強いられている。それで政府が出した法律などを、自分で調べてみると、鴨川の西のほうはもともと田んぼを耕すことすら許されていない。みんな禁じられている。どうしてかというと、それは水害があるからだというわけですね。それ以外のもう少し鴨川を渡って先へ進んで行くと野原がある。それは天子が狩りをしたりして遊ぶために指定されている場所だというわけです。そんなところへただの人間が入っていって、遊んだり何か獲物《えもの》を捕ったりするというようなことも、許されてはいない。だからそれは「小鮎を漁る涯無く、秋風遊猟の士、又小鷹を臂にする野無し」。鷹狩りをして鷹を連れていって、それで狩りをするようなことができるような、そういう場所もないというわけです。京都の郊外も人々の争いや競争の的《まと》になっているというわけで、そういうところで、のんびり暮らすような場所を見つけることは難しい。

これを、鴨長明の『方丈記』に比べてみると、どういうようにお感じになるでしょうか。いろいろ古典の文句などを連ねていって、漢文としての文章を整えることに相当エネルギーを使った文章ではありますが、『方丈記』と違ってまた非常に具体的に、的確に京都の町の有り様を見ている。自分が住む場所を探す目でずうっと見ているわけですから、長明が逃げてしまって日野の山奥に住んでから、京都に住んでいるなんていうのは意味がないという文章と違った迫力がここにはあるように思います。

『地亭記』の本論

次に、ここからが本論になるわけです。

予本《われもと》より居処《きよしよ》無く、上東門《じようとうもん》の人家《じんか》に寄居《ききよ》す。常に損益《そんえき》を思ひ、永住《えいじゆう》を要《もと》めず。縦《たと》ひ求むとも得《う》べからず。其の価直二三《ふたせみせ》畝千万銭のみならむや。予六条以北《よりきた》に、初めて荒地《こうち》を卜《うらな》ひ、四つの垣を築き一つの門《もん》を開く。上《かみ》は蕭 相国《しゆくしようこく》が窮僻《きゆうへき》の地《ところ》を択《えら》び、下は仲 長統《ちゆうちようとう》が清曠《せいこう》の居を慕《した》ふ。地方都盧《すべて》十《とせ》有余《あまり》畝。隆《たか》きに就《つ》きては小山《しようざん》を為《つく》り、窪《くぼ》に遇《あ》ひては小池《しようち》を穿《うが》つ。池の西に小堂《しようどう》を置《す》ゑて弥陀《みだ》を安《お》き、池の東に小閣《しようかく》を開きて書籍を納《おさ》め、池の北に低屋《ていおく》を起てて妻子を著《つ》く。凡《およ》そ屋舎《おくしや》十が四、池水九が三、菜園八が二、芹田《きんでん》七が一。其の外緑松《りよくしよう》の島、白沙《はくさ》の汀《みぎわ》、紅鯉白鷺《こうりはくろ》、小橋《しょうきょう》小船。平生《へいぜい》好む所、尽《ことごと》くに其の中に在り。況《いわ》むや春は東岸《とうがん》の柳有り、細煙嫋娜《さいえんどうだ》たり。夏は北《ほく》戸《こ》の竹有り、清風颯然《さつぜん》たり。秋は西窓《せいそう》の月有りて、書《ふみ》を披《ひら》くべし。冬は南簷《なんえん》の日有りて、背《せなか》を炙《あぶ》るべし。

自分はもともとそんなに高位高官、大貴族の生まれではないので、立派な住む場所があったわけではない。上東門の傍らにあった家に寄寓《きぐう》していた。それは借りて住んでいたということでしょうか。それで常に損益を思い、家の住み方についてあれこれあくせくと思い煩い、永住できるような場所を求めることができなかったというのでしょうか。これは地価が高くて、自分のような貴族といえども、中・下級貴族が好ましいと思うような宅地を求めることはできなかった。

それで六条より北の辺りにというのですから、六条通りの北というのでしょうか、京都の町の貴族が主に住んでいた場所からいうと南のほうになります。二条、三条、四条という辺りが大きな貴族の家があったわけです。光源氏《ひかるげんじ》の六条邸というのは六条にある。六条にも貴族の家がなかったわけではありませんが、そこに「初めて荒地を卜ひ」四方に垣をめぐらして門を建てた。

「上は蕭相国が窮僻の地を択び、下は仲長統が清曠の居を慕ふ」。後漢の時代の政治家の住み方や家の造り方を真似て、そういうささやかな家を構えた。「地方都盧十有余畝。隆きに就きては小山を為り、窪に遇ひては小池を穿つ」。その土地は一〇畝余りだ。かなり広いです。それでその敷地は凸凹《でこぼこ》になっていて、高いところには小山を造り、築山《つきやま》を造る。低い部分には、それをもう少し低くして池にする。池の西に小さなお堂を造って阿弥陀如来を置いた。池の西側に、西は阿弥陀の方角ですから、極楽は西のほうにある。池の東側に小さな書庫をこしらえた。慶滋保胤は、詩や文章を作ることによって貴族社会で生きているわけですから、職業上、生活の糧《かて》として本はどうしても必要だ。そこでそういう書庫を建てた。池を中心にして西に阿弥陀堂を造って、池の東に書庫を造って、池の北に低い家を建てる。小さな家を建ててそこに妻子を住まわせた。寝殿造《しんでんづくり》の定型でいうと、池があって、池の北に寝殿《しんでん》があって、寝殿の北に北《きた》の対《たい》というのがあって、東の対、西の対というのがあって、渡殿《わたどの》があって、釣殿《つりどの》とか泉殿《いずみどの》というのがある。そういうかたちですね。ですから池の北側に居住部分を造る。池の西と東に阿弥陀堂と書庫を造る。

「凡そ屋舎十が四、池水九が三、菜園八が二、芹田七が一」で、広さというのでしょうか、池の水九のうちの三と、全体の広さの割合が書いてあります。屋舎は一〇分の四ぐらいというのでしょうか。まあそういう広さが書いてあって、菜園がある。それから芹が生えるような、そういう水気の多い田んぼみたいな部分がある。非常に小さいけれども、いろいろ一応必要なものは整っていて、池の中の島には緑の常磐《ときわ》の松が生えている。それから池の岸は白い砂を配した部分もある。池の周りは単調ではなくて、荒磯みたいな部分があったり、高い岩で造ってあったり、小石が並んでいる洲浜《すはま》のような海岸があったり、いろいろな池の岸を造るわけですね。白砂青松というか、いろいろ池にも工夫がしてある。「紅鯉白鷺」と、池に鯉《こい》がいて、鷺《さぎ》も飛んでくる。その池には橋が掛かっていて小さな舟が浮かべてあって、一応舟に乗って池の真ん中にある島に行くこともできる。そういう貴族の大邸宅にあるような、そういう道具立てが一応自分の家の中にはあるというわけです。池にはそういう設備が整っている。

「況むや春は東岸の柳有り、細煙嫋娜たり。夏は北戸の竹有り、清風颯然たり。秋は西窓の月有りて、書を披くべし。冬は南簷の日有りて、背を炙るべし」。東岸、西岸、柳なんとかというのは、これもみんな白楽天《はくらくてん》の詩などによっている文章ですけれども、春には池の傍らの柳の新緑を楽しむことができる。それで夏には竹の間をさやさや吹いてくる風の音で涼しさを感ずることもできる。秋には月を眺めて読書にふける。冬は日向ぼっこをする。そういう場所がそろっていて、まあまあ住んでいる場所として自分は満足しているというわけです。

予行年漸《われこうねんようや》く五旬《ごじゅん》に垂《なんなんと》して、適《たまさか》に少宅《しょうたく》を有《たも》てり。蝸《かたつむり》は其の舎《いえ》に安《やす》むじ、虱《しらみ》は其の縫《ぬいめ》を楽しぶ。鷃《かやくき》は小枝《しょうし》に住みて、鄧林《とうりん》の大きことを望まず。蛙《かえる》は曲井《きょくせい》に在りて、滄海《そうかい》の寛《ひろ》きことを知らず。家《いえ》主職《ぬししょく》は柱下《ちゅうか》に在りと雖《いえど》も、心は山中に住まふが如し。官爵《かんしゃく》は運命に任《まか》す、天の工《たくみひと》均し。寿夭《じゅよう》は乾《けん》坤《こん》に付く、丘《きゅう》が禱《いのり》久し。人の風鵬《ふうほう》たるを楽《ねが》はず、人の霧豹《むひょう》たるを楽《ねが》はず。膝《ひざ》を屈《かが》め腰を折りて、媚《こび》を王侯将相《おうこうしょうしょう》に求めむことを要《ねが》はず、又言《ことば》を避《さ》り色を避りて、蹤《あと》を深山幽谷《しんざんゆうこく》に刊《きざ》まむことを要はず。朝に在りては身暫《しばら》く王事《おうじ》に随《したが》ひ、家に在りては心永《なが》く仏那《ぶつだ》に帰《よ》る。予《われ》出ては青草《せいそう》の袍《ころも》有り。位卑《くらいいや》しと雖《いえど》も職尚《しょくなお》し貴し。入りては白紵《はくちょ》の被《ふすま》有り、春よりも暄《あたた》かく雪よりも潔《きよ》し。盥漱《かんそう》して初めて、西堂《せいどう》に参り、弥陀《みだ》を念じ、法華《ほっけ》を読む。飯飡《はんさん》して後に、東閣《とうかく》に入り、書巻《しょかん》を開き、古賢《こけん》に逢ふ。夫《そ》れ漢の文皇帝異代《ぶんこうていいだい》の主《しゅ》たるは、倹約を好みて人民を安むずるを以ちてなり。唐の白楽天異代の師たるは、詩句に長けて仏法に帰《よ》れるを以ちてなり。晋朝《しんちょう》の七賢異代《しちけんいだい》の友たるは、身は朝《ちょう》に在りて志《こころざし》は隠《いん》に在るを以ちてなり。予賢主《われけんしゅ》に遇《あ》ひ、賢師《けんし》に遇ひ、賢友《けんゆう》に遇ふ。一日三遇《さんぐう》有り、一生三楽《さんごう》をなす。近代人の世の事、一つも恋ふべきこと無し。人の師たる者は、貴きを先《さき》にし富めるを先にし、文《ふみ》を以《も》ちて次《ついで》とせず、師無きに如かず。人の友たる者は、勢を以ちてし利を以ちてし、淡を以ちて交はらず、友無きに如かず。予《われ》門を杜《とざ》し戸を閉ぢ、独《ひと》り吟《ぎん》じ独り詠《えい》ず。若《も》し余興《よきょう》有れば、

以は糞《くそ》まり

児童《わらわ》と少船《おぶね》に乗り、舷《ふなばた》を叩き棹《さお》を鼓《うご》かす。若《も》し余暇《よか》有れば、僮僕《しもべ》を呼ばひ後園《こうえん》に入り、以《あるい》は糞《くそ》まり以は濯《そそ》ぐ。我吾《わ》が宅《いえ》を愛し、其の佗《ほか》を知らず。

私は歳ようやく五十に近くなって、たまさかにというのでしょうか、たまたま運がよくて小さい住宅を持つことができた。「蝸は其の舎に安むじ、虱は其の縫を楽しぶ。鷃は小枝に住みて、鄧林の大きことを望まず。蛙は曲井に在りて、滄海の寛きことを知らず」。蝸牛《かたつむり》とか寄居《ごうな》とか鶚《みさご》とかいうのはみんな『方丈記』の中に出てくるのですが、虱《しらみ》と書いたのではやっぱり美しくない。そういうのが省いてあるところが『方丈記』の人気のあるところかもしれませんけれども、そういう譬《たと》えとなっています。それで、蛙は小さな井戸の中にいて海の広いことを知らない。

「家主職は柱下に在りと雖も」、「家主職」は注を見ると、内記《ないき》と書いてあります。日本の律令政府には大蔵《おおくら》とか兵部《ひょうぶ》とか刑部《ぎょうぶ》とか民部《みんぶ》とかという八つの省がありまして、その中心になっている省に中務省《なかつかさしょう》というのがあります。その中務省の書記官のような仕事が内記です。天皇が貴族たちに位《くらい》を授けることは位記《いき》を授けることになりますが、そういう文章を作ったり、あるいは天皇のところから出ていくいろいろな文書の草案を作ったりする仕事です。ですから、政府の中心の部分の書記局というのでしょうか、文書課というのでしょうか、そういうところの役人だったわけです。

律令の政府に左大臣・右大臣というのがあって、こういうものをいちばん上で統括しているところを太政官《だじょうかん》といいます。太政官の下にさっき言ったような八つの省があるのですが、太政官直属の事務局の長官を少納言《しょうなごん》といいまして、少納言局というのが太政官事務局なんです。この少納言局の書記官みたいな仕事をやる人のことを外記《げき》といいます。これは内と外と対になっていまして、執行府《しっこうふ》——行政をやってるほうの政府の書記局にあたる部分——が外記局です。大外記、少外記、中外記というようなのがあります。それから、天皇の文章などを作る中務省の書記局にあたるのが内記です。その内記を中国の官職にあてていうと、それを柱下《ちゅうか》というのです。

自分はそういう政府の文書課みたいなところにいて、天皇が出す文書の草案を作ったりするような仕事をしている。行政府としては位は低くても、中心部分にいるわけですね。しかし自分は官位や爵禄《しゃくろく》みたいなものがだんだん上がっていって、貰う給料が増えるとか、地位が上がるとか、そういうようなことは運に任せている。天運に任せていてあくせくしない。自分の寿命というのでしょうか、いつまで生きられるかといったようなことも、それも宇宙の理に任せている。「丘《きゅう》」というのは孔子のことですね。孔子様が言っているように、そういうことは人間があくせくしてもどうしようもないので、天運に任せて暮らしている。「人の風鵬《ふうほう》たるを楽《ねが》はず、人の霧豹《むひょう》たるを楽はず」。要するに大きく出世していって世の中で時めくような、そういう地位にあることを自分は願ってはいない。

五十にしてようやく得ることができたこの小さな住まいの平和を乱したくない。それ以上のことを願って心の平安を乱すことは求めない。そういう心境を述べているわけです。阿弥陀堂を建てているぐらいですから浄土教に深い関心を寄せていまして、だんだんこれがこうじていって、こんなことを書いているにもかかわらず四年後には出家して、この家を捨ててしまうということになるわけです。

自分自身の生活をかえりみて、これでいいのだということを書いているわけです。西の堂に参って弥陀を念じて法華を読む。そういうことによって仏教の真理に近づくことができる。書庫に行って、好ましい本を読む。いにしえの聖賢に逢うことができる。貧しくはあるけれども、世間の望みを絶って暮らしている。それはかつて晋《しん》の時代にいた竹林七賢《ちくりんのしちけん》を友として暮らしているようなものだというわけです。「予賢主に遇ひ」というのは、倹約を好んだ漢の文帝《ぶんてい》を慕ってこういう暮らしをしているという意味です。それから賢師というのは白楽天ですね。賢友というのは竹林七賢ですけれども、そういう人に心を通わせて、この暮らしをしているというわけです。

そういうところで何ものにもとらわれない安心自足の生活をしている。「児童《わらわ》と少船《おぶね》に乗り……」とあります。『方丈記』にも小童が出てきますけれど、『池亭記』などからの連想の文だと思います。それで、いちばん最後のところなのですが、

応和《おうわ》以来《よりこのかた》、世人《せじん》好みて豊屋《ほうおく》峻宇《しゅんう》を起《た》て、殆《ほとほと》に節《せつ》に山《やま》ゑり梲《せつ》に藻《えが》くに至る。其の費《ついえ》巨千万にならむとするに、其の住まふこと纔《わずか》に二三年《ふたみとせ》なり。古人の云へらく、「造れる者居らず」といへり。誠なるかな斯《こ》の言《こと》。予《われ》暮歯《ぼし》に及びて、少宅《しょうたく》を開き起《た》つ。諸《こ》れを身に取り分《ぶん》に量《はか》るに、誠に奢盛《しゃせい》なり。上《かみ》は天を畏《おそ》り、下《しも》は人に愧《は》づ。亦猶行人《またなおこうじん》の旅宿《りょしゅく》を造《つく》り、老蚕《ろうさん》の独繭《どくけん》を成すがごとし。其の住まふこと幾時《いくとき》ぞ。嗟呼《ああ》、聖賢の家を造る、民を費《ついや》さず鬼を労《つから》さず。仁義を以《も》ちて棟梁となし、礼法を以ちて柱礎《ちゅうそ》となし、道徳を以ちて門戸《もんこ》となし、慈愛を以ちて垣墻《えんしゅう》となし、好倹《こうけん》を以ちて家事《かじ》となし、積善《せきぜん》以ちて家資《かし》となす。其の中に居る者は、火も焼くこと能《あた》はず、風も倒すこと能はず。妖《わざわい》も呈《あらわ》ることを得ず。災《わざわい》も来《きた》ることを得ず。鬼神《きしん》も窺《うかが》ふべからず、盗賊《とうぞく》も犯《おか》すべからず。其の家自《おのずか》らに富み、其の主《あるじ》是れ寿《ひさ》し。官位永《なが》く保ち、子孫相《あい》承《う》けむ。慎《つつ》まざるべけむや。天元《てんげん》五載《ごねん》、孟冬《もうとう》十月、家主《やぬし》保胤《やすたね》、自《みずか》ら作り自ら書《しる》す。

というふうに、自分の家のことを、満足で立派なものでこれ以上を望むことがあろうかと述べたうえで、

最後によくよく考えてみると、これでも相応かもしれない。そもそも人の住処というものはどういうものか。儒教の経典などには、聖賢（昔の優《すぐ》れた帝王や賢人）が、人の煩《わずら》いにならないように自分の家を営む暮らし方についていろいろ説かれている。自分自身自らを戒《いまし》め、心の支えにして暮らしていくべきであろう。最後は、儒教的な倹約や、民と智者との関係など、儒教の中に出てくるいろんな道徳思想を持ち出して、自らを戒めて文章を結んでいるということになります。『池亭記』というのは、こういう内容を持っています。

文章の端々《はしばし》の言葉遣いをみますと、明らかに『方丈記』は『池亭記』を下敷きにしています。書き方とか、文章の構成というのでしょうか、全体の持っていき方、つまり、家を建てて、住んでいる家の中身を説明して、そこへ住んでいる人間の心情を説いて、世の中の人に対して自分自身の感想を述べ、家に対する考え方が正しいものであることを主張する。最後にただ満足しているという自己主張ではなくて、もう一度反省して終わる。そのあたりも全体の構造は『方丈記』とたいへんよく似ています。しかし『方丈記』はかなり仏教的な色彩が強いわけですし、『方丈記』の締めくくりの部分と、『池亭記』の締めくくりの部分というのは、似ているようで非常に違います。その違いを考えて、『方丈記』の文学史的な位置というのでしょうか、思想史的な位置を説明をしたいと思っています。

建前から本音へ

その前に、余計な説明をしておきたいと思います。さっき貴族たちは漢文で文章を書くというふうに述べました。きちんと整った漢文の文章を書くことが、貴族として必須の条件だったわけで、みんな一生懸命そういう勉強をしたわけです。その勉強の内容が時代とともに少しずつ変わっていって、初めは儒教の思想とか哲学とか政治思想とかを一生懸命やったのですが、だんだんそういうものをやらなくなって、歴史になり、やがて文学作品を鑑賞するといったようなかたちになっていった。平安時代に入ってしばらくすると、漢文に対して、仮名《かな》で文章を書くというのが、貴族社会に広まっていきます。平安時代の中期になると、仮名文字を、漢文の本を読む時の読みのためのメモに使われていた符牒《ふちょう》だとか、あるいは漢文で書かれた文章の横に自分の心覚えを書くとかいった時に使うだけではなくて、仮名文字だけでまとまった文章を書くというようになっていきました。仮名文字はご存じのとおり、発音どおりに連ねていけば一応は文章は書けるわけですから、日本語の文章を仮名文字によって書いていくことができたわけです。

漢文というのは外来の文化ですから、外国から輸入したものです。建前《たてまえ》としては、日本社会では法律も漢文でできているし、歴史も漢文で書かれるというように、みんな中国に学んで作られたものですから、漢文のほうが仮名文学に比べるとずっと価値が高いというか、公的な性格を持っています。仮名文字は、それに対して非常に私的なものにしか使われなかった。私的な手紙とか和歌とかを書いて、自分の心を相手に伝えることが仮名文字の役割だったわけです。

当時、こういう建前を支えていたものが、漢才《からざえ》といったような言葉で説かれました。漢才に対して、私的な仮名文字で文章を書いて中に込められる心というのでしょうか、その心のあり方、そういうものを大和心《やまとごころ》とか大和魂というような言葉で言います。大和魂というのは、近代になってずいぶん平安時代とは違う意味で使われるようになったのですが、もともとは自分自身の内なる心を大事にして、それによって臨機応変に行動することを言いました。漢才・漢心《からごころ》というのは、自分の外側に何か原理があって、それにしたがって行動する原理原則主義のようなものを言いました。ですから、これは当時の言葉で、そういうのを義理《ぎり》という言葉でも言いました。義理というのは、江戸時代の近松《ちかまつ》などに出てくる義理人情の義理とまた違うのです。そうではなくて建前の原理原則を重んずる。自分自身の外に何か天の意志があったりしてそれにしたがって生きていくような、そういうものの考え方を義理と言いました。漢才義理といったような言葉はずうっと一連のものです。それで、いわば私的な心情というのでしょうか、建前じゃなくて自分の本音《ほんね》というのでしょうか、それを重んずるようなものの考え方がだんだん出てくるようになりました。

平安時代の初めは奈良時代から続いて建前のほうが強かったのですが、平安時代の中ごろにこういうものが自覚されるようになって、本音がだんだん強くなってくるわけですね。建前側の考え方だと、人間はかくあるべきものだ、人間はかくあらねばならない、それが儒教の経典にこう書いてあるから、それはそうなんだ、世の中の秩序はかくあるべきであり、親と子との関係というのは孝の道徳によってこうあらなければならない、といったような説明になっていきます。旧仮名で書くと、「あるべきやう」が盛んに言われる。それに対して、そうじゃなくて、「あるがまま」ということに関心を示すことがあらわれてきました。「あるがまま」というのと「あるべきやう」というのは、平安時代の終わりごろに比叡山の坊さんたちが言ったわけで、「あるがまま」というのは己《おのれ》のあり方を見つめて、汝《なんじ》自らを知れといったような考え方につながっていきます。とにかく「あるべき」と「あるがまま」といったような二つの考え方が対立してくるようになります。

日記・物語文学の精神

こういう考え方がだんだん強くなって、日記文学とか物語文学というものが出てくることになりました。人間というのは、そんな「あるべきやう」で生きているのではない。人間というのは非常に心弱いものであって、これが「もののあわれ」という考え方につながっていくことになります。非常に涙もろくて頼りにならず、儚《はかな》い感情というのが人間の本質なんだ、それを見逃してしまって、あるべき秩序ばかり考えていても、それでは人間は捉えられないというのが女流日記文学や物語文学の精神です。

『源氏物語』の中に「蛍《ほたる》」という帖がありまして、その中で紫式部自身が登場人物に物語論を語らせているところがあります。物語というものはいったいどういうものか、登場人物が議論するのですが、物語の反対に持ち出されているのが日本紀《にほんぎ》でして――日本紀というのは『日本書紀』のことではなくて、漢文で書かれた国家の歴史のことを指しています――、六国史《りっこくし》というふうにいいます。日本紀なんていうのは形は堂々としてよく整っていて、国家のことが広く書かれている立派な本だけれども、いくら読んだってそこに人間の真実はないではないか。それに比べて物語には、男と女が泣いたり笑ったり恨《うら》んだり、そういう話ばかりしか出てこないけれども、実はそこに人間の真実がある。人間の有り様というものの本質は実はそういうことなのだ。だから物語というものこそ人間の真実を写したものなのだという趣旨です。そういう物語論が『源氏物語』の中にあるのですが、「あるべきやう」の方は作為というのでしょうか、天がつくったとか、孔子《こうし》様が定めたとか、そういうことで秩序が決まっている。そうじゃなくて、「あるがまま」の方は人間の自然な姿が書かれていて、それが本質なんだ。その本質に目を覆って、建前とか作為されたあるべき姿とかだけ論じていても、それは人間を捉えたことにならないし、人間の本質を見極めたことにもならない。そういう主張なのです。

これは平安時代の中ごろから鎌倉時代の初めにかけて、貴族社会でずうっとこういう二つのものが対立しながら、あるがままの方が強くなっていく。しかし、それが強くなっていくと、私的な心情ばかりが表面化していきますから、社会の秩序を支える精神はどんどん衰退していくわけです。貴族社会それ自身が解体していくことと、こういうものの考え方の動きというのは重なりあって出てくることになります。

『池亭記』から『方丈記』の世界へ

さらにこれが進んでいき、人間の内面をよくよく見極めるとどういうことになるかという問いが、鎌倉時代の仏教の中に、今度は文学の問題ではなくて思想や宗教の問題として出てくることになります。それはどういうことかというと、仏と人間というのがあり、仏をどういうふうに考えるのか、人間をどういうふうに考えるのかということになるのですが、これは大雑把に言うと、平安時代以前の仏教では、仏と人間というのが連続的に捉えられていまして、人間が一歩一歩努力して、毎日毎日修行する、たとえば今日もお経を読んでわかるようになった部分がある、そういう努力を続けていくと一歩一歩人間が仏に近づいていくことができる。それで究極には、いつか人間が仏になるというように、人間と仏とが、わりに近いかたちで捉えられているわけです。それを仏教の言葉ではいろいろな言い方をするのですが、たとえば仏性《ぶっしょう》といったような言葉で仏の本質を説明します。人間はみんな仏性というのを持っているが、ただし人間の周りには余計な煩悩《ぼんのう》がぐるぐるまつわりついていて、煩悩がとっても強くて深いと仏性は外から見えないというか、輝きが外へでないわけです。煩悩によって汚され覆い隠されていると人間は仏からとても遠い存在のように見える。ではどうしたらいいかというと、難行《なんぎょう》や苦行《くぎょう》や修行《しゅぎょう》や学問などによって、少しずつこれを削り取っていく。あるいは知識・学問を積むことによって、できるだけ透明にしていく。

削ったり透明度を高めたりしていけば、外からこれが見えるようになる。仏性の輝きが外に出るようになる。そうするとだんだん人間は仏にあと一歩というところまでなるわけです。

ですから平安時代の仏教では、仏というのは人間の努力目標です。人間の中で、いちばん抽象的な慈悲が仏だ。では、仏というのはどういうものかと考えると、人間の中から汚《けが》らわしさとか嫌《いや》らしさとか醜《みにく》さとか、マイナスの部分をどんどん削り取っていって、最後に残るものだろう。人間的な感情をできるだけ修行や努力によって否定していって、削りとっていく状態が仏だということになります。

仏像をみると、仏というのは男でも女でもなく、男とか女とかいうような差別を超越している。それから仏像の中でも、天とか菩薩《ぼさつ》とかいうのはだいぶ人間に近いような表情をしています。ところが如来《にょらい》という仏像は、みんな目を開けているのか瞑《つむ》っているのかよくわからない。新薬師寺の薬師如来のように目玉が大きくて、異様な感じのする如来像もありますけれども、あれは目の病気を直してくださいと祈るために造った仏像だからああいう格好をしているわけで、如来像というのはみんな非常に無表情です。着ているものもとても簡単で、すうっと掛けているだけだ。身にアクセサリーを一つも付けてないわけですね。それで人を救ったことを嬉しいというように思うと、それは自分が人を救ったことにとらわれているので、何ものにもとらわれてない絶対の慈悲をかたちで表そうとすると、ああいうように眠ったような無表情な表情しかありようがない。人を救おうという願いをたてて、そういう救う対象を探して、救った時に嬉しいと思うというのは、まだ仏の境地に到達していないわけです。人間の中からそういう嫌らしさとか、汚らわしさとか、そういうものをどんどん削りとっていって、抽象的な姿で表したのが仏像というか如来像だということになります。

これは、人間が一歩一歩努力していけば仏になれるという前提に立っているわけですね。人間の中に仏性というものがある。ところが、自然なあるがままの人間をじっと見つめていると、人間というのは本質的に汚らわしく醜い面を持っている。それはどうしたって、そこから逃れられないのではないかということになります。あるべきご立派な人間などというのは、それは建前で言うことで、実はそうではない。人間は心が弱くて、頼りなくて、さまざまな誘惑に誘われて罪を犯してしまう、そういうものだ。

それが仏教の問題になりますと、果たして人間の中に仏性があるだろうかという話になってきます。親鸞《しんらん》も法然《ほうねん》も、人間のあるがままの姿を徹底的に見つめる。自虐的なまでに人間の内面を見つめていく。そうすると仏性はないかもしれない。あっても芥子粒《けしつぶ》みたいなものかもしれない。いくら一生懸命自分で育てたって、周りを削り取ったって、それで仏になれるような、そんなものは人間の内面にないのではないかという話になってきます。そうすると人間と仏が連続的に何か一本の道で結ばれていて、毎日毎日良いことをして努力していると、仏に一歩一歩近づいていって最後は仏になれるなんていう関係はもうなくなってしまう。逆に言うと人間はどんどんダメになっていって、仏のほうが絶対的に高く上がっていくということになります。仏と人間との関係が両極に分解していく。それで人間は自分の力では仏になれないかもしれない、いや絶対なれないんだという話になっていくわけです。そういうふうに考えるようになる背景は、平安時代の中ごろから百何十年かかって貴族社会に広まっていきました。

そうすると、人間と仏との関係は、人間が努力して仏になることはできないわけですから、仏の力にすがって人間は極楽に行く以外に方法がない。浄土教はそういう中で発展していくわけです。人間と仏とが両極にどんどん分かれてしまう。そうすると間に橋も架けられない。平安時代でいうと、人間のいちばん理想的な姿が仏です。人間の中からマイナス要因を削っていって、プラスの面をどんどん拡大していくと、ああいう美しい仏ができる。仏は人間の姿をしているわけですが、それは人間の中のそういうマイナス要因を削って削って、その果てが仏という格好になるわけです。

ところが、仏と人間が両極に分けられてしまうと、人間は仏がどんなものか、もう想像することもできない。仏は光みたいなもので、仏がどんな姿をしているかということを考えることは人間にはできない。仏の姿形を言うなと、親鸞が繰り返し言います。光を見ればそこで目がつぶれるわけですから、人間は見ることができない。仏がどういうものかということを知ることもできない、見ることもできない、考えることもできない、そうすると仏と人間との間は、どうやって関係がつけられるのかという話になります。それで法然や親鸞は、遠く、絶対の彼方《かなた》にある仏に対して、人間は仏の名前をただひたすらに呼び続けることによって、仏と人間との緊張を保つ以外に方法はないのだと説いていくわけです。

仏教とか宗教という問題に置き換えられていくと、以上のようになります。「あるがまま」の人間を見ていくと、「あるべきやう」の典型が仏だという考えからは遠いのだという話になる。そうすると、『池亭記』も阿弥陀如来を西の堂に祀っているのですけれども、『方丈記』はもうちょっと濃厚に阿弥陀信仰的な世界に傾いています。『方丈記』はいちばん最後に、『池亭記』のように儒教のお説教を持ち出して自分を戒めるのではなくて、南無阿弥陀仏《なむあみだぶつ》と二、三遍称えて終わるということになります。それが、仏教や文学や思想の歴史の中で、いったいどういうところにあるのだろうかというのが、最後の問題だと思うのです。

六　日本人の人生哲学

1　『方丈記』と仏教

『方丈記』のむすび

『本朝文粋《ほんちょうもんずい》』に入っている『池亭記《ちていき》』を読んだわけですが、内容はそんなに難解なところはなかったと思います。一〇〇〇年以上前に、京都の町で暮らしていた人間のことを考えた方も少なくないのではないかと思います。慶滋保胤《よししげのやすたね》は学問があって文学的な才能にも恵まれていて、それなりに世間では重宝《ちょうほう》がられた人物だったわけですけれども、都の中でやっと小さな家を手に入れることができて、その思いを書いたのが『池亭記』という作品だったわけです。慶滋保胤は、広い意味では鴨《かも》氏の同族で、鴨長明も、想像ですけれども、同族意識というか他の貴族知識人に対してよりは親しみを持っていて、『池亭記』という文章を下敷きにして『方丈記』を書いたのだと思います。文章もたいへんよく似ていましたし、全体の主張も重なるところが多かったわけです。ただ『池亭記』のほうは、自分が都にそれなりの住処《すみか》を得て、それで満足しているということが書いてあるのですが、実際にはその家を建てて、そこで暮らして間もなく出家して、その家も捨ててしまった。そのあとは、『往生要集《おうじょうようしゅう》』に説かれているようなことを実践するような浄土教の結社をつくって、信仰の新しい生活に入っていったわけです。『池亭記』には、そこの部分のことは何も書かれていないわけですが、『方丈記』はいちばん最後に、短い文章が付け加わっています。これが『方丈記』全段の締めくくりになっていまして、そこの部分の解釈をめぐっては昔からいろいろなことが言われていて、そう簡単に読みが確定できないのですが、まずざっと眺めてみることにします。

〔三五〕そもそも、一期《いちご》の月影傾《つきかげかたぶ》きて、余算《よさん》の山の端《は》に近し。たちまちに三途《さんず》の闇《やみ》に向かはんとす。何の業《わざ》をかかこたんとする。仏の教へ給ふおもむきは、事に触れて、執心《しゅうしん》なかれとなり。今、草庵を愛するも、とがとす。閑寂《かんせき》に着するも、障《さわ》りなるべし。いかが、要《よう》なき楽しみを述べて、あたら時を過《す》ぐさん。

三途の闇

ここが『方丈記』全体の締めくくりです。意味をたどっていきます。「そもそも、一期の月影傾きて、余算の山の端に近し」は、角川文庫の注に「月が傾くように、わが一生も終わりに近く、余命も少なくなった」という訳がついています。補注を見ますと、「眺むれば月傾きぬ哀《あわ》れ我が此世《このよ》の程もかばかりぞかし」「われもまた山の端《は》近し有明《ありあけ》の月をあはれと眺めせしまに」という、『後拾遺集《ごしゅういしゅう》』や『続古今集《ぞくこきんしゅう》』の歌が、似たような発想の歌だとしてあがっています。有明の月が西の空へ傾いていって山に沈む。平安時代の終わりのころから西というのは極楽浄土《ごくらくじょうど》のある方向ですから、西の海に沈む太陽を眺めて極楽を思うとか、あるいは西の山の端にかかる月を見て、極楽の有り様を想像するといったようなことは、阿弥陀浄土教を信ずる人たちの間で、自分の心を託した歌や文章として、始終でてくるわけです。これもそういう文章になっていまして、「一期の月影傾きて」、自分の一生も終わりに近づいてきて、残りの寿命もいくばくもなくなってきた。月がだんだん傾いていって、山の稜線にもうふれようとしている。

「たちまちに三途の闇に向かはんとす」。実際に死んで極楽浄土に迎えとられれば、それは浄土にいって蓮台《れんだい》の上に座ることができるわけでしょうが、もしそうでなければ三途の闇に落ちてしまう。三途の闇というのにも、注がありまして、三悪道《さんあくどう》のことを三途という。三途の川というのは地獄に落ちていく時に途中で越える川で、そこの川岸に鬼がいるとか、着物をはぎ取る鬼婆《おにばば》のようなのがいるとか、地獄絵などにも出てくる話です。三途の川は、瀬が三つある三瀬川《みつせがわ》といったりします。それを渡って次の世へ行くわけですけれども、六道《ろくどう》というのがありまして、地獄《じごく》・餓鬼《がき》・畜生《ちくしょう》・修羅《しゅら》・人・天、その六つの世界を輪廻転生《りんねてんしょう》して次々に生まれ変わる。

仏教では生まれること、生きることということのは苦しみですから、六道を輪廻するのは苦しみの世界です。六道をぐるぐる循環している。その順序で回っているわけではありませんが、地獄から餓鬼に行ってまた地獄に落ちるとか、人間に生まれたけれども次は畜生道に落ちるとか、そういうところを次々に輪廻転生していくというのが仏教以前からのインドの考え方で、仏教の中にもそれがいろいろなかたちで取り込まれています。それで六道を輪廻していく、つまり生きるという苦しみから、救われるというのでしょうか、その六道輪廻の循環から飛びだしてしまって、もう六道の中に生まれてこないことが仏教でいう悟りとか救いとか涅槃《ねはん》とかということになります。次々に罪をつくり業《ごう》をかさねることによって、次の世界へ次の世界へと生まれ変わっていく。そういう生まれ変わっていく原因になるようなものを業と言いますが、それを全部焼きつくして滅ぼしてしまうことをニルヴァーナと言います。ニルヴァーナとは、焼きつくす、焼き滅ぼす、燃えつきて自然に火が消えていく状態で、それを涅槃というのです。次の世界へ生まれていく原因を全部焼きつくして、滅ぼしつくしてしまう。それは、もう生まれないことを意味しますから、それが救いになるわけですけれども、普通はそれがなかなか難しく永劫《えいごう》に生を繰り返していく。それ自体が苦しみだというのが仏教の思想の一つです。その六道という六つの世界の中で、いちばん苦しい世界が地獄です。その上の層に餓鬼があって、その上に畜生があって、その上が修羅道で、その上が人間が暮らしている世界。その上に天というのがありますけれども、これは天国とか浄土とかというのではなくて、やはり争いがあったりなんかする、人間の世界よりはもうちょっとましですけれども、そういう六つの世界を考えます。三途は六道の中の下の三つをいう。それを三悪道とか三悪趣《さんあくしゅ》と言ったりします。それが火と刀と血というのでしょうか、いずれも苦しみや争いや罪を表すシンボルですけれども、そういうものの道だと言われて、それを三途と言うのです。

この世の生を終えて、この世の自分の行いをつらつら考えるに、決して善根《ぜんこん》を施《ほどこ》して良いことばかりはやっていない。必ずや三悪趣、三悪道に落ちるであろう。そういうことを一方では考えるわけですから、極楽への成仏《じょうぶつ》を願いながらも「たちまちに三途の闇に向かはんとす」という、文章表現がでてきます。それは自分でどうすることもできない。もう一生の終わりごろになって、いまさら反省しても、いまさら何か行いを正してみてもはじまらないわけで、それで「何の業をかかこたんとする」という、自分がいままでやったこと、自分が積んださまざまな行いをいまさら嘆いてみても、反省してみてもはじまらない。いったいこの年になって何の業を嘆いたり、愚痴《ぐち》をこぼしたりするということがあるのだろうか、というのがこの最後の章の書き出しです。

仏の教え

その次ですが、「仏の教へ給ふおもむきは」は、六道を輪廻して苦しみの中に沈淪《ちんりん》している生命のあり方からどうやったら救われるか、仏がいろんなことをお教えくださった、と述べます。その要諦《ようたい》というのでしょうか、基本的な問題点は、物事に執着をしてはならない、物事にとらわれてはならない、ということです。物事にとらわれることによって、業というのでしょうか、罪を犯したり、次の世にまた生まれていく種が蒔かれるわけです。自分自身に執着する、そういうのを我《が》執《しゅう》という。それから、その他、さまざまな問題に心をとらわれる。そうすることによって、自分が次々に、さまざまな罪を作り、悪業を重ねていくことになる。だから、仏教の八万四千もあるといわれているさまざまな教えの中の根本は、あらゆることに対して、執心・執着の心というものを捨てる、捨てては捨てる、そういうことが根本なのだと長明は言うわけです。

そういうことを考えてみると、『方丈記』の後段のところで、自分が日野山の林の中に建てた方丈の草庵というのは、人から見れば哀れな小屋に見えるかもしれないけれども、自分はこれに満足している。それは金殿玉楼《きんでんぎょくろう》や、たまの装《よそお》いや、たまの床に比べれば貧しい。そこに住んでいるのは恥ずかしいことのように思われるかもしれないけれども、自分はそれなりに満足しているということを、一生懸命『方丈記』の後段で言ってきました。自分としては、その草庵を愛していることを述べてきたわけです。

「今、草庵を愛するも、とがとす」。万事にとらわれてはいけない、執着してはいけない、ということをだんだん突きつめていくと、自分自身の生というのでしょうか、生きるということに対する執着も捨てなくてはいけないという話になりますが、ここではそういうことまでは問題にしてはいません。当面はずうっと自分が住んでいる住処のことを論じてきたわけですから、住処がだんだん小さくなっていって、何の価値もないようなものに世の中の人には見えるかもしれないけれども、自分はそれで満足だと言ってきた。そういう自分自身の方丈の草庵を、これが好ましい、こんないいところはないとそれ自体が咎《とが》である。自分があらゆる執着から解放されて、涅槃寂静《ねはんじゃくじょう》の境地というのでしょうか、仏の境地に近づいていくということから考えれば、家の大きさや小ささは問題ではないので、住んでいる家にどれぐらい執心しているかということが問題だ。だから草庵を愛するのも、自分が成仏し救われることの妨げになるということをそこで言います。

執着から離れる

もう少し考えてみると、「閑寂《かんじゃく》に着するも、障りなるべし」。静かな環境、人里離れたところで長閑《のどか》に暮らす。人里離れたところを求め続けて、そういう生活を実現しようという強い意志を持つことも、それも考えてみれば執着以外の何ものでもないというわけです。閑居《かんきょ》は中世の遁世者が好んで使った言葉ですけれども、そういう方丈の長閑な閑居を求め続けることも、これも仏の教えを実践し、真理に近づくための障害であるかもしれない。それで、さらにもう一歩先まで進めて考えまして、「いかが、要なき楽しみを述べて、あたら時を過ぐさん」。仏の教えの立場からみると、まったく本質からはずれた何の益体もないことだ。山林の生活が長閑だとか、このあたりに時々現れる小さな子供を相手にして栗を拾ったり、蕨《わらび》を採ったりしていれば、これで長閑だと言って、そういう楽しみを述べることも、これは楽しみに執着して、まったく無益なことではないかというわけです。

以上のように、ちょっと反省みたいなことが書いてあるのが、〔三五〕段です。これが、結末の序の部分ということになると思います。結局、あらゆる執着から離れた仏というのは何ものにもとらわれない。自分自身が人を救った、衆生を救済したということにもとらわれない。救ったから満足であるとか、救ったから嬉しいと思うのは、それは菩薩までの位の心のあり方なので、完全な悟りを開いた仏の立場でいうと、人を救ったから嬉しいとか満足であるということからもすでに超越してしまって、自分が人を救ったことにとらわれてはならないわけです。

そういうわけで、考えてみるといままで述べてきたことはまったく罪のもとになるような話だ。自分が独りでそういうことを楽しんでいるだけならまだしも、それをわざわざこういう何千字も文字を書き連ねて書き、いろいろ文章の表現で苦心惨憺《くしんさんたん》する、あるいはそれを人に読んでもらおうと考えたりすること自体、いったい何の意味があるだろうかという話になります。日本の中世の言葉や文章を弄《もてあそ》んだ人たちの間では、そういう反省みたいな心の翳《かげ》りがありまして、それを狂言綺語というふうに言います。「きょうげんきご」というのでしょうが、読み癖で「きょうげんきぎょ」というふうに言います。すべて、文章を書いたりすることは、言葉の戯《たわむ》れである。「綺」というのは「いろい」とか「てらい」とか、真実から離れたことですけれども、文章の遊び、文章の営みというのはすべてそういうものだ。もうちょっとそういうのが禅宗《ぜんしゅう》風になっていくと、真実のことは言葉では表現できず、直観で心と心の間で伝えられていくといったような考え方も、どこかで根っこでつながっているところがあります。平安時代の終わりごろから狂言綺語の文学観というのが日本の文学史の中に現れてきまして、それでいたずらに言葉と文字を弄んで時を過ごすこと、一生を費やすことは、それは仏の教えとか、仏の道に背くことであるという考え方が鎌倉時代にはありました。有名なのは、紫式部が『源氏物語』という大きな作品を書いて、ありもしない嘘ばかり書いたので、死んだあと地獄に落ちた、それで紫式部のために供養をすることが鎌倉時代の後半から盛んになり、たくさんの人が参加したわけです。長明の「いかが、要なき楽しみを述べて、あたら時を過ぐさん」というのは、そういう考え方につながる文章です。鎌倉時代にはこういうことが盛んにいわれて、説話集や随筆などの中には、同じような主旨の文章がいくらでも出てまいります。

2 『方丈記』の結論

真夜中の思惟

それでいよいよ〔三六〕段の結論のところに入るわけです。

〔三六〕静《しず》かなる暁《あかつき》、このことわりを思ひつづけて、みづから心に問《と》ひて曰《いわ》く、世をのがれて、山林にまじはるは、心を修《おさ》めて、道を行《おこな》はんとなり。しかるを、汝《なんじ》、姿は聖人《しょうにん》にて、心は濁《にご》りに染めり。栖《すみか》はすなはち、浄名居士《じょうみょうこじ》の跡《あと》をけがせりといへども、保つところは、僅《わず》かに周利槃特《しゅりはんどく》が行ひにだに及ばず。もしこれ、貧賤《ひんせん》の報《ほう》のみづから悩ますか。はたまた、妄心《もうしん》のいたりて、狂《きょう》せるか。その時、心さらに答ふる事なし。ただ、かたはらに舌根《ぜっこん》をやとひて、不請《ふしょう》の阿弥陀仏、両三遍《りょうさんべん》申して、やみぬ。

〔三七〕時に、建暦《けんりゃく》の二年《ふたとせ》、弥生《やよい》のつごもりごろ、桑門《そうもん》の蓮胤《れんいん》、外山《とやま》の庵《いおり》にして、これを記す。

暁という言葉は、近代の日本語では何となく白々《しらじら》と明けてきて、明るい、お日様の光がもう射しはじめた、そういう時間を暁というふうにいうのだという理解です。暁という言葉の理解がどうもそういうふうになって、何となく白々と明けそめる、そういう東雲《しののめ》が、暁という言葉のイメージとして受け取られているようですけれども、そうではなくて、そのもう少し前の時間帯です。夜が明けるその前の、まだ暗い時間を暁というふうに古語では言うようです。「このことわりを思ひつづけて」、いろいろ自分の一生の来し方、行く末というのでしょうか、自分が一生どういうことをやって、徒《いたず》らにこの世の時を過ごしたかといったようなことをいろいろ思い続ける。ますます目が覚めて眠れなくなる。年をとって、そういう老いの寝覚《ねざ》めとかといったような言葉も中世の文学にはしょっちゅう出てきますが、たいへん眠りが浅くなって、ちょっとしたことですぐ目が覚める。そうすると再びもう深い眠りに入れなくなる。そういう老いの寝覚めの心を慰めるために、自分の生涯をいろいろ思い続けていろいろなことを考える。

そういう書き出しで始まる中世の文章はたくさんあります。今は照明器具その他が発達してきて、夜でも昼間と同じように過ごせる。夜と昼の境目がはっきりしなくなり、真夜中に本を読んだり、ものを書いたりする人がたいへん増えているわけですけれども、照明具の発達していない古代や中世の人間は真夜中は静かに眠っていたと考えられるかというと、それはそうでもないのです。どうも人間が自分の一生のことを考えたり、世の中と自分との関わりについてさまざまな思いをいたしたりしたのは、特に中世の人にとってはそれはみんな真夜中であったように思います。若い人は自分の一生がどうだったかなどということをいろいろ考えてみて、眠れなくなるということはあまりないわけですが、年をとるとこれから先自分がどうなるか、死んだあとに自分の魂がどうなるかといったようなことについてさまざまなことを考える。それはどうも昼間のことではなくて、真夜中のことであったようです。『愚管抄《ぐかんしょう》』という中世の歴史書も、その序文みたいなところは、そういう書き出しで始まっています。年をとって自分の寿命も残りわずかになった。年をとるにつれて夜の眠りも浅くなって、ふと目が覚めるといろいろなことが思いあわされる。歴史というものの意味や、歴史というのがいったい何かということを、おのずから思わせられるようになる。そういう時に眠れない夜の自分の心をなぐさめるために一生懸命考え続けたことを書いて、この『愚管抄』という本はできたのだということを、いちばん最初の序文に書いています。

その他、『愚迷発心集《ぐめいほっしんしゅう》』のように、やはり夜半の寝覚めの床の上で自分のことをいろいろ考えて、涙を流しながら心に浮かんだことを書き連ねたという序文を持っている本もあります。私も三〇年近く、中世の平安時代から室町時代ぐらいまでの古文書《こもんじょ》、聖教《しょうぎょう》というのでしょうか、坊さんやいろんな人たちが書き残したものの目録を作ったり、資料を整理したりする仕事に参加しているのですが、そういうのを見ていますと、意外に夜中に写経したものが少なくありません。写したあとには「何年何月何日、書写し了《おわ》んぬ」と、奥書を書きまして、全部それを書き写す仕事を終えます。自分の名前や年齢などを書くことがありますが、そういう中に、書き終わったらすでに暁に及んでいた。疲れた目をこすり、涙をぬぐいながら、書写を終えたら夜が明けたといったようなことを奥書の中に書いているものが少なくないのです。灯火というのが今に比べるとずっと不便ですから、お経を写すのは昼間にやればいいように思うのですが、意外に真夜中に徹夜みたいなかたちで写経をすることが多いのです。何も書いてないのにも、きっとそういうのが多いと思うのです。やっぱり古代や中世の人間にとっては、昼の時間、真昼の時間というのは世俗の時間でして、日が暮れてから日が昇るまでの夜が神や仏と対する時間、あるいは自分の一生について深刻に思いをいたす時間であったのではないかと私は想像しています。ですから大事なお経を写すのも――昼よりも不便があり、灯火を夜中焚《た》けば油などでお金もかかったと思いますけれども――、夜中に行うことが中世の人にとってむしろ自然だったのではないかという気がいたします。

夜の意味

夕方のことを「ゆうべ」というふうに言います。今日の夕方のことは「ゆうべ」とは普通は言わず、「ゆうべ」は、昨日の夕方、昨日の夜の入口の時間のことを言います。つまり日が沈んだところから新しい一日が始まるわけで、新しい一日の初めの時間が、これが神や仏の神聖な時間なのです。太陽が昇ってから世俗の時間になって、それが日の入りのところで終わる。ですから、一日の始まりというのは日の入りから始まった。だんだんそれが変わってきまして、江戸時代ぐらいになるとお日様が昇るところから一日の始まりといったようなのが庶民の生活の中にも入ってきたようです。しかしだいたいは大晦日《おおみそか》の日が暮れたところから、新しい年が始まるという暮らし方が日本人の間では古い時代にはたいへん多かったのです。いまでも日本海側のほうにはそういう習慣が残っていますから、お正月の大事な御馳走《ごちそう》は、みんな大晦日の日が暮れてから夜に食べる。元日の朝は寝て暮らすという習慣が実際に残っているところも少なくありません。

それはここと関係がない話ですが、やはり夜というのはそういう意味ではかなり重要な意味を持っていまして、ここも「このことわりを思ひつづけて、みづから心に問ひて曰く」ということを行うのが暁だというのは、それなりの意味があるように私は思います。昼間にこんなことを考えていたのでは、やっぱりダメです。こういうことは夜、真夜中に、独り静かに神や仏と対して考える種類のことであるようです。中世の人にとっては、現代の人間が考える以上にそうだった。

聖と聖人

「世をのがれて、山林にまじはるは、心を修めて、道を行はんとなり」。そもそも自分は京都の町に住んでいて、大きな家を構えていた。それから大原に逃れて、大原からさらに日野の山奥に来た。何のためにそういうことをしたかというと、表向きは仏道を実践するために、道を行うために、世を捨てた。ところがよくよく考えてみると、「姿は聖人にて、心は濁りに染めり」。

この、聖人というのを「しょうにん」というふうに読むか、「ひじり」と読むかについてもいろいろな人が議論をしています。角川文庫の注にも「外の形は僧侶であって、内の心はけがれにそまっている」と解釈しますが、広本系の諸本では「ひじりににて」というふうに書いてあるものが多い。聖人という言葉を「ひじり」というふうに読ませているのです。角川文庫は「しょうにん」というルビになっていますから、簗瀬氏はどちらかというと「しょうにん」という読みを採ったのだと思います。まあ、いろんな人がいろんなことを言ってまして、「姿は聖（ひじり）に似て、心は濁りに染り」と、「ひじり」と「にごり」という言葉の響きというのでしょうか、音朗が近いので、ここは「しょうにん」と読まずに「ひじり」と読むべきだと、議論をする人もいます。あるいは、ご存じの方も多いと思いますが、「聖人」という字を書いて、これを「しょうにん」というふうに言います。親鸞《しんらん》聖人、日蓮《にちれん》聖人という時には、これを使います。一遍《いっぺん》もそうですね。「法然上人」に対しては、これを使わずに、「上人」という字を書いて「ほうねんしょうにん」と言います。これは両方とも「しょうにん」と普通呼ぶわけです。『親鸞聖人全集』とか『親鸞聖人遺文集』とか、『日蓮聖人消息集』とかに出てくる親鸞・日蓮には、みんな聖の字を使います。法然に「聖」の字を使うのは、慣用からいうと誤りなのです。

もとはこれをどうして「ひじり」と読むようになったのか、ということも厳密にはいろいろわからないことがあるのですが、たとえば「ひじり」に「日知り」という字を当てる。昔、明治節《めいじせつ》の歌に、「ひじりのきみのあらわれまして」というのがありました。「聖の君」と、天皇に対して使う敬称としても、

「ひじり」ということがあります。それは昔の「日知り」というのは、暦をつかさどり、農耕などさまざまな社会全体の動きを把握していて、世の中を動かしていくために不可欠のことだったのです。そういう世の中を支配する力、神聖な能力のことを、日知りといって、そういう力を持っている人に奉る称号であった。これが、『古事記』や『日本書紀』など神話に出てくる日知りという言葉の説明です。普通、注釈書などにはそういうことが書いてあります。

それで仏教が入ってきまして、あるいは中国からさまざまな暦のもっともっと高い知識が入ってきまして、昔からあった日本の原始的・伝統的な暦の観念が少しずつ変わっていきました。暦をつかさどる役人たち――陰陽師《おんみょうじ》とか天文博士《てんもんはかせ》とか暦博士とか――の上に天皇が君臨するようなかたちで律令制度ができました。しかし、民間にはそういう呪術師《じゆじゆつし》というのでしょうか、マジシャン、魔法使いみたいなのがたくさんいました。そういう人たちがだんだん聖という言葉で呼ばれるようになったらしいのです。民間にいる行者《ぎようじや》・占い師・祈禱師《きとうし》がどうも平安時代以降、一般に聖という言葉で呼ばれるようになりました。ところが宗教的な行為にたずさわる、あるいは人間を超えたものに触れたり関係をつけたりする能力を持っている代表的な人間は、平安時代・鎌倉時代でいうと、それは仏教の坊さんです。正式で文化的にも価値の高い祈禱師・占い師でした。古代や中世では、祈禱師・占い師が病気を治す医者でもありましたし、あるいは、さまざまな精神療法みたいなのをほどこして人を救うことも行いました。そういう中でいちばん価値の高いというのでしょうか、社会的にも権威のあるのが正式な僧侶ですから、たいへんみんなから尊敬もされるし、国家からも保護されている。民間のそういう占い師とか行者とかいうような人たちも、仏教に近づいて、仏教的な呪文を使ったり、あるいは正式の坊さんのような恰好《かつこう》はしないでも、坊さんを真似たような道具を使ったり衣を着たりするようになりました。そういう民間にいる行者――昔からの原始的な信仰の系譜をひいている行者――と、正式の僧侶とがだんだん近づいてくるというか、少し似た部分を持つようになりました。

これも前に言いましたが、比叡山みたいなところで、中枢から外れてしまった人間が、東塔や西塔が嫌になって横川《よかわ》に行く。横川も嫌になってまた谷へ降りていく。谷からまた外れて大原みたいな別所《べっしょ》にいて庶民と接触する。中枢から外れていく人たちと、もともと外にいた人たちとが、いつの間にかとけあってくるようになります。それで、そういう人たちのことをみんな聖というふうに呼んだのです。聖という言葉は、非常に中身が茫洋《ぼうよう》として摑《つか》みにくいのですが、正規の僧侶とはちょっと違う。国家が保護したり貴族がついていて安定したりしている寺院から抜け出した。そういうところから、脱落したり、自分で出てしまったりした僧侶のことを聖という。あるいはもともと仏教とあまり関係ないのですが、民間でそういう医療行為をやったり、人を救ったり、社会事業みたいなものに入っていたり、あるいは死者を供養して死体を処理したりするような、そういう人たちもみんな聖というふうに呼ばれるようになりました。

そうではない聖もたくさんいます。そういう人たちにみんな「聖人」の字を当てます。日蓮とか親鸞とかは「聖人」と書く。それは日蓮や親鸞はそういう意味で聖的な性格がたいへん強いからなのです。法然という人は、天台宗《てんだいしゅう》の勉強をとてもよくやって、智恵第一の法然房《ほうねんぼう》というふうに呼ばれた。それで比叡山から降りてきて、京都の町で布教《ふきょう》して、お終いは政府から罰せられて四国に追放されるといったような目にもあいましたけれども、しかし親鸞や日蓮に比べると、ずうっと正規の坊さんに近い暮らしをしました。生涯そういう立場を守り続けたわけです。ですから、法然は聖というふうには言わない。それで、法然に対する敬称は、「お上人様」とか「上人」とか、こちらの字を使います。

ちょっと脇道にそれましたけれども、「姿は聖人にて」は、ほかの広本によると「聖人にて、心は濁りに染り」というふうになっているものがあります。「姿は聖人《しょうにん》にて、心は濁りに染り」あるいは「姿は聖人《ひじり》にて、心は濁りに染り」というのと、「姿は聖人ににて」と「に」がもう一つ入るのと、ちょっと微妙にニュアンスが変わってきます。

長明自身は正式の僧侶というか、戒律を守ってきちんと仏教の勉強をやってといったような、そういう僧侶ではないのです。仏教というのは、やっぱり中世の人間にとっても厄介で複雑で難解な教えですから、五十くらいになって出家して仏教をマスターするなんてことは到底不可能だ。だいたい十歳前から寺子になって小僧を務めて、長い間修行をしてたくさんのお経を丸暗記して、そういう修練を経てようやく専門のプロの坊さんになれる。長明はそうではないのです。ですからいわば聖みたいなものだ。だから姿は聖で、「心は濁りに染り」というふうに言っている。あるいは聖のようで、心は罪や穢れにまつわりつかれているといったようなことを、ここでは言っているわけです。

正式の僧侶と聖と、やはり姿もちょっと違っていたらしくて、最近は中世の絵巻物などを歴史の史料として、人々の生活やなんかを考えることがたいへん盛んになりました。絵巻物の中で坊さんの恰好をしている人――頭を丸めて俗人と違う服装をしている人間――をずうっと調べていきますと、どうも僧侶の系統の人たちと、聖の系統の人たちの間で、衣の色や衣の仕立て方が違っていたらしいということがいわれるようになりました。ですから、ここでは、そういう聖の姿をしていて、そして心も行い澄まして、煩悩《ぼんのう》を断ち切っているといったような状態には到底到達していない、非常に中途半端でかたちだけ整っているけれども、心の修練はできていないということを言っているわけです。ただ、この聖人とか聖とかいっても、さっき言いましたけれども、横川の聖のようなのも聖、源信僧都《げんしんそうず》のようなのも聖というふうに呼ばれたこともあるわけですから、どういう聖をここではイメージしたらいいのかということについては、『方丈記』の注釈者の間でいろいろ意見が分かれています。

居士と『維摩経』

その次に「栖《すみか》はすなはち、浄名居士《じょうみょうこじ》の跡をけがせりといへども、保つところは、僅《わず》かに周利槃特《しゅりはんどく》が行ひにだに及ばず」という、仏教の経典を引き合いにだした譬えがでてきます。自分が住んでいる方丈の草庵は、浄名居士のかたちをしているというわけです。浄名居士には、「維摩の方丈の小室をまねているけれども」という角川文庫の注があります。補注を見ますと、もう少し詳く書かれていまして、浄名居士というのは維摩《ゆいま》のことだ。それで、居士というのは在家のままで仏教を修行する者。禅宗では居士というのを戒名《かいみょう》に使ったりいたします。出家しないで在家のままで仏道を修行している人、仏教に共鳴して本を読んだりお坊さんを助けたりしている、それが居士です。それで、維摩は釈迦在世の当時、中印度《インド》、毘耶離城《びやりじょう》の、サンスクリットでバイシャーリと言いますが、そこの毘耶離城という都市国家のお金持ちでした。方丈の小室に住み、在家のままで大乗菩《だいじょうぼ》薩《さつ》の行業を修し、無生忍《むしょうにん》を得、また弁才無礙《べんざいむげ》であった。このことを説いた『維摩経《ゆいまきょう》』は、わが国にも広く流布しました。それですから、『方丈記』のこのいちばん最後の部分は、『維摩経』のパロディーだという説が昔からあるのです。ちょっと『維摩経』について説明をしておきたいと思います。

『維摩経』というお経の主人公は、維摩詰《ゆいまきつ》という名前です。ヴィマラキールティという、これがサンスクリットの名前で、罪・穢《けが》れを洗い清める、そういう意味です。垢《あか》を離れること、罪・穢れ・垢を捨て去ることを意訳して、浄名居士と言います。それからヴィマラキールティを、そのまま漢字の音で訳すと、維摩詰という名前になります。ですから浄名というのはヴィマラキールティの意訳です。それから後に詰の字が省略されて維摩になりました。いろんな訳がありますが、ヴィマラキッという名前で出てくるお経もあります。浄名という名前と、それから維摩あるいは維摩詰という名前が、日本では一般に知られています。罪や穢れを捨てさること、人間存在にまつわりついている垢を取り除くこと、それはそれ自体仏の教えであり菩薩の行いでありますから、維摩詰という人物に託して書かれたこのお経は、仏教の思想の根本を表した経典だというように言われています。

現在、サンスクリットの原典は失われてしまい残っていません。チベット語に翻訳《ほんやく》されたものが残っているだけです。中国で早くから翻訳されまして、いちばん早い翻訳は三世紀のころに支謙という人が訳して、『維摩詰経』という名前で一般に知られているのがあります。四世紀のころ、中国に西域《さいいき》のほうから来た鳩摩羅什《くまらじゅう》という人がいます。クマーラジーバというのがもとの名前ですけれども、中国では漢字を宛てて「くまらじゅう」というふうに言っています。羅什三蔵《らじゅうさんぞう》とも言います。この人はインドのお経を中国語に翻訳した天才で、たくさんの経典を訳しました。中国では、何百年にわたってインドの経典が翻訳し続けられたのですが、これがその一つの頂点をなしています。四世紀の後半から五世紀の初めにかけて、次々に経典を翻訳した人なのですが、鳩摩羅什が訳したお経のことを一般に旧訳《くやく》と言っています。現在、『法華経』というお経は日本で非常に広く読まれていて、『法華経』を暗記している人がたくさんいますし、現代でも『法華経』の信者というのはたくさんいるんですが、この『妙法蓮《みょうほうれん》華経《げきょう》』は、鳩摩羅什の訳です。そのほかにも法華経の訳はあるのですが、鳩摩羅什の訳は非常に漢文として美しい。それで、声を出して読んだりするのに、とっても適しているものですから、中国でも日本でもこの人の翻訳はとても人気がありました。

それで『維摩経』も、クマーラジーバの訳が一般に広まりました。仏教の経典を翻訳した大翻訳家というのは何人もいるのですが、これと並ぶ訳経事業の大人物に玄奘《げんじょう》という人がいます。玄奘は孫悟空《そんごくう》なんかと一緒に出てくる三蔵法師《さんぞうほうし》として、のちに『西遊記《さいゆうき》』の登場人物になりました。この人がちょうど日本でいうと大化改新《たいかのかいしん》が起こったころに、唐の都長安《ちょうあん》でたくさんの経典を翻訳しました。この人を頂点にする時期の訳のことを新訳と言っています。言語的にいうと、玄奘の訳のほうが正確で、翻訳は正しい訳が多いのですが、どうもやっぱり朗々と読みあげたりするには、鳩摩羅什の訳のほうがいい面が多いため、その後現代でも広く読まれているということになります。

『維摩経』の内容

いまこういう漢訳の仏典を集めているいちばん大きな叢書を『大正新修大蔵《たいしょうしんしゅうだいぞう》経《きょう》』といいます。中身は三段組になっており、訳された経典は二一冊あります。それが日本に伝わってきた仏典です。律というのが四冊ありまして、そのほかに論というのがやっぱり八冊ばかりあります。それ全部で、三蔵とか大蔵経、一切経《いっさいきょう》というふうに呼んだわけです。そのほかにこういうものの注釈書などが、インドでも中国でも書かれまして、この『大正新修大蔵経』に入って全部で八五冊あります。それを大蔵経といっているわけですが、『維摩経』というのは、その第一四巻に入っています。

初めのほうに「維摩詰所説方便品第二」というのが、出てきます。大乗仏教のお経というのは、ほとんど同じような書き出しになっています。「にょーぜーがーもん」というのですが、「是の如く我聞き」。「一時」というのはある時ですね。仏が毘耶離城に坐しまし し時、これは場所によって舎衛国《しゃえいこく》などというこ とになります。釈迦は弟子を連れてインドのいろんなところを転々と渡り歩きました。それでいろいろなところで説法をしたということになっているわけです。漢訳仏典の決まり文句ですけれども、お釈迦様がある時、ある場所でした説教を釈迦の弟子が記録するわけです。それである時、釈迦が毘耶離城にお出ましになった。どんな弟子がついていたかと、舎利弗《しゃりほつ》・阿難陀《あなんだ》などという名前がずっと出てきます。そしてその他、お釈迦様の教えを聞こうとして何千、何万の人が集まってきた。お経の初めは、いちばん最初にそういう舞台の描写みたいなのがありまして、それから壇上《だんじょう》に釈迦が登場し、わかりやすく深遠《しんえん》な教えを説く。話がお終いになったあと、誰か質問があるかと問うと、釈迦の弟子の中で舎利弗などという頭のいい代表的な弟子が、「お話はよくわかりましたが、ここのところだけはわかりません、どうしたらいいでしょうか」などと言います。そうすると、釈迦がなかなかお前はいい質問をしたというので、ちょっと補足の説明をする。それでみんな満足して、じゃあ今日のお話はいよいよこれでお終いと、釈迦が壇上から降りると、みんなお釈迦様の教えを聴いてお釈迦様を褒めたたえながらその場を去りました、とお経は終わるわけです。

大乗《だいじょう》仏教のお経というのは、だいたいみんなこういう形です。大乗仏教の経典は紀元前後ぐらいですけれども、紀元前一世紀から紀元後一世紀ぐらいの間に主な経典ができました。その時代のインドで発達した劇の台本のかたちをとっています。いちばん最初、お釈迦様が登場して、こういう話を今日は取り上げたいというふうに言う。そういうのを書いてあるのが序で、あとは何々品《ぼん》というふうに、話題にしたがって章の名前が付いています。これを何々章というふうには言わずに、仏教のお経では何々品という言い方をします。今日は、罪・穢れを取り除くことについて話をしたいというふうに、最初のところでいうわけです。それで、八千の比丘《びく》が処方を受け、教えを聞きたいと集まっていた。それからいよいよ本論に入ります。それが「維摩詰所説経」。維摩詰が説いたところのお経という、ヴィマラキールティのお経の第二章の名前です。それでお釈迦様が方便《ほうべん》——何かわかりやすい譬え——を引いて今日の説法をする。その譬えの取り方を説明するのが方便品というところになります。

『維摩経』の初めのところをちょっと見ます。「その時、毘耶離の大城の中に、長者あり。名を維摩詰と名付く。既にかつて無量の諸仏を供養して、よく善本をうえ無生忍を得て、弁才無礙なり」。その時、このお城の中に維摩詰という名前の長者がいる。維摩詰長者は、数えきれないくらいたくさんの仏を供養して、よい功徳を積んできた。無生忍の「にん」というのは、忍という字が書いてありますけれども、認の字と同じです。認めるという意味です。無生というのは、もう生まれ変わることがない。それが無生なんですね。先ほど言いましたけれども、生まれるということは苦しみのもとですから、生まれ変わることがな

図26　維摩（法華寺所蔵）

い、無生というのは悟りの境地という意味です。仏法の真理を悟って、悟りつくした、悟りを開いたというのが無生忍です。無生であることを認める、知る、そういう境地です。それで維摩詰という人は、無生忍の境地に到達して、弁才・心・言葉ともに優れ、弁才は遮《さえぎ》るものがなくて「神通《じんつう》に遊戯《ゆげ》して、諸《もろもろ》の総持《そうじ》に逮《およ》び、無所畏《むしょい》をえて、魔の労怨《ろうおん》を下し、深き法門に入る」。こんな町の中にこんな偉い人がいるんだと、今日はヴィマラキールティについてお話をしましょうというふうに、釈迦が言うわけですね。そこで実際に維摩詰が登場してきて、お経の中でたくさんの人たちと次々に問答を交わすということになります。そういう書き方になっているわけです。『維摩経』というお経は、聖徳太子《しょうとくたいし》の「三経義疏《さんぎょうぎしょ》」というものの中の一つにありまして、『維摩経』の注釈書を聖徳太子が書いたということになっていますが、これはどうも本当ではなさそうで、よくわかりません。ただ奈良時代には『維摩経』の義疏を聖徳太子が書いたという伝説はすでに信じられていました。『維摩経』は日本でもたいへん広く知られたお経でした。

その『維摩経』の中を読んでも、維摩という人が方丈の庵に住んでいたとは、どこにも書いてありません。けれどもこれもいつの間にか伝説になったらしくて、維摩は方丈に住んでいた。方丈というのはお坊さんが修行する時に住んでいる場所の意味で使われるようになりましたから、維摩という人は出家じゃなくて居士なんですが、もともと長者ですから立派な家に住んでいたらしいのです。お経の中ではそういう書き方になっています。ただ、いくらお金持ちでも、一人の人間が住んでいる家ですから、維摩の家に何千人、何万人という人が集まってくることはできないはずなのですが、そこはお経のお経たる所以で、維摩の家に何千人、何万人という人が入って、それで維摩と仏たちの問答をみんな固唾《かたず》を呑んで聞いているという場面が、『維摩経』の中には出てきます。

それで、維摩の家というのは、『今昔物語集《こんじゃくものがたりしゅう》』などいろいろなものの中に出てきまして、維摩の方丈という言葉は、平安時代にはそういう熟語みたいになって、かなり知られていました。ですから、『維摩経』をていねいに読めば、そこに方丈なんて言葉は出てこないのですが、それを鴨長明の理解不足だったと言う必要はないと思います。普通、そういうふうに考えられていた。それで先ほど読んだところのもうちょっと先に、維摩が白い衣を着て出てくるのです。維摩の生活ぶりなどもちょっと書いてあります。この第二品というところが維摩を紹介しているわけですね。維摩が登場してきまして、「私は少しはいい事をしたけれども、まだまだだいたらない。いま病気になっている」と言います。それでいろいろな菩薩たちが維摩のところへお見舞いに来るのです。お見舞いに来た菩薩たちと維摩とが次々に問答を交わします。それが『維摩経』の筋なんです。心の病を克服するためにはどうしたらいいか、恋の病を克服するにはどうしたらいいか。病というのは、罪・穢れから悟りにいたるための譬えなのですが、優れた菩薩が次々に維摩と問答をして論破《ろんぱ》されていく。在家の居士が仏・菩薩を次々に論破するのですから、読んでいるほうはなかなか痛快なわけです。そういう点でもたいへん人気のある経典でした。

維摩会と僧侶

奈良の都で仏教の行事がいろいろ行われました。そういう行事を法会《ほうえ》といいますが、維摩会《ゆいまえ》という法会があります。毎年十月の十日から七日間、奈良の興福寺《こうふくじ》で『維摩経』を講義して、『維摩経』の内容を議論する儀式が行われます。

薬師寺で行われた最勝会《さいしょうえ》と、宮中の御斎会《ごさいえ》というのと、それから興福寺で行われた維摩会というのが、南都《なんと》の三大会と言われ、奈良時代から平安時代の初めくらいまで、仏教のたいへん大きな行事でした。中でもこの維摩会では、お坊さんが教義問答をして、それを通過することによって正式のお坊さんとして認められる。そのためにいちばん重要な儀式だとされていました。維摩会のお坊さん志願者がそこへ来て、教義問答、口頭試問を受けるわけです。出題者のことを探題《たんだい》と言います。この探題という言葉は、のちに鎌倉幕府に取り入れられて、六波羅《ろくはら》探題とか鎮西《ちんぜい》探題とかの役職になりました。探題というのは出題者のことですね。探題というのはたいへん重要な役で、今年の維摩会でどういう問題を出すかということを決める人です。それで問者《もんじゃ》というのがいまして、それが口頭試問をする。口頭試問を受けるほうを竪者《りっしゃ》といいます。壇の上にあがってお前は『維摩経』のここの部分を何と解釈するか。それに対して答えるわけです。そういうことが中世になっても興福寺では行われていました。だいぶん変わっていると思いますけれども、いまでも残っています。維摩会のそういう中心の部分は残っていまして、国立劇場の小劇場などで、奈良から来てやったりします。問者と竪者との間で問答が行われ、判者《はんじゃ》というのがいて、合格だとか不合格だとかいうのを決めるわけです。その問答は、いまは非常に形骸化・形式化しているので、特にそう思うのですが、謡曲《ようきょく》の節回《ふしまわ》しとそっくりです。節をつけて、朗々と「して何々の心は何ぞ」というふうに言う。「何々と言っぱ何々……」というふうに答えるわけです。能で、登場者が自分の身上というか、われこそは何々というのを明らかにするような部分に、論議《ろんぎ》という部分があります。謡本には片仮名で「ロンギ」と書かれていまして、乗地《のりじ》というので節がついたようなかたちで語るところがあるのですが、これはやっぱり維摩会などの論義の節回しが、そのまま謡曲の中に残っているのです。維摩会とか、その他、南都の法会をもし何かの機会があってご覧になれば、能楽《のうがく》というのが仏教の儀式から出てきたということがよくわかります。そっくりの部分があります。維摩会はそういう意味で、僧侶にとってもたいへん重要な仏法の法要でしたから、『維摩経』は貴族社会でも広く知られた経典で、『法華経』と並んでたいへん人気のあった経典なのです。

それで、維摩詰というのは、弁舌さわやかで、どんな人が来てもたちどころにやっつけてしまう。ですから知識人貴族なんかに人気が高く、面白くてたまらない。いろんな注釈書が出ております。

長明と維摩居士

『方丈記』に戻りますけれども、「栖はすなはち、浄名居士の跡をけがせりといへども」というのは、浄名居士が方丈に住んでいたという、そういう伝説の上に立っての話です。自分は浄名居士（維摩居士）のような生活をしている。けれども維摩居士のように善根をほどこし、悟りを開いて菩薩にも負けないような、そういう境地に到達しているものとは到底いえない。

「僅かに周利槃特《しゆりはんどく》が行ひにだに及ばず」。周利槃特というのも、これもチューダンパンタカという、インドの名前です。チューダンパンタカを音写で、中国の漢訳仏典では周利槃特の四つの漢字で表します。お釈迦様の弟子になったけれどもとっても鈍《にぶ》くて、いくら言っても釈迦の真意が理解できない。それで何遍も絶望しかけるんですけれども、お釈迦様が塵《ちり》を払って垢《あか》を捨てるという、そういう言葉だけを何とかして覚えこませた。それで、チューダンパンタカというのは毎日毎日塵を払って、垢を捨てるという、その言葉だけを覚えたものですから、それを毎日毎日称え続けているうちに、自分より頭の良かった兄よりも先に悟りを開いた。そういう人物です。それで、自分は維摩居士にかたちだけは似せてみたもののかなわない。もっと考えてみると周利槃特の行いにも及ばない。鴨長明が方丈で暮らしている自分の境地、精神的な境地をそういうふうに反省をしてみた。

「もしこれ、貧賤の報のみづから悩ますか」。どうしてここへ貧賤という言葉が出てくるのか、ちょっと唐突な感じもしますけれども、そういう世間のいろんなつまらない雑事にとらわれて、自分は生涯を送ってきて、落ちぶれて貧しい暮らしをした。そういうことが今だに何か自分の回りにとりついていて、心を落ちついて静かな悟りの境地に到達できない。そういうことなのであろうか。「はたまた、妄心《もうしん》のいたりて、狂せるか」。また、自分はこうやって静かな山の中の草庵で暮らしているけれども、まだまだ悟りきれない。そういう煩悩が時々パッと燃え上がって、それでこういうつまらないことをいろいろ考えて思い悩むのであろうか。そういうふうに考えてみると、「その時、心さらに答ふる事なし」。「答ふる事なし」という言葉について、これは『方丈記』のいちばん最後の言葉ですから、いろんな解釈が昔からあるわけです。そうなってみると、自分はもう一言もない。何の弁解の余地もない。というのが普通の解釈だろうと思います。もっと深遠な意味を持たせた解釈もたくさんあります。

「ただ、かたはらに舌根《ぜっこん》をやとひて、不請《ふしょう》の阿弥陀仏、両三遍《りょうさんべん》申して、やみぬ」。「時に、建暦の二年」ということになります。それで、「妄心のいたりて、狂せるか。その時、心さらに答ふる事なし」。その時に、自分の本心というのでしょうか、心の中をよくよく反省してみると、そういうことに対して自分はもう弁解することもないというか、もう何もそれ以上考えることはできないというように言っているわけです。

『維摩経』の第八品のお終いを見てみると――こういうところがたいへん羅什《らじゅう》の訳はうまいのですが――、こういうのを「偈《げ》」と言います。つまり韻文《いんぶん》ですね。ゲーヤというサンスクリットの言葉の訳です。お経の中に時々、賛美歌《さんびか》のような詩がずうっと出てきますが、それは、漢訳仏典でも五字ずつの五言《ごごん》の詩で訳しているわけです。五言の詩がずうっと長く続きまして、それで『維摩経』第八草が終わる。

それから「維摩詰所説経入不二法門品第九」、ここからが第九章です。『維摩経』というのは全部で十二品あって、十二章から成り立っているのですが、この第九章というのが、『維摩経』のいちばん中心の部分なんですね。

それで、『維摩経』の第九章の書き出しをみますと、その時、「爾時《にじ》、時に維摩詰、もろもろの衆菩薩にいいて曰く。諸人はいかんぞ、菩薩不二法門《ぼさつふにほうもん》に入る。おのおの願うところにしたがって、これを説け」。維摩詰が、自分をお見舞いに来てくれた菩薩たちに向かって、こういうふうに言った。「みなさんはどうやって悟りの境地に到達しましたか。それをみんなそれぞれここでお話してください」と言った。そうすると、「会中に菩薩あり。法自在《ほうじざい》と名付く。説きて曰く」というわけで、「説いて曰く、諸人は生滅を二となす。法本と不生なり。いますなわち滅なし。この無生法忍を得る。これを不二法門に入るとなす」。もう省略しますけれども、「みなさんどうやって悟りを開いたか、あなたの悟りの境地はいってみればどういうことなのか、簡単に一言ずつしゃべってください」と維摩が言うわけです。そうすると、まず最初に法自在菩薩というのが、「物事には生と滅、ものが生じるということと、ものが滅するということがあります。これが実は、滅すると生じるというのは、二つのことではなくて一つのことなのです。私はそのことを悟った時に悟りが開けました」というふうに答えるわけです。そうするとその次に、「徳守《とくしゅ》菩薩曰く、我と我所と二つとなす」。つまり、「自分と自分がいるところと、その二つの矛盾というのが、この世の中の根本だ。そういうのが対立しないということを悟った時に、自分は仏の教えがわかりました」という意味です。みんなで三十一人の菩薩が出てきて、「何とか菩薩曰く、簡単に自分はこれとこれとにとらわれていたけれども、それを乗り越えることができた時に真理に到達しました」と、終わりまで行くわけです。それでさらに「文殊師利《もんじゅしり》曰く」というのが出てきます。ここからがいちばん最後の部分です。

それぞれ菩薩たちが説き終わった時、維摩詰は文殊師利に聞きました。「あなたは何が菩薩の入不二《にゅうふに》法門《ほうもん》であるとお思いですか」と。不二というのは二が無いわけですから、最高の絶対の教えという意味です。つまり、「菩薩が最高、絶対の教えに入るというのはどういうことだとあなたはお考えですか」という質問です。文殊師利が答えて言った。「私が思いますに、一切の法の本質は言語や説明を離れ、示すとか知られるとかいうような概念の対象となるようなものではなく、どんな問答も超えています。これが不二法門に入るということだと思います」。究極の真理を悟ることを、自分はこう思うというふうに文殊師利が言ったので、そこで文殊師利が維摩詰に問います。「私たちは、たくさんの菩薩たちが次々に答えて、それぞれ自分の考えを申しました。今度はあなたがお説きください。菩薩が不二法門に入るにはどのようにしたらよろしいのでしょうか」。その時、維摩詰は黙然《もくねん》として無言であった。これを見た文殊師利は、「真の入不二法門には文字も言語もない」と、黙って座っている維摩詰を褒めたたえた。この入不二法門の教えを聞いた菩薩たちはみな、不二法門に入って、無生法忍、最高の悟りを得ることができた。これが『維摩経』というお経のいちばんのクライマックスの部分です。

そこで文殊師利は、「時に維摩詰、黙然として言なし」という維摩詰に、「嘆じて曰く、善哉善哉《ぜんざいぜんざい》、乃至文字語言有ること無し、是真に不二法門に入るなり」ということになります。これが維摩の一黙という有名な話でして、最高の教えをあなたはどう思うかと聞かれた時に、維摩は何も答えなかった。答えないということが一つの答えだった。言葉や文字を超越しているということを無言で表したということになっているわけです。ですから、『維摩経』は禅宗でも好まれ、禅宗のお寺で読んだり講義されたりすることも比較的多いお経です。

それで、『方丈記』のほうへかえりますと、「その時、心さらに答ふる事なし」とありました。これは前のところに浄名居士云々とあるから、ここで鴨長明は自分を維摩に擬して、維摩を気取ったのだ。維摩の一黙のように、同じ境地だというのではありませんが、答えるすべもないというところで終わっているのは、『維摩経』のパロディーである。そういう『方丈記』の読み方が昔からあるのです。どちらかというと最近は、そういうことを主張する注釈者はあんまり多くないようですけれども、何か関係があるのかもしれません。

不請の念仏

いちばん最後の「かたはらに舌根をやとひて、不請の阿弥陀仏、両三遍申して、やみぬ」。それで自分としてはそういうふうにいろいろ考えてみて、やっぱり自分はいたらない、ダメな人間であった。こうやっていろいろ書いてみたものの、よくよく考えてみると、つまらないことを書いたものだ、というふうに思ったとします。もうこれ以上何もいうことがない。最後はだから傍らに、「かたはらに」というのをどうとるかなのですが、ほかに何ともしようがないので、舌を動かして、不請の阿弥陀仏、南無阿弥陀仏というのを二、三回言って、終わったというのが『方丈記』のお終いになっているわけです。

ここのところは、非常にわかりにくいというか、注釈者の間で揺れの大きいところでして、『維摩経』とどんな関係にあるか、あるいはさっきの「しょうにん」と読むか「ひじり」と読むか、「ひじり」と読んだ場合に長明が自分自身のことをどういうふうに思っているかといったようなこと、それから「心さらに答ふる事なし」というのをどういう意味にとるか。

それで最後のところの「不請《ふしょう》の阿弥陀仏」の「不請」というのが、また、これがいろいろあるのです。「不請の阿弥陀仏」という言葉の解釈については、山田昭全『『万請阿弥陀仏』私見――方丈記跋文の解釈をめぐって――」(一九六九年、のち日本文学研究資料刊行会編『方丈記・徒然草』所収、有精堂出版、一九七一年)をはじめ数々の論文があります。私が昔考えたことも一つの説なのですが、一般の支持が得られていないようです。

不請という言葉の解釈で、いちばん簡単なのは、不精《ぶしょう》です。「不請」という言葉が、ある本では「不精」の字になっているのです。いい加減に途中で投げ出してしまって、もう考えたってダメだ。不承不《ふしょうぶ》承《しょう》、いい加減に、「南無阿弥陀仏、南無阿弥陀仏」と二、三遍言ってごまかしてしまった。まあ、そんなものだというふうに長明は最後に書いて、この一巻を終わったといったような説があります。

角川文庫本の注ですと、「阿弥陀如来をお迎えする儀礼をととのえるいとまもなく」というふうに、不請という言葉を解釈しています。これは比較的支持の多いというか一般的な意見のようです。「請」というのは請うという意味ですから、阿弥陀如来にお出でを請う、そういうのをととのえる間もなくというのは、ちょっと解釈しすぎのような感じもしますけれども、たとえばそういうふうに解釈する人もいるわけです。

不請という意味

本当はそこをもう少し説明をしなければ終わりにならないんですが、私の意見を申しますと、不請という言葉は、これはやっぱり請わないという意味なのです。自ら求めない。自ら求めない念仏というのは、いったい何なのだろうかと考えますと、『維摩経』の中には不請という言葉はないのですが、『勝鬘経《しょうまんぎょう》』とか、いくつかの経典の中に不請という言葉がありまして、それは自ら請い求めることのない、自分でそれを求めないという意味です。求めないにもかかわらず、たとえば「不請の友」という言葉がお経の中に出てきます。自分から求める友ではないけれども、仏様がさしむけてくださった友達がいて、それに対して自分がいろいろ思いのたけを語ったり、心を慰めたりすることができる。つまりこれは菩薩であったり、観音であったりするわけですけれども、そういうのを不請の友というふうに言ったりすることがあります。まだほかにいくつか例がありますが、この不請の念仏というのは、鴨長明が念仏を自分で称えるのではなくて、阿弥陀如来の慈悲によって自ずから称えさせられている、そういう念仏。結局はそれによって阿弥陀の慈悲で救われるという、そういう意味で不請の念仏という言葉を使っているのではないかと、私は考えています。こういう説を主張するためには、もう少しいろいろ説明を要するというか、根拠を示さなくてはいけないのですが、あまり支持されない説ですから、固執することはやめます。

わりに有名な歌ですけれども、鴨長明よりちょっと前に生きていた西行《さいぎょう》という人の歌に「善し悪しを思ひ分くこそ苦しけれたゞあらるればあられける身を」というのがあります。物事の善悪を判断する立場に自分を置くことはたいへん苦しいことだ。そういうことは自分にはできない。何が善であり、何が悪であり、何が正であり、何が邪であるかといったようなことは、自分には判断できない。自分のこの世における存在は、仏によってあらせられている。「あらるればあられける」というのは受け身の言葉を重ねているのですけれども、「たゞあらるればあられける」という自分自身のあり方だから、人間の小賢《こざか》しい立場で物事の善悪・正邪を判断することはできないと歌いました。不請の念仏といったようなことを長明がここで言っているのは、何かそういう心境に近いのではないかと私は思っています。

日本人の処世観の源流

『方丈記』という本を読んでみるとわかるのですが、いちばん最初は大きな家に住んでいて、中くらいになり、小さくなり、それで小さくなった家の中でまた迷ってみる。これもとらわれではないかというふうに考えてみる。けれど究極の安心立命というのでしょうか、自分が本当に救われる立場、救いの境地、救われた境地というのがどこにあるかということについては、『方丈記』の中に何も書いてないわけです。ただこの中で言っていることは、相対的に少しでもとらわれの少ないほうへ、少ないほうへと不断に努力しながら、少しずつ心持ちを変えていく。生活も少しずつ変えてみる。ものの考え方も変えてみる。考えようによってはこれでもいいじゃないか、だけど考えようによってみたらこれも罪かもしれない。だから少しまた反省して、少し修正してみる。そうするとまたそれも何かものにとらわれているのかもしれない。

究極絶対の救いというようなことを『方丈記』は書いていません。どうもその点が『方丈記』のたいへん重要な特徴で、日本人は、仏教はとり入れましたけれども、絶対究極の救いとか、仏の世界がどうなっているかとかについて、あまりきちんと思い詰めて明らかにし、議論するというようなものの考え方をしませんでした。

それよりもむしろ処世観・人生観みたいなもので、自分自身の生き方を考えていたわけで、現代でも日本人の生活態度というのは、そういうものであるような気がするのです。ですから、大袈裟《おおげさ》に言えば、『方丈記』は日本人の人生哲学というか、処世観の源流のようなものでして、だからこれと同じような趣旨がたとえば夏目漱石《なつめそうせき》の『草枕《くさまくら》』のいちばん最初に出てくるのです。あるいは現代でも、これと同じような感慨をわれわれは持って、諦《あきら》めてみたり、慰《なぐさ》めてみたり、考えようによってはこれでも良いのではないかというふうに思いながら毎日暮らしているということになります。そういう意味でいうと『方丈記』というのはたいへん親しみやすくて、われわれのものの考え方と同質の部分を持っていまして、結局八〇〇年前の日本人も同じようなことを考えていた。われわれもそういう生活の智恵を身につけることによって、考え方を改めてみたりしているのだと思います。

あとがき

東京女子大学は、東京都杉並区の西の端にあります。その杉並区から、共催の形で公開講座を開かないかという申し出があり、一九八五年に第一回の講座が開かれました。杉並区の希望では、大学の授業に準じて、週一回一時間半、連続一〇回ということになっていました。現在は、当初の年一回が、春と秋の二度になって多彩な分野にわたる講座が開かれていますが、私が引き受けたのは、一九八七年の第三回で、この本は、十月一日から、十二月三日までの一〇回のテープを活字にしたものです。

はじめの年が秋山虔氏の『源氏物語』、翌年が岩下武彦氏の『万葉集』だったのを受けて、『方丈記』を読むことにしたのですが、『源氏物語』や『万葉集』と違って、『方丈記』は短い作品ですから、大部の古典の中から、読みたい所を一〇回分選ぶというわけにはいかず、全部読んでも早く終わってしまうのではないかという懸念がありましたので、ついつい余計な話を入れてしまいました。

出席者は、学生、卒業生、杉並区、武蔵野市、三鷹市にお住まいの方々、一二〇人前後で、大変熱心に聞いていていただき、終わった後で、老人に配慮した説明をして頂き、有り難かったというはがきを頂いたりしました。旧制第三高等学校卒業の方がおられて、昭和初年の鴨川の辺りの景観を、詳しく聞かせて頂いたのも思い出の一つです。

教室では、角川文庫の簗瀬一雄訳注『方丈記』をテキストとして使いましたので、この本の中で、

『方丈記』を読み上げる時の、本文の読み方や、節段の区切りは、角川文庫本によっています。また、簗瀬先生の注や補注、現代語訳を引き合いにした所も少なくありません。

一〇本のテープを起こした原稿は、かなりの長さになりましたので、編集部の大岩由明さんに手伝ってもらって、できるだけ削りましたが、冗長な話や繰り返しが、沢山残りました。はじめは、話しことばの雰囲気を残すためには、これでいいと思っていましたが、ゲラを読んでみて、一冊の本にするにはもっと削るべきだったと気づきました。しかし、その時はもう後の祭りで、講座の記録だという言い訳をして、御寛恕をお願いするしかありません。ところどころ話しことばを、文章語にしたり、参考書籍の発行年などを現在書店に並んでいるものに改めたりしましたが、書き直し、書き加えはしませんでした。このことも御寛恕をお願いしなければなりません。

この本が形になるまでに、編集部の大岩さん、岡庭由佳さんには大変お世話になりました。深く感謝し、御礼申し上げたいと思っています。

二〇〇三年十二月

大隅和雄

索　　引

あ　行

か　行

さ　行

な　行

は　行

ま　行

や　行

ら　行

わ　行

著者略歴

一九三二年　福岡県に生まれる
一九五五年　東京大学文学部国史学科卒業
現在　東京女子大学名誉教授

〔主要著書〕
中世思想史への構想　愚管抄を読む　事典の語る日本の歴史　日本史のエクリチュール　信心の世界、遁世者の心

方丈記に人と栖《すみか》の無常を読む

二〇〇四年（平成十六）二月十日　第一刷発行

著　者　大隅《おおすみ》和雄《かずお》
発行者　林　英男
発行所　株式会社　吉川弘文館
郵便番号一一三―〇〇三三
東京都文京区本郷七丁目二番八号
電話〇三―三八一三―九一五一〈代表〉
振替口座〇〇一〇〇―五―二四四番
http://www.yoshikawa-k.co.jp/

印刷＝株式会社 精興社
製本＝ナショナル製本協同組合
装幀＝清水良洋

ISBN 4-642-07925-4

四六判・三一六頁／三〇〇〇円（税別）

大隅和雄著

日本の文化をよみなおす
―仏教・年中行事・文学の中世―

変わらないものと移ろいゆくもの、見えるものと見えないもの、固有のものと外来のもの、これらの狭間に見え隠れする諸事象に、日本の文化の特質を探る。中世文化史の碩学が、仏教・年中行事・文学などを通して、日本人が自身の生き方や社会のあり方について、どのように考え行動してきたかを追究し、現代に連綿と引き継がれてきた文化の原点に迫る。